俯仰流年

詹福瑞——著

生活·讀書·新知 三联书店 生活書店 出版有限公司

图书在版编目（CIP）数据

俯仰流年 / 詹福瑞著 . — 北京 : 生活书店出版有限公司 , 2016.6（2017.11 重印）
ISBN 978-7-80768-191-5

Ⅰ . ①俯… Ⅱ . ①詹… Ⅲ . ①散文集－中国－当代
Ⅳ . ① I267

中国版本图书馆 CIP 数据核字 (2017) 第 078905 号

图书策划　常绍民
责任编辑　郝建良
装帧设计　罗　洪
责任印制　常宁强
出版发行　生活書店出版有限公司
（北京市东城区美术馆东街 22 号）
邮　　编　100010
经　　销　新华书店
印　　刷　北京隆昌伟业印刷有限公司
版　　次　2017 年 6 月北京第 1 版
2017 年 11 月北京第 2 次印刷
开　　本　880 毫米 ×1230 毫米　印张 11.375
字　　数　221 千字　图 32 幅
印　　数　6,001-9,000 册
定　　价　38.00 元
（印装查询：010-64052612；　邮购查询：010-84010542）

目　录

第一辑

第二辑

第三辑

第四辑

第一辑

姥姥家

姥姥家的历史，就是母亲的口头史。母亲在世时常说娘家的事，久而久之，有了姥姥家房屋、院落，还有走来走去的姥爷、姥姥、舅舅和姨们。如今，故事中人都已故去，连讲故事的母亲都已离世十年，连缀起这些故事的碎片，如写一篇迟到的墓志铭，体会到日月如石头般坚硬，而人情却如文字般温暖。

杖子与旗人

南河沟冬枯夏水，勉强算青龙河的支流。沿南河沟上溯东行，过下烧锅、三合店，再南拐，不二里，就是姥姥家马杖子。

在青龙，很少称村为村，多呼村为庄，却又奇怪，这个庄那个庄，常以杖子为名。杖子就是篱笆。上个世纪五六十年代，人家少有石垒的院墙，围着房屋，用秫秸扎就杖子，就是一户一户的人家了。日子好些的，秫秸密密地竖排着，再从半腰拦上一道腰带，任是猫狗都难钻过。日子紧巴的，扎成花篱笆，夏天爬满豆秧，安全又耐看。小时想，庄名杖子，该就是由此而来的吧。

年岁稍长，心里有了些历史，知道这与顺治初年的圈地令有关。清人入关，大批满人随迁。他们要落地生根，就要有土地。顺治为此下圈地令，允许满人跑马占圈，于是有了杖子，即用杖子围起来的村庄。

康熙八年，康熙手谕户部，叫停满人圈地，却又允许拨古北口外的空地给旗人耕种。这旗人中就有马姓。满族马姓，为镶黄旗人，世居辽东马佳，因以为氏。也有人说，康熙间来青龙之马姓，属清代上三旗之一的正白旗。但没人考证姥姥家的马，是否就是康熙间迁来的旗人马。若果真如此，论起来姥姥家与曹雪芹当出于同一旗下，可惜未见姥姥家出了马雪芹。

时下名士有一癖，喜做孙子，称自己是某某的几代传人，某某状元、解元之后，其实都是鬼画魂儿，和阿 Q 一样，没意思得很。《启颜录》讲了一个服药的故事：后魏孝文帝时，诸王及贵臣多服五石散，皆称石发。也有非富贵者，亦云服石发热。有一人于市门前卧，宛转称热，要人竞看，同伴怪之，报曰："我石发。"同伴人曰："君何时服石，今得石发？"曰："我昨市米中有石，食之今发。"众人大笑。凡说祖上如何者，皆如此类。

姥姥家是否正白旗或镶白旗，与母亲无关。姥姥家自从在青龙扎了杖子后，就是地地道道的农民。名气大的就是我妈，作为母亲，她老人家在子女的心中，是世上最伟大的人。其他人皆默默无闻，舅舅上过私塾，而表兄弟这一辈人，连个中学生都没出。

京城张三郎每酒酣耳热时，称我为天下第一眼，说与满人列祖列宗的画像还真有点像。临镜，眼对眼地瞄一下，小眼，鱼尾细长，却很难说就是姥姥家的遗传，母亲眼睛不能说小，父亲眼睛却也不能说大。与满族有关，又无关。

老黄家

姥姥家过去是个好过的家主。母亲说，姥姥家发家和败家，都与黄鼠狼子连在一起，黄鼠狼子对姥姥家的态度，是姥姥家盛衰的征兆。当然母亲不直接叫它黄鼠狼子，而称老黄头。

姥姥家好过时，后院西厢房里住着一家子黄鼠狼。它们和家人一样，在院子里出出进进，少则一只两只，多则大的带着小的，成群结队，不怕人，不避人。院子里，黄鼠狼和鸡鸭猫狗一起走动，常见猫狗撵得鸡鸭上架，却从未见黄鼠狼动过鸡鸭的一根毫毛。

小时，母亲和二姨好奇，偷偷地钻进西厢房里看过，一条爬得溜溜光光的小路，隐于劈柴垛下，那就是它们的家了。谁知第二天，姥爷就把几个孩子叫到面前，说他夜里做了一个梦，梦见个穿黄衣服的老头儿，从后院走来，到了姥爷面前，恭恭敬敬地作了个揖，说："老马兄弟呀，我们一家借住在你们家，多有打扰啊，真得说谢谢了。不过呢，你还得嘱咐一下你家的孩子们，没啥事儿，就别来我们家了，我倒没啥，就怕吓坏了孩子们。"姥爷醒来，琢磨了半夜，突然想到来者是谁。就问："这两天谁去后院的西厢房了？"二姨说："我和妹妹头天去了。"姥爷说："果不其然。"叮嘱孩子们，西厢房住着老黄头一家，谁也不要去打扰人家，让人家过安安生生的日子。

母亲懂得老黄头指的谁。姥姥告诉过孩子，老黄是家里的财神，自从来了这一家人，姥姥家日子就好起来。家里七八张嘴，下半升米，够吃；添几个人，还够吃。恁是家里的什么东西总是出息。姥姥说，那就是老黄一家在保佑着呢。所以姥姥一家对老黄一家很是恭敬，逢年过节都要送些肉食。说来也怪，老黄一家从不动姥姥家的东西，但对送来的礼物却不客气，送来就收走。

算起来，姥姥家的衰败，是从老黄家搬走开始的。

土改前的两三年，时在腊月，转眼就要过年。那一年天下大雪，水缸冻得嘎巴嘎巴的。满人的规矩是干净。不管下多大的雪，前后院都要扫干净。但是那一年却不然，扫了下，下了扫。有时实在来不及，就在院子中先扫出通道。后院自然是两条，一条通后院的正房，一条通后院西厢房。

有那么两天，姥爷突然感到家里冷清得出奇，十分纳闷。夜里就和姥姥叨咕。姥姥说："我也觉得家里怎么这两天少了什么。"姥爷披着衣服，一袋接一袋地抽烟，突然翻身而起，拎着罩子灯去后厢房。不大工夫，回到屋里，顿足说："出事了，老黄家搬了。"两人就沉默。良久，姥姥安慰说："别把它当回事儿，也许还在里边，也许串串亲戚再回来。"姥爷一句话也没说。再过了三天，还没动静，姥爷搬开柴火垛，连个黄鼠狼的影儿也没见，只留下了一方肉。

就是这个腊月底，姥爷剥羊，感染了癀病，转年去世。

满人信萨满教。在萨满教里，黄鼠狼和蛇都是灵异之物。从民间信仰来看，姥爷家对黄鼠狼的崇信或与萨满教有关。然而我一直认为，姥爷家的老黄头，应是真实故事，与民间信仰无关。

母亲说，后厢房一家，就是姥爷的财气。姥爷在，它在；姥爷要走了，财气先行了。母亲的话，我信。信的是姥爷和母亲他们那一代人关于命运的理解。无力掌握自己的命运，自然就会相信外力，尤其是神秘的力量。仔细想来，我们又何尝不是如此呢。

姥爷和舅舅

老语话，过日子过的是人。姥姥家过的是姥爷。

母亲说，姥爷是个立马横刀的汉子。不仅在家里，就是在十里八村，也是个说话算话的主儿。姥姥家为富裕中农，是有地的主儿。雇有长工、短工，但春种秋收，姥爷都是要和雇工一起扶犁收割的。他也从来不吝惜自家的东西，左邻右舍谁家有事，出力出物，姥爷不皱眉头。哥哥见过姥爷，说看到舅舅就看到了姥爷。我想象应该是如此模样：细长眼，眼睑有点儿宽；挺鼻梁，稍显鹰钩；阔嘴，长下巴，很坚毅的那种；近一米八的个头，但不魁梧。这些自然是我对舅舅的记忆。

舅舅与姥爷外形虽相像，性格却迥异。姥爷极刚毅，感染癀病，痛极，大汗淋漓，咬破被头，却连哼都不哼一声。姥姥叫姥爷吸点儿烟土，缓解伤痛，却被姥爷狠狠地瞪了一眼。

舅舅柔弱内敛，说话都是细声细气的，从不高声，却有老主意。听母亲说，舅舅没少被姥爷罚跪过。舅舅上过私塾，可背四书，在庄里是稀罕物，却不是过日子人。年纪轻轻，就泡在赌场，罚跪多因为此。但是不管姥爷如何规矩他，甚至怒而鞭之，至死姥爷也没有扳过舅舅。母亲和舅舅关系很好，从不说舅舅的不是，但从母亲讲的故事里，我还是听出了话外音：舅舅是败家子。果然，姥爷去世后，没有两年，舅舅就把家产输了近半。

不过福兮祸所伏，祸兮福所倚。舅舅不能守成过日子，可有文化，有想法。不知在哪一年，舅舅加入了共产党，是地下党员，任何人都不知道家里藏着个共产党。土改时，舅舅从地下转为地上，姥姥家沾了舅舅两个光，赌钱输掉土地和地下党的光，定为富裕中农。虽然是团结的对象，不是依靠的对象，但是因此也就不像地主富农那样挨批挨斗、提心吊胆，能过比较平安的日子。有句话常常挂在舅舅的嘴上：命不是挣来的，是遇上的。姥爷一辈子挣命，家大业大，谁知一个偶然就失了命，抛下了偌大的家业。舅舅什么也不争，波澜不惊地度过平安一生。母亲说起这对父子，常常感慨命运的捉弄人。

舅舅叫马俊。土改后，家道衰落，舅舅从此金盆洗手，不再进赌场。舅舅一辈子与世无争，越老越是如此。对姥姥极孝，姥姥晚年失明，穿衣吃饭，从来都是舅舅侍候。我记忆中的舅舅，已年过六十，背有些驼。话不是很多，总是笑眯眯的，和蔼可亲。我想，那也许是对孩子才如此吧。但庄里人说，没有比那个老头更脾气好的了。

老年的舅舅还有一个印象，爱哭。哥说，那是他心脑血管硬化的结果，得心脑血管病的人，就爱激动。那自然是医生的解释。我想，舅舅一辈子，有许多需要解释的事。小时读私塾，是否有过科举的梦？我们不得而知。但是有两件事，颇耐人寻味。他是以何种心理入的地下党？又是为何沉醉赌场，朝生暮死？为何又突然金盆洗手，浪子回头？对这些事，舅舅从来讳莫如深。他也许想把握自己的命运，甚至试图改变外界，但他遇到的这个世界，那么诡谲，甚至神秘莫测，充满偶然和变数，一切努力也许皆为徒然。我想，舅舅心里一定有诸多不平，因此晚年颇多感慨。

舅舅育有三男两女。大表兄和二表兄都不善言辞，性格像舅舅。只有三表兄爱说，说起话来唾沫横飞，家里人不太喜欢。但是只有三表兄最懂礼数，逢年过节总是来看母亲。“只要老姑在一天，我就来看老姑。”每次来，三表兄总是如是说。母亲就笑说：“还是老侄子有孝心。”三表兄走后，母亲说，那两个也知道孝敬我，不过他们日子过得艰难，咱们不挑他们哥们。

二表姐未嫁前，常来家里，母亲强留，也会住一晚再走。能说会道有点儿像三表兄。一来，就拉住母亲的手唠家常，极亲热，母亲很喜欢这个侄女。二表姐虽长我一两岁，却像个大姐姐，后来嫁到远方，从此再没见到。大表姐住在邻庄，又因儿子与我是同学，去过家里几次，很大的院子，临山而居。每到春天，山边的杏花、桃花和梨花，次第开放，几间瓦房，掩映在花中，留下深刻印象。

大姨二姨

母亲姊妹三人，她最小。大姨嫁岭下许家，二姨嫁于杖子于家。

母亲很少说到大姨。那一年，我研究生毕业，想去北京谋生，母亲说："你找你姨兄去吧，他做了大官。"见到姨兄，才知道他在"海里"工作。大姨去世早，大姨夫又续了弦。姨兄从小离家，自此没回过，只和姨姐有联系。母亲在世时，有时会去姨姐家走亲戚，住一两天便回。姨姐待母亲甚好，常说，她妈妈去世早，看到老姨就看到了她妈。话说到此，姨姐就流泪。母亲陪着姨姐流泪，劝姨姐："也是命啊，年轻轻的，可就没了。"姨姐就说："我妈你们姐儿三个，就老姨命好。"母亲说："可说呢！你妈和你二姨呀，人一份儿、手一份儿的，就我没心没肺，却比她们活得长，老天爷不睁眼呢。"

母亲说，她们姊妹三人，就数二姨好，模样长得俊，要脸蛋有脸蛋，要身条儿有身条，心灵手巧，过日子心气儿最盛。二姨夫家哥们儿多，哥几个分家另过，二姨家的日子过得最旺。二姨自己会裁缝衣服，裁剪得体，针脚缝得细密，大人孩子出来都体面。四十年代中后期，农家孩子很少读书，二姨却把儿子送去学堂。不似大姨家，姨兄要上学，却遭家里反对，姨兄因此离家出走。二姨能过，也因此遭人嫉妒，尤其是她的妯娌们，与大嫂更不和。

二姨生了两个孩子，生二胎时，却遭遇不测。母亲说，二姨出事的那天早上，母亲做了一个极凶险的梦。清早，母亲刚开门，探头街上，就见二姨满身是血，急匆匆走来。母亲见状，大吃一惊，问二姨："你这是怎么了？"二姨还未答话，脸上先流下泪来，说："妹妹呀，姐被人害了。"说完，就不见了踪影。母亲惊醒，却是一梦。母亲一辈子信梦，二姨正临产时，母亲做了这样的梦，感到要出事，唤醒父亲说："我姐出事了，你赶紧去于杖子看看。"父亲说："都在睡觉，你怎么知道他二姨出事？"母亲一五一十，学了一遍刚做的梦。父亲再不说话，穿衣，出门，就奔二姨家。天擦黑，刚到庄北，就见从于杖子方向急慌慌来了两个人，父亲不再走，知道母亲的梦应验了。

二姨家说二姨死于血崩，母亲却坚持说二姨是被她大嫂害死的。

二姨临产前，母亲去看二姨，听说叫她大嫂接生，母亲就坚决反对。对二姨夫说："你知道她们两个不和，怎么叫她来接生？是不是昏了头。"二姨夫就解释："老大出生不就是大嫂接的生吗？"母亲说："大外甥出生时，两人关系还好，现在则不然。"二姨夫说："全庄只她一个会接生，离了她找谁？"母亲说："找邻村的。"二姨夫没再说话。

终了，还是用的大嫂接生。二姨家说：二姨是难产，大嫂见二姨总生不下来，就伸手到里边去拽孩子，结果孩子生下来了，二姨却血崩而死。母亲却从二姨的另一个妯娌那儿得到另一个版本：二姨本不是难产，只是生得稍慢些，大嫂就着急伸手去拽孩子，妯娌眼见掏出一团肉，二姨一下子大出血而死。

二姨意外离世，母亲伤心至极，坚决要告二姨的大嫂，二姨夫家就做姥姥家的工作。舅舅息事宁人，认可了血崩之说，又来劝母亲："咱们说她大嫂害了人，无凭无据呀，谁亲眼见了？就是见了，谁能来证明？"母亲就讲了梦中二姨的话，说："我二姐明明白白告诉我，她是被人害了。"接着又哭说："我那苦命的姐姐呀，你被人害了，没人给你申冤哪！我那十里八村也挑不出一个的姐姐呀，你要是像你妹妹这样的傻，也不会有人嫉恨你，要你死呀！"舅舅也就哭。

母亲最终没告，但是从此和二姨家断了来往。二姨去世后，二姨夫不再娶，一个人拉扯孩子。待二姨夫再到家里来时，已经是老人。母亲也不再记恨她姐夫，常说，叫大嫂接生，是她婆婆定的，你二姨夫软弱，不得不听，也不能完全怪他。你二姨夫也不容易，一把屎一把尿，把两个孩子都拉扯长大成人。

每月初六，双山子镇上有集市，二姨夫经常去赶集。到了这一天，母亲就叫父亲或孩子在街上常看着点儿二姨夫，如遇到，告诉他，赶完集路过时到家。二姨夫每次来，家里都好好招待。有时，烙张饼，炒俩鸡蛋。有时捞小米饭，磨点儿豆腐。吃完，和父亲说说庄稼。但母亲和二姨夫的话不是很多，他守着火盆，默默地抽着烟，半天，才走。每次，母亲都送二姨夫到街上，看着他慢慢地走远。

姥 姥

姥姥的印象总是与母亲重合，这真是很奇怪的心理记忆。细思之，或与自己见到姥姥的次数少、并且年龄小有关系。七岁随父母闯关东，待再回河北时，姥姥已经离世。姥姥的印象只是七岁前的印象。

小脚。姥姥在娘家时家教甚严，裹脚裹得厉害。记忆中，姥姥家的正房宽敞明亮，姥姥盘腿坐在炕头，一只小脚穿着黑缎面鞋，就翘在膝盖上。母亲说，两三岁时，我到姥姥家，就爱摸姥姥的脚，看着新奇。姥姥就笑说："这孩子，从小就喜欢捧臭脚。"全家人就笑。轮到母亲要缠足时，姥姥坚决反对缠得太紧，姥姥给母亲缠时，就放得松一些。母亲的脚就比一般女子的脚大，介于大脚和小脚之间。过门后，母亲的脚，没少被妯娌们笑话。母亲却感念姥姥的好。我的几个大妈都是小脚，不能走远路，出门都得要备驴备车。母亲却不用，去姥姥家或姐姐家，五六里的路，自己走，不犯愁。姐姐给我讲过这样的事儿：有一天，姐姐到庄北下田。远远地看见有个人走来，一扭一扭地，却很快。姐姐看着面熟，心想该不是老妈吧？就往前迎了几步，谁想走来的果然是老妈。姐姐惊呼："妈呀，我的妈呀，你怎么一个人出来了。"母亲却轻松地说："惊天扯地什么？几步路，值得惊怪吗？"那年，母亲已过了八十。说起来还是姥姥给她的造化。

姥姥脚小不便，很少出门，几个闺女家也不大去，都是闺女回娘家去看她。姥姥不出门，心眼儿却不保守。舅舅上私塾，虽是姥爷的主意，却也是姥姥撺掇的结果。就连母亲上识字班，那也是受了姥姥的影响。哥哥小时候学中医，家里头穷，供应不起小米，爹爹有些为难。姥姥说，孩子读书，才有出息。现在困难点儿，克服克服也就过去了。母亲就下了狠心说，我砸锅卖铁也要把儿子供出来。

姥姥养了四个子女，虽不能说是娇生惯养，却也从来没动过孩子一个指头。姥爷性刚烈，平时总是姥爷说什么就是什么，但是姥爷要打孩子，姥姥却不干。姥姥的一句口头禅："孩子小，不懂事，大了就好了。"这话母亲学了来。母亲生了六个孩子，三男三女，中间两个因病夭折。对于我们，母亲也是从来不体罚的。她的话和姥姥说得一模一样："孩子大了就好了。"不过又加了两句："打人不讲理，讲理不打人。"这几句话又传给了我。姥姥惯养孩子，亲戚也有异议，说舅舅的败家，就是姥姥惯的。母亲却有另一种解释。她说："那是命里该然，他把地主折腾成富裕中农，他也就老实了。"

人说满族的老太太利索，母亲说，姥姥的利索又是拔了尖儿的。日子好时，家里十几口人，穿衣吃饭，人来礼往，姥姥都料理得井井有条。姥爷去世后，家道败落，但是有姥姥做家里的主心骨，加上舅舅的浪子回头，姥姥家的日子过得比上不足，却也比下有余。

六十年代初，天下大灾荒，饿死人无数。父亲和母亲去耪青，中午只喝两碗米汤，把队里发的两个糠窝头带回家，给我和妹妹吃。吃了一个，再没有第二个，我饿得嚎啕大哭。父亲说："不能再挺了，要饿死人的。"和母亲商量去东北。母亲是敞亮之人，只要养活孩子，哪儿都可以闯，只是姥姥已经年迈，放不下心。姥姥三个女儿，已经不在世两个，加之黑龙江在数千里之远，知道老女儿这一去，母女可能再也不能见面，颇为不舍。但还是下了狠心说："走吧，我是快入土的人，别记挂我，把孩子养活大！"话是如此，还是满面泪水。母亲临走时，回了几次娘家，去了就陪着姥姥坐，两个人你嘱咐我，我叮嘱你，哭得泪人儿似的。母亲和姥姥都预感，这次生离，就是死别。

果然，我们去东北的第三年，姥姥就去世了。母亲没回，是父亲回去的。母亲一走，姥姥就躺倒了，几天不吃不喝。舅舅全家人劝姥姥，姥姥才慢慢地进点儿浆水。但还是经常念叨老女儿哭，不到一年就哭瞎了眼。有时，姥姥一个人摸到大门口，往远望，嘴里就念叨："不定哪一天，我女儿就回来了。"但姥姥至死也没有看到女儿回来。父亲说，姥姥去世时，是睁着眼的。舅舅往下阖了几次，都未阖上。舅舅就哭出了声，说："妈呀，我知道是老妹子没回到你身边啊。"

姥姥三个女儿，两个早死，只一个老闺女守在身边，却又远走东北。晚年，虽有舅舅在身边侍候，但毕竟不似女儿那样贴心，可以说说贴己的话，一定时感孤独。在我的回忆中，姥姥空坐炕头，谛听着门口的声音，幻想女儿归来的身影，常常与母亲独坐炕间的孤独身影叠合。母亲到了晚年，虽有哥哥、姐姐和妹妹在身边，却常常想念远在京城的小儿子，快过年时，也会到庄头前张望，想象蓦然见到小儿子的身影，真是天下母亲同此心啊。

姥姥去世的事儿，母亲讲了无数次，每次讲，母亲都会流泪。我知道，那是母亲永远的痛。

二〇一四年七月

冬 暖

一

家，出冷口，再北行百里，与辽阳为邻。到了冬天，天气至冷。河里结冰，要比关内早月余。尤其到了腊月，人在屋外，呼出的气能在鬓角额前结成霜花。所以俗语有“腊七腊八，冻死鹅鸭”之说。

天有多冷，只看看井台上的冰就知道了。刚入冬时，薄薄的一层，此后渐渐增厚，高高地隆起，到了三九，有的年头，井口只剩下圆圆的一个小孔，刚可容下水桶。远远看去，蒸腾着水汽。

故乡之冷，是把大地冻得嘎巴嘎巴响的干冷。夜里，北风怒号，呼哒着窗纸，似要把门窗撕扯成碎片，或者把房屋平移。到了下半夜，风停息下来，万籁俱寂。此时躺在炕上，常常听得见大地冻裂的声音。河冰冻裂，咔嚓咔嚓响脆；土地冻裂声，则沉闷而又绵长，如同老人睡梦中的一声叹息。

到了此季，街上的人很少，偶见一人，亦捂着棉袄，抄着袖子，打声招呼，匆匆而过。狗夹着尾巴，冻得掂着个爪，溜着墙根跑，也是转瞬即逝。寒风似一把钢铁的大扫帚，要把街面上的一切都横扫干净，只留下冻得结结实实的道路和碎石，供它践踏和玩弄。

二

但是，人的记忆颇有选择性强调，或选择性遗忘。故乡的冬天，留在我记忆中的不是寒冷，而是温暖。

为了抗御严寒，父母要把整个房子严严实实地包裹起来。所有的窗缝都用纸糊上，北窗还要糊上内外两层窗纸。北门也都要封死，外面挂上稻草或谷草门帘，或者索性用秫秸从外面把门蹾起来。

当然，更重要的取暖还是烧炕。到了冬日，家里就变成了两顿饭。太阳一偏西，大约下午三四点钟，就用了晚饭。到了睡觉时，炕早就凉了。睡觉前，父亲总是背进来一花篓干树叶，塞到炕洞里，点着火，慢慢熏炕。树叶多是杨树叶和柳叶，间有杂草，馕得实实的，从外边点着，那火就会慢慢燃。先是燃起一角，再蚕食成洞，一节一节往里掏。待到烧尽，一般到了后半夜，那炕就温温的一晚。

为使被褥不冰冷，母亲每天早早铺好被褥焐暖。有时家里来了串门的，就把被头窝上去一点，给客人坐。所以，屋里虽然冷，钻进被窝时，却热热乎乎。不过，到了后半夜，比起前半夜，屋里毕竟要冷。此时，爹妈总是把他们的棉袄或棉裤搭在我们孩子的身上。

早上，是屋子最冷的时分，可也是我们最暖和的时刻。母亲起得早，要给我们上学的做饭。饭熟时，用火盆扒上红红的一盆炭火，端到炕上，此时冰窖一般的屋子，一下子烘得暖起来。这时，母亲叫醒我们，从被子上取下我们的棉袄，用两手腾着，放在火盆上烤热，再披到我们的肩上。天气实在冷，母亲甚至连棉裤、棉鞋也都烤一遍，再叫孩子们穿。现在回忆起来，还觉得身上暖烘烘的。

只要父母在，无论多么冷的天气，也是冻不着孩子的。有父母在，我们从没有感受到冬天的寒冷。

三

二〇〇四年的冬天，在北京，没有感到特别的冷。舞蹈学院的宿舍，暖气供得足，在屋里，穿一件衬衣足矣。上班，几步路。办公室在阳面，阳光直直照进来，暖气只开一半即可。冬天，在北京真享福。

春节回家，开车在路上，才知道这是一个寒冷的冬天。天津、唐山还看不出异样，迁安路边就见一片一片的雪。过了冷口，进入青龙地界，漫山皆白，已是林海雪原。路也难行起来，背阴处雪化为冰，稍不小心，就会出危险。到家时已经傍晚。

全家人都在等。母亲在东屋，坐在炕头，棉衣棉裤，穿戴得整整齐齐。见了我，话还没出口，先掏手绢抹泪。我强把哭声换做笑声，贴着母亲的耳朵说："妈，我这不回来了吗。""差一点，见不到我老儿子！"母亲也破涕为笑，她老人家是个坚强的人。

这个冬天，母亲的身体状况，已经大不如前，是天气害了她老人家。母亲虽然年近九十，身体一直很好，每天精精神神的，出去串串门，打打牌。上了瘾，有时一出去就是一天。哥哥劝他，在牌桌少待会儿，她还要生气。但是，二○○四年冬天的大雪封住了母亲。这年天气奇寒，甫一入冬，就降大雪，前场雪未化，新雪又覆盖了旧雪。母亲说，那雪，就快赶上姥爷死的那一年了。雪扫不过来，路上冻满厚厚的冰。母亲不能出门，只能待在家里，在炕上一坐就是一天。久了，腿变得僵硬，渐渐下不得炕来。饭也越来越吃不下，眼看身体就衰下去。姐姐回家来，一个冬天专门陪伴侍候母亲。母亲很坚强，开始还叫姐姐扶着，在屋内走走，练练腿力。但是，母亲已是耄耋之年，急遽衰老，无可挽回。进入腊月，每天只能躺到被窝里了。

过了小年，母亲就念叨，三儿什么时候到家？哥哥用手比画：二十八。到了这一天，母亲叫来哥嫂给她穿衣服，她要穿得整整齐齐地等儿子。晚饭在西屋吃，母亲说她就不过来了，在东屋吃。吃过饭，一家子来到老太太身边说话。母亲的精神挺好。舌头虽然有些僵，说话还清楚，但是说的都是这一年谁谁走了的事。“后边你大爷走了，刚过八十；你大舅也走了，刚过七十。”我就说：“妈，你要有信心，多吃饭，熬过了这个冬天，开春能出去，就好了。”哥说：“我们哥俩，还要给你庆百岁生日呢！”母亲不搭话，不是没听到，是心里有了定数。

热闹了一会儿，嫂子说：“三兄弟赶了一天路，累了，早点睡吧。”大家就散了。说话时，哥哥背来柴火，续到炕洞里点着。我和母亲的被子也早就铺好，母亲在炕头，我挨着她睡。帮母亲脱了衣服，躺进被窝。炕很热，上边又搭了一条被子，暖暖的感觉，涌遍全身。母亲脸对着我端详，伸过来瘦瘦的手，摸着我的脸：“瘦了，到了北京那个大地方，吃不饱吧？”我眼睛湿了。母亲又喃喃地说：“没人给你气受吧？”我的眼泪控制不住地流下来，打湿了枕头。“我挺好的，你放心吧。”母亲耳朵背，我连说带比画地告诉母亲。母亲明白了我的意思。又捏了捏搭在我身上的棉衣，“薄呢！你媳妇也不说给你买个厚点儿的，今儿冬天，冻死人。”我又告诉母亲，这是鸭绒的，暖着呢。母亲仰过头去，不再说话。一会儿，又拉住我的手说：“我呀，到寿数了。你别老挂记我，我要死了，你别回来，有他们呢。”

我不知什么时候睡着的，中间蒙蒙眬眬地感觉到母亲翻了一个身，似乎还曾坐起来。醒来时，不晓得已是什么时辰。庄里的夜晚静得出奇，连狗吠声都没有。万物似乎全都覆盖在厚厚的雪下，进入梦乡。母亲也已经睡着，有轻微的鼻息。炕洞里的树叶似乎还在燃烧，发出啪啪声，被窝越来越热。我坐起身来，想掀掉被子上的衣服。一摸，愣住了。不知何时，母亲把她的棉袄，盖在了我的被窝上。母亲自己是不能坐起来的呀，她又是怎样坐起来，把她的衣服搭在儿子身上的呢？我不再揭起搭在身上的母亲棉袄，重新躺下，把头蒙在被子里，失声哭起来。我知道，这是母亲给我的最后温暖。

跟着父亲闯关东

父亲两次闯关东，都是为了生计。我无数次拿起笔来，想要写下父亲的这些经历，却终又放下，因为笔太沉重。写父亲闯关东，就是在写苦难，而且是一代农民的苦难。

一

祥子的衣服早已湿透，全身没有一点干松的地方；隔着草帽，他的头发已经全湿。地上的水过了脚面，已经很难迈步；上面的雨直砸着他的头和背，横扫着他的脸，裹着他的裆。他不能抬头，不能睁眼，不能呼吸，不能迈步。他像要立定在水里，不知道哪是路，不晓得前后左右都有什么，只觉得透骨凉的水往身上各处浇。他什么也不知道了，只心中茫茫的有点热气，耳边有一片雨声。他要把车放下，但是不知放在哪里好。想跑，水裹住他的腿。他就那么半死半活的，低着头一步一步的往前曳。坐车的仿佛死在了车上，一声不出的任凭车夫在水里挣命。

这是老舍《骆驼祥子》描写祥子拉车的片段。我大学时才读到《骆驼祥子》，每读到此处，就想到，父亲也是“骆驼祥子”，不是北平“祥子”，是长春的“祥子”。

一九四八年前，父亲哥几个都跑长春谋生，大伯和叔叔是鞋匠，父亲拉洋车。那一段历史，父亲很少说，母亲似乎也知之不多。但父亲做车夫，应与拉家糊口有关系。那时，家里已经有了哥哥和姐姐。为了养活一家，父亲只有到外谋生，说来，父亲应该是第一代打工族。

听詹贺叔叔说，父亲是个好车夫，因为他有力气。父亲有力气，我知道，二百斤的麻袋，扛起来就走，一个小车可以推动三四百斤的石头。父亲拉车，没有过不去的坡。父亲拉车，也很少耽误了客人的时间。车夫凭的就是力气。

车夫的生活极辛苦，无论春夏秋冬，也无论刮风下雨，车夫都要跑在路上。长春一入冬天，就大雪封路，其后漫长的冬季，大街小巷皆为冰路。平常人走路，都要小心谨慎，战战兢兢，车夫却要拉着人上坡下坡，不仅要有过硬的腰功、腿功和脚功，还得有吃得苦的耐力。东北常刮白毛风，似怪物，彻天彻地，卷起地上的沙雪，扫荡所遇之物。听叔叔讲，遇上这样的天气，如果雇主有事，父亲也得出门。父亲做车夫，不仅要凭力气，还要靠吃得了苦的坚毅。

八十年代，我到长春开会，走在人民大街上，突然想到，当年父亲就拉车跑在这个城市的街头。当白毛风席卷长春的街巷时，父亲拉着洋车，艰难地爬在坡路上，又是什么样的情景呢？

风似刀子，刮着父亲的脸，狗皮帽子连同父亲的眉毛结满白霜，只露出他大口喘气的嘴。长时间的用力早已耗干了身体里的水分，父亲一定像牛一样，肺里烧着火，喉咙冒着烟，大口大口干喘着气。被汗碱卤湿的汗衫冰一样贴在身上，他不是在走，而是往前拱着，弓起脊梁，低着头，挣扎在风的漩涡中，像跋涉在黄毛风中的骆驼。

父亲做车夫，没少挨顾客欺负。叔叔说，最怕拉军人和痞子，不给钱还在其次，搞不好还要挨巴掌。但父亲极有忍耐力，一般不动火，咬咬牙，就过去了。有时他也犯牛脾气，把车扔到路边，任你把枪顶到鼻子上，他也不动。到了这种时候，顾客只好认输。

父亲究竟干了几年车夫？不知道。一九四八年，解放军围困长春，哥几个逃出长春城，跑到黑龙江。大伯和叔叔落户东北，父亲回到青龙。

二

母亲说父亲是男子汉大丈夫。这句话意味着，作为女人，父亲是她和孩子可以依靠一辈子的人。父亲不会似今天青年那样，结婚时做出庄严的承诺，他不善于表白，不会说出什么令母亲感动的话，但他承担起责任。

那是个多灾多难的岁月。

一九五八年大炼钢铁，吃食堂，紧接着是三年困难时期，遭殃的是农民。没有粮食，村民捋光树叶，扒光树皮，填充辘辘饥肠。我亲眼见到村里大人，吃过野菜身体浮肿的样子，皮肤像发着绿光的铁皮，一摁一个坑。经常有人被饿死的消息，所有的家庭都笼罩在不祥的阴云里。

父亲母亲下地干活，中午可以分到两个糠窝头。他们就只喝米汤，留下窝头带回家给孩子。而我和妹妹，每天盼救星一样盼着父母，盼他们给我们带回来的糠窝头。

记得清清楚楚，父亲晃晃悠悠回到家里，把揣到怀里的窝头交给我们，然后沉重地倒在炕上，看着我和妹妹狼吞虎咽。现在想来，当我们用一两个小窝头，望梅解渴般安抚抗议了一天的肠胃时，劳动一天、只喝了一两碗米汤的父母，此时的饥饿岂不更甚于我们！

时过半个世纪，我仍清晰记得当时吃过的糠窝头。最好吃的是高粱麸子窝头，浅灰色，稍泛红。比起谷糠窝头，它吃起来更细软些，好下咽。谷糠窝头，看起来黄中泛白，样子比高粱麸子窝头顺眼，但吃起来，难吃至极，咽到嗓子，又干又粗糙，拉得嗓子痛。尽管如此难吃，但总比饥饿好受多了。

在人的痛感中，饥饿的熬煎最甚。最初，空荡荡的肚子中，突然爬进一只老鼠，用它锋利的爪子挠你的心，令你难于忍耐。时间一久，挠心的痛感逐渐消失，因为肚子里连空气都已抽空，压力升到了喉咙，气息时有时无。此时，你的眼睛出现了蓝色的幻觉，是不断旋转的蓝色刀片，使你肉体与灵魂，纷纷离体。父亲一定和我有同样的感受，但他忍受着饥饿的折磨，昏昏沉沉一晚上，第二天扛起锄头，仍要出工。父亲是坚强的，只要有一分力气，他就要劳动，而且从不会向妻子儿女述说他的痛苦。

父亲一辈子的眼神都是忧郁的，在我的印象中，他从没有过笑容。在他忧郁的眼神中，究竟埋藏着多少苦难？没有人知道。此一时期父亲眼里冒出的感情，不仅忧郁，而且空洞、绝望，深深刺激了我，数十年过去，仍旧刻在我的记忆中。

终有一天，父亲说话了："我们走，上东北，不能等死！"那时候的人安土重迁，死也不挪窝，没人闯东北，亲戚朋友都劝阻父母，尤其姥姥那里更是哭哭啼啼，万般难舍。

父亲就是那脾气，一般不说话，下了决心，十匹马拉不回来。拔腿就走，一家四口闯了关东。坐马车到滦县，乘火车三天三夜到哈尔滨，再转汽车到肇东，落户昌五公社金安大队。那时父亲五十一岁，母亲四十三岁，我七岁，妹妹三岁。哥哥和姐姐都已成家，留在了青龙。

三

开始是借房，住在大队部的东厢房。第二年，给了房基地，父亲要盖房。

那是一个人的盖房。

六十年代，东北的房子全是土打垒。用木板夹起来，中间填土，夯实，是为墙。土是盖房的基本材料，但取土却要到村外的大坑里。所以，那一年，每到中午和晚上，村里人就会看到闯关东来的男人，推着独轮车，车上堆满泥土，往返于村子和大坑之间。两间房子的盖房之土，全是父亲一个人推来，堆起有小山之高。不光是土，还有那些木材，大到房梁，小到椽子，也都是父亲一车一车自己运来的。

说起盖房，还有一段小插曲。大人们忙活半天，筑起半人高的墙。中午，大人们都去吃饭了，我带着伙伴们过来看稀奇。说是看稀奇，一点不假。老家青龙盖房，都是石头垒墙。土打的墙，能盖房？我心中充满疑惑。伙伴们就说，试试看，这墙结实不结实。于是，动起锹镐，七手八脚扒起墙来。迨大人吃完饭出来干活时，我们已经扒出一个大豁口。父亲的火可想而知，追着要揍我。我知道做了错事，撒起脚丫子就跑。父亲从小就没动过我一个手指头，若在平时，赶几步，吓唬吓唬，也就罢了。但这次，他是真动了气，穷追不舍，赶到村头，追上了我，摁倒在地，就是一顿猛揍。

父亲打我，一辈子，这是唯一的一次。母亲为此与父亲还吵了几句，说你打孩子可以，可你不能往死里揍。回过头来数落我：“你爹为了这房子，没日没夜，当牛做马。你不说帮你爹做点事，反倒他垒墙，你拆墙，还不该揍！”这次挨打，我的确长了记性。不是记住了挨打，不再犯同样的错误，而是记住了父亲的辛苦。

筑墙、上梁，自然是村里人帮忙。得知我家盖房，左邻右舍都来帮工。父亲虽然是新迁来的社员，但不到一年，就有了名声：老实厚道，肯吃苦，能干活。平时谁家有事，父亲都去帮忙，人缘甚好。众人拾柴火焰高，很快筑好四墙，两间土打垒，如一个“日”字。上梁，摆椽子，铺苇箔，抹泥，忙忙活活一个多月，我们有了自己的家。用母亲的话说，我们四口也有了窝。

二〇〇〇年，我去黑龙江大学讲学，顺便回金安看看。冬天，白茫茫的大雪覆盖了整个村庄。经人指点，才找到我住过的院子，想不到四十年的老房子还在！在我的记忆中，房子是很阔大的，高高的门，宽大的窗子，敞亮敞亮的房间。可此时它埋在雪中，就是微微隆起的雪堆。不是门窗冒出的热气，极有可能见不到它的存在。

听见叫门，掀开厚厚的门帘，走出个五十多岁的妇女。“你们找谁？”黑龙江大学的老师说：“他来找家，他在这里住过。”妇女露出惊讶的眼神：“我们家一直住在这儿。”她的意思是说，怎么可能是你的家！我说：“四十年前，我是在这个屋里住过的。”妇女打量着我：“你不是老詹头的小儿子吧？”妇女开始热情地把我们请进屋里，“你爹走的时候，把房子卖给了我们家，我姓于。”她说姓于，我就知道是我们家的老邻居。有一年的年三十，老于家在院子里摆上供桌，接祖宗回家过年，我因为好奇，围着桌子转来转去，打碎了人家玻璃灯，家里还赔了老于家钱。

我是跌进屋里的，好似一脚踩进了大坑，屋里黑洞洞的，一两分钟，眼睛才适应。压水井，酸菜缸，锅台，贴在灶台上的灶王爷，一一显现出来。同四十年前一模一样，只是主人换了，炕上坐的已经不是母亲，门口进来出去的已经不是父亲。

四

这两间房子，今天看，简直就像窝棚。但是，在六十年代，它就是父亲为我们一家筑起的安乐窝。东北几年，是我们一家最快活的时光。

东北的冬天寒冷至极，刚一入冬，就降大雪，几天几夜，厚雪封门，东北人就过起猫冬的生活。两间土房子，屯在雪中，像神话中蹲在雪野中的老狼，只烟囱于皑皑中冒出缓缓的蓝烟，似舒展开来的广袖。此时，我们就猫在玉米和谷子堆间，看父亲抽烟，听母亲闲话。我觉得父亲就像老羊皮袄，在风雪交加的日子，把我们紧紧地裹起来，不漏进一丝风，不放进一片雪花。

六十年代的黑龙江，物质极为缺乏，但不缺粮食。小米饭，黏豆包，苞米楂子粥，养活了一家人。记得清清楚楚，每天天不亮，我们还在梦中，父亲就从大队豆腐坊端回新做的豆腐，然后烧火做饭，等我们起来时，热腾腾的小米饭，白菜炖豆腐，已经摆上炕桌。所以，当家乡父老被饥饿折磨得死去活来时，父亲带着我们一家，过起不愁吃不愁喝的“小康”日子。

父亲不识字，母亲上过扫盲班，粗识几个字，但他们都好听书。尤其是母亲，一生为自己未读书而遗憾，天生喜欢文化。吃饱了，喝足了，小屋不知何时成为读书、听书的场所。村里的几个高中生都到我家来读过书，邻居黄玉华大姐、村西于民大哥更是常客。最初讲《三侠剑》《七侠五义》《济公传》《杨家将》，后来是读书，《烈火金刚》《青春之歌》《平原枪声》《红岩》，邻居家也来听，炕上炕下，挤得满满登登。母亲自然是坐在炕尖儿上，招呼大家。而此时的父亲最忙，炒熟一簸箕葵花籽，烧开一壶又一壶的热水。然后挤在门角边上，默默地听书。但念当代的小说，他就不灵了。《烈火金刚》还好，还能坚持，到了《青春之歌》，他就不客气地挤在炕犄角，很快打起鼾声。

当然最受惠的还是我，小屋里的听书，是我文学教育的启蒙课。

五

东北虽不挨饿，劳动强度却非关内可比，那是对男人真正的挑战。土地无边无际，一条垄的长度，不是以丈量，而是以里计，短则几里，长则十几里。而且没有任何机械，全凭人力，其劳动强度可知。

春天播种，一条垄犁到地头，马都累得倒在地上喘气，扶犁的挥着鞭子，赶几遍，才慢腾腾地站起来。父亲干的多是培垄活，是种地的最后一道工序。扶犁的豁开垄沟，播种的点进种子，散粪的滤上粪，然后就是培垄了。说来简单，就是把豁开的垄沟，再一脚一脚地培上。在种地的几道工序中，扶犁和播种劳动强度最轻，可要技术。滤粪和培垄最重，一般要壮劳力。父亲有时扶犁，有时培垄，但以培垄为多。一天下来，二十岁的小伙子都吃不消，愣喊腿打不了弯。但在我的眼中，父亲似乎从未露过疲惫之相。他回到家门口，放下镐头，拿起扫帚，打扫干净院子，然后跺跺脚，扫扫衣服，进屋吃饭。夜里，只有他感到母亲和我们都睡熟时，才偶尔发出沉重的叹息。

比起秋天的活来，春天的累，根本不算什么。有一样活，最要力气。

东北的秋天来得早，一般在十月就扒光玉米了，留下的是一望无际的玉米秸，瑟瑟于秋风中。刨玉米秸是在所有收割之后、秋天最重的一道活。工具是一种特殊的镐，短把，宽刃。右手握镐，左手揽住玉米秸，连根刨下，放倒。

刨玉米秸是年轻人撒欢儿的活儿。一人把住一条垅，年轻人很快就刨进去百八十米。父亲毕竟是五十多的人了，力气还有，活儿已经不如年轻人麻利。但他有耐力和韧性，一旦煞下腰去，头不抬，镐不停，一口气就是半里地。听小伙子们说，当他们甩开膀子刨一阵子，刚要躺在地上歇歇腰时，父亲转眼就赶到了他们的前面。父亲是一个他们永远也甩不掉的影子。一条垄刨到头，小伙子们躺在玉米秸上，直喊腰痛，父亲坐在地上，看着小伙子们笑："小伙子哪有腰？"大家不得不佩服，姜还是老的辣。

但父亲也不是钢铁侠，一天下来，累得浑身散了架。可他从不表现出来，在我和妹妹的面前更是如此。中国农民的最大特点是能忍，挨饿可忍，被人视为二等公民可忍，累就更可忍。父亲也是，一切苦楚都吞到肚子里，从不与人说。"说了也没用"，这就是父亲的口头禅，也是他的生活之道吧。

一九六四年，度过了灾荒期，母亲想念留在河北的哥哥姐姐，带我和妹妹回到青龙。翌年，父亲也回到青龙。我跟着父母在东北生活了五年，度过了灾荒。我写过一首《父亲》诗：

你以大山般的脊梁，
扛着幼小的我，走进屋门。
待我从矮小的房门走出时，
我已经长成像你一样强大的男人。

从小屋走出来的意象，浓缩了我在东北的记忆。

家常菜

生在农村，对饮食没资格挑肥拣瘦。五十年代末六十年代初，称“三年自然灾害”的特殊时期，其实是既有天灾，也有人祸。糠窝窝，野菜，榆树皮，有什么吃什么，填饱肚子算是幸福，自不必说。就是正常年月，农村的饭食，也极为简单。主食高粱、小米加红薯，经冬历夏，变化不大。蔬菜则分季节，也无非白菜、土豆之类，并无什么特别。这样的家庭，出不了美食家，也不会有什么特别的口味。但是，年岁稍长，有了些阅历，南甜北咸，徽菜鲁菜，有所品味，似乎都未留下特别的印象，倒是小时的一些饮食习惯，想来颇有些酸甜苦辣的味道。

一

春天是过度季，白菜孕出菜花，土豆冒出黄芽，已不可吃；如不吃完，酸菜也会变臭，所以只能咸菜就饭。但到了阴历三四月，就有了小葱、生菜蘸酱佐饭。

小葱蘸酱，平常至极，农家是没什么讲究的。但何时吃，怎么吃，也有可口与否之大别。葱长三四叶，刚可一拃，葱白半拃，筷子般粗，时候最佳。此时的小葱嫩脆，微辣多甜。若葱到五六叶，尺把高，就成老葱。吃是自然的，但已有了纤维，而且只辣无甜了。食葱适时，吃时也有小讲究。须用井水洗净，去须，剥去薄薄的一层老皮，露出蛋清般的葱白，蘸豆酱，才有味。用河水或溪水去洗，已是夏天的吃葱之法，是嚼葱，而非吃葱了。用葱佐饭，最好是水饭。小时候，常见母亲做。小米或秫米，熬八九成熟，捞到温开水中，过淋掉黏稠的米汤，再放到温开水中，是为水饭。水饭既无米饭之干之硬，也无粥之烂之稠，吃来爽口，再加小葱蘸酱，可谓二爽。山东食葱，有大葱卷饼的吃习。但葱非小葱，乃为拇指粗的大葱，与河北小葱蘸酱还是有很大区别的。春天，农家粮食都吃紧，水饭、小葱，可算浪费。但农家三月大忙，山上挑粪，田里扶犁播种，都要力气，一般人家都会舍得。

春韭，亦是春天鲜菜，“夜雨剪春韭，新炊间黄粱”，不仅古来就是普通人家美味，亦是常见入诗的一种蔬菜，杜甫、苏轼、高启等诗人都有作品。但在农村，韭菜割一茬，要一个月才会再长一茬，所以，并非天天可吃的家常菜。韭菜以头茬最好，紫根，味道足，与其说辛辣，不如说辛甜更确切。炒鸡蛋，加一把韭菜，可减油腻，增鲜嫩。若用来包韭菜鸡蛋饺子，并鸡蛋亦染如翡翠，多汁，味美异常。春天若能吃上这样的饺子，无异过年。

一九六八年中学学工学农，我到公社洋铁厂，做翻砂工铸犁。极重的体力活，而我年不满十六，不半年，就得了急性肾炎，辞掉工作。工厂开了十五元的工资，是我所见到的最多的钱。离开工厂后，我背着行李，走进镇子唯一的一个饭店，要了一张饼，一碗蛋汤。那是我一生最难忘的鸡蛋汤。现在想来，应该是淀粉调羹，抡上鸡蛋，所以汤如琥珀色。最妙的是，撒少许春韭，飘于汤面，甜中带辛的清香，顿时充盈整个房间。

二

夏秋可食的蔬菜最多，黄瓜、豆角、茄子、土豆、西红柿，都是自己家院子种的，摘下来即可吃，新鲜可口。黄瓜以凉拌为多，豆角可单炒，也可豆角熬土豆。豆角生长最快，一夜就是一茬，摘下来时，尖儿上还顶着紫花。老豆角，摘尖儿时，会扯出筋，要摘掉豆角尖儿、豆角根和豆角筋。刚从架上摘下来的嫩豆角，就不必如此麻烦，没筋，只摘掉尖和根就可以了。土豆是刚从秧下扒拉出来的，较鸭蛋稍大些，几乎没皮儿，洗去土，色如羊脂玉温润。用秸秆烧柴火锅，加猪油烧热，下葱花，倒入豆角和切成小块的土豆，翻炒；待豆角炒成翡翠样，加少许酱油，倒热水，将将与菜平，加盐，盖锅盖，熬一刻钟，抄出。豆角不硬不烂，土豆既面又酥，入口即化。可配搭米饭，也可配搭饼子等主食。

当然，在五六十年代，吃米饭并不常有。七八月份，正是青黄不接的时候，好的人家，还可喝粥填饱肚子；不济的人家，时有断顿之忧，靠亲戚朋友帮忙，靠政府救济，才能熬过来。此时土豆、豆角，既是蔬菜，也是主食。有时，一家吃一顿土豆炖豆角，就是一天的饭食了。所以豆角难谈美食，却可救命。

在夏秋的菜中，数茄子做出的菜，品种最丰富，母亲可翻新出众多花样。烧茄子是只有节庆才会做的菜，因为要费好多油。常见的是炖茄子，也有单炖与合炖之分。单炖，把长茄子掰成几块儿，待紫茄皮炒得稍稍变绿时，加水炖数分钟即熟。快熟时，如加一些蒜末，则更提味儿。合则多与土豆炖，再放一两个青辣椒，吃起来微辣。这两道菜，都适合伴小米饭吃。当然，农家最习见的是蒸茄泥，极简单经济。洗净的茄子上锅蒸熟，撒些盐，或拌上蒜末，就可以了。也可与土豆一起蒸熟，合上蒜泥、酱油，拌成茄子土豆泥，就是中国的沙拉，比欧式的土豆沙拉更爽口。茄泥，如果再有刚煮熟的新玉米，啃一口嫩玉米，夹一口茄泥，满口就有了初秋的浓浓味道。

三

到了冬天，农家桌上，就只剩下白菜、土豆和酸菜了。白菜豆腐，白菜粉条，土豆丝，土豆片，炖土豆，都是家常菜。只有酸菜，虽是北方的家常菜，但是，在冬季所有的菜品中，做起来最讲究，差别也大。好的可为上乘佳肴，不好的则极难吃，败人胃口。

酸菜好不好，首先在选料。白菜不能太小，亦不可太大。菜心不可太少，也不可太满。菜小，无心少心，腌出来的酸菜，只有酸菜帮子，涩口不脆；菜大或心太满，则里边腌不透，少了酸味。所以上好的酸菜，选料就讲究。其次是工艺。酸菜，老家叫激菜。字典中并无此一词，当是土语，实际上应当是“菹”字。但我更倾向于“渍”。因为“激”和“渍”，都明白标识出它的工艺过程。“激”是做酸菜的第一道工艺。一般要在秋末冬初，收了白菜之时，精选出白菜洗净。烧大锅开水，手提白菜，放到水里烫。此时，烫的火候极其关键。烫，即激也，但有小不同。烫之时间可长可短，但是激酸菜的时间，既不宜过长，也不能过短，一般在三两分钟即可。之所以说激，而不说烫，正说在这火候上。“渍”是做酸菜的第二道工艺，就是浸泡。青龙老家与东北一样，家家备有酸菜缸。激过的白菜，一颗一颗码在缸里，一般是头对头地码，也有横一排竖一排地码。倒温开水，用平板石头压上，封缸。泡酸菜，要掌握好室内的温度，太热容易腌烂，太冷则不易变酸。因此酸菜缸大多放在灶火坑间，即南方所说的堂屋，城市人说的厨房。

农家最常见的吃法，是酸菜粉条汆白肉，可用锅炒，也可用火锅，味道一样。天天吃酸菜，自然以锅炒方便，但是到了节庆，那就以火锅为好了。酸菜白肉，加上冻豆腐，就更好。铜锅，炭火，热腾腾摆在桌子中间，一家人团团围坐，气氛就热火；桌旁再放一火盆，扒上红红的炭火，锡壶倒满白酒，放炭火上坐热，喝一口热酒，吃一口酸菜，真是活神仙了。农家菜一般是上不了宴席的，就在农村，也是如此，没听说过用茄子熬土豆、茄子泥摆席。酸菜则不然。婚庆宴席上，七碟八碗，碟菜中常见酸菜炒肉丝，碗菜中就有酸菜汆白肉，这两道菜还都是受欢迎的菜，因为它解酒解腻。到了春节，大鱼大肉吃腻了，包一顿酸菜饺子，选酸菜心，剁碎五花肉和油渣，用猪油加素油拌馅儿，咬一口，香而不腻，特受欢迎。

当然，对我来说，记忆最深的是酸菜汤。数九隆冬，天寒地冻，极易感冒发烧。对此病，母亲有她特效疗法。先是刮痧，再做一碗酸菜汤，酸菜心切得细如发丝，再切上熟肉片，出锅时，点上几滴香油。呵呵，真香啊！喝下一碗，盖上被子，出一身汗，顿时烧退身轻，强胜扑热息痛几倍。

不过，这些都是过滤掉痛苦的回忆。酸菜汆白肉好，但岂能容易吃上？五十、六十、七十年代，城市人也难得桌子上见肉，但毕竟每月有分配的肉票。农民历来是在社会最底层，不会有人管吃肉的。一年到头喂头猪，一家子等着过年，稍大一些，还得卖掉一半。腊月二十五六杀猪，最多吃到二月二龙抬头。留下一两块腌肉，来了客人才用。酸菜大部，不能做荤菜，多为素炒。那味道就涩，比咸菜强些，谈不上美味，就饭而已。

四

农家一年四季，或招待人，或改善生活的菜，是豆腐，所以不能不单写一笔。村里多有磨房，专为磨豆腐之用。豆子自产，无须花钱，只是费些工夫。先要泡好豆子，套上毛驴，转一个时辰，磨好豆浆。用大锅烧开，稍晾，撇出豆皮，点卤水，盖锅盖稍等片刻，就可起锅了。青龙豆腐的吃法独特。点好的豆腐，捞到细柳条编的篓子上，下放水盆接住淋下的水。食者夹豆腐到碗里，加咸菜与肉末打的卤，拌米饭而吃。米饭不宜大米，最是秫米和小米的好。吃剩下的豆腐，再压成块儿。临近过年，家家要拉豆腐。此时的豆腐，却是压块儿。一半用来做豆腐丸子，一半摆到帘子上，冻成冻豆腐。冻豆腐，既可与酸菜配，也可与白菜配。

离开家乡后，豆腐是最想吃的那口儿。知道到家的时间，母亲先把豆子磨好，前脚进屋，后脚就烧豆浆，点豆腐，热气腾腾，很快就摆上来。心里就想，妈在，儿子就有福了。母亲不在了，每次都是哥哥张罗，“老三回来了，拉豆腐”。还是热腾腾地暖人。但如今，哥也不在了，我也就疏懒了回家的念头。但临近春节，嫂子打发侄子们进城看我，带来许多年货。打开其中一包，却是几十张的豆皮，黄黄的，油油的亮着，我忽然想起，有几年没吃到家乡的菜了。

关帝庙

一

关帝庙，人们习惯称大庙，在老家庄南。村庄呈方形，分东西南北四条街。南街正中有口井，供南街、东街的人家用水。井旁一条朝南的路，约百米，直通关帝庙。

大庙建于何年，已经无从考证。但据庙中盘龙松树，可大致推测它的历史。大庙的松树是村里七朵莲花之首。所谓七朵莲花，是七棵松树。村子东倚小东梁和大东梁。小东梁高百米，大东梁约五百米。大小东梁上各长三棵松树，加上大庙的共七棵，传为开庄时祖先所种。六十年代，先是伐掉了大东梁的三棵松树做大柁，盖了大队部，后来又伐了小东梁的两棵，只保留了一棵，做挂钟之用。说是大钟，其实就是汽车轮子。上工，开会，有人会站在树下，举着铁榔头，敲响大钟。“文化大革命”中，有了大喇叭，出工、开会用广播了，钟也就废掉，而松树不知何时被伐掉，也不知做何之用了。庄里宿老说，砍了大小东梁的六朵莲花，坏了庄里的风水，再也镇不住邪气。从此，小巫岚的山全秃了，青龙河水也近枯竭，庄里出了许多不三不四的人。

大庙里的那棵松树，唯一能够幸免，乃是因为忌讳。传说，民国年间，来了一伙毛贼，夜里盗走周仓手持的关公青龙偃月刀。有人亲见关公怒发冲冠，须髯皆动，周仓曳动脚步，赶出了庙门。那贼盗见此，吓得抱头鼠窜。谁知前有大松树拦阻，一头撞到，顿时晕倒，大刀被周仓拖回。老人说，庄里有天灾人祸，大松树就会流出鲜血。有了这些故事，有人想动松树，就有了忌惮。所以，即使是在“文革”期间，人们把大庙改作仓库，而松树，却无一处刀痕、一块伤疤，郁郁苍苍。

松树有三人合围粗，树冠如虬龙飞天，屈曲盘旋，森森然覆盖了大庙。论其树龄，应在三百岁之上。算起来在顺治、康熙间，而此也正是建庄的时间。也就是说，开庄之初，先祖就盖了这座关公庙，种了大松树。

二

大庙坐北朝南，正殿三间，左右各三间侧殿。原来应有院墙的，但是，五十年代，不见了东厢房，只剩下正殿和西侧殿。院墙更不知倒在哪一年，此时踪迹全无。六十年代初，西厢房里传出琅琅读书声，庙宇改作了学堂，我一年级就是在此读书的。因是西房，又被大松树严严地遮盖，屋里光线极暗。老师就打开屋门，借着外面的光线读书。而孩子们又是怎样看书本的呢？已经记不得了。

但是那座正殿，还是给我留下深刻印象。两扇油漆斑驳的大门紧闭着，永远神神秘秘的样子，吸引着孩子们的好奇心。下课后，就有许多的孩子围过来，扒着门缝或窗缝往里望。但是里边黑咕隆咚，模模糊糊，似见一张红脸，一张黑脸。老人就讲，红脸关公、黑脸周仓。讲周仓赶盗贼的传说，断断续续知道一些三国故事，于是对殿中的两位神人充满敬畏，更感三间房子的神秘。很奇怪，那时候，孩子们对这两位神秘人物没有任何恐惧。放学了，大家围着院子疯跑，天黑了才回家。现在想来，孩子怕鬼，不怕神，而大庙供的正是神仙，而且是大义凛然的神仙。

庙前后皆是荒地，后来开为菜园，没有人家。旧例，庙前后风水不好，不宜居住。只庙前左面，住富农老王家，两间草房。主人五十多岁，戴着蓝帽子，走路外八字，四平八稳的样子。无论冬夏，都是破黑上衣、黑裤子，似乎证明他“黑”的身份。永远抄着手，见人三分笑，说明他低人三分的地位。庙前右面，是贫农老三家，日子很穷。论辈分，我叫他大爷，瞎了一只眼，是生产队的饲养员，喂驴马，有时赶赶大车。王大爷三个儿子，老三也是残了一只眼，同学们都叫他独眼龙。那时，孩子们疯跑，总是向右，向右，再向右，绝不向左。因为左面的老王家，总是关着门，黑着灯；老王家的孩子，也从不和人交往。右面的老王家，开着大门，三个儿子都是我们的玩伴儿。

一天，左面老王家的儿媳妇突然上吊身亡。媳妇是邻村的闺女，细高挑儿，俊模样，与老王家是亲戚，丈夫就是她姨兄。庄里人私下议论，一朵好花插到了牛粪上。媳妇出身不高，家里贫农，嫁到王家，也就随了王家的门风，很少与外人接触。生产队干活，是把好手，却不说话，默默地来，默默地干活，默默地走。冬天没农活，常常看到她背着花篓拾柴。媳妇死了，死得蹊跷，还留下一岁的儿子。庄里议论纷纷，老王的儿子也要死要活，老王家住不下去了，搬去东北，房子慢慢地塌掉。右面老王家的老大，是我中学同学，招工去了天津化工厂，老王家的日子渐渐有了起色，就搬了家，留下旧房子养牲口。

不过，小学很快就搬到了庄西的曾家大院。曾家是庄里最大的财主。曾家大院三进房子，每进正房五间，装得下所有上学的孩子。不作学校的大庙西房，也随之被拆掉了，只剩下三间正殿，孤零零地厝在那里。“文化大革命”一开始，庙里的塑像全被砸毁，三间房子，拆了一间，留了两间空着。不知为何，保留到现在。

三

关帝庙的香火旧时很盛，十里八村都来烧香。据老人说，庙很灵。常有这样的传说，某某结婚数年，怀不上孩子，到关帝庙求子，许了愿，当年就兑现。某某人，生了病，经年累月，请了无数大夫，吃了几篓子药，也不见好。到关帝庙拜拜，一来二去，好了。人家就说，这关老爷最讲义气，也最知穷人疾苦，说话算话，自然灵。但一九四九年后，香火逐渐稀落，经过“文革”，几乎断了香火。偶有烧香的人，也是半夜偷偷地来，在庙门前烧炷香，偷偷走，像个幽灵，怕人看见。

但是八十年代以后，来大庙的人又多了一阵子。因为有人说，关公就是财神爷，于是多了焚香许愿还愿的人。但二神的塑像没人重塑，只是在原来的台子上摆了关公、周仓的牌位，而且不甚讲究，松木板，用毛笔写上歪歪扭扭的字。不过，也只是兴盛了几年而已。许愿发财的，多是农民。一两户办鸡场的，为正大公司养鸡，年收入数万，多则十几万，就已经了不得了。但多数是出去打工，年底带回一两万，就算挣了钱，也只是有了化肥、农药钱，平常走亲戚的零花钱。若要儿子娶媳妇，没有省吃俭用地攒几年钱，是办不起事的。慢慢地感到，关老爷不太关注百姓发财的事，人们也就冷淡了。

不知什么时候，关公庙又兴了新的用场，就是哪家死了人，要到庙里领魂。父母去世，办丧事时，都曾去过。夜里，前面抬着纸幡，孝男孝女，亲戚朋友，挑着纸糊的灯笼，从灵前出发，穿过大街，迤逦向庙里行进。吹鼓手奏着挽歌，全村的人跟在队伍的两边看热闹。来到庙里，焚纸，磕头，领魂而回。灵幡窸窣，火光摇曳，纸灰翻飞，庙里充满诡异。有小孩就哭，大人紧紧抱着，匆匆离去。送魂时，不再来庙里，而是在出殡前夕，到庄西路口，烧掉纸人纸马，后来又加的电视、冰箱，送魂去了西天。

而到此时，关公庙已经没有昔日的神圣，却多了阴气，多了恐怖感。因为小孩子知道，死去的人，魂灵好像都来到庙里暂住。想想人死去的样子，若要撞到，面无血色，眼睛空空，直直地走路，岂不吓死人？小孩子也就不再敢来。不但孩子不来，并大人也无事不光顾了。此时，人们不再记得这里是关公的神舍，尤其不知道手持青龙偃月刀的关公，他的仗义，他的神勇。因为此时的农家，同天下的所有人一样，只知道有钱，不知道有义了。

至于庙中那棵大松树，就更没人敬畏了。九十年代，不知谁家，在紧挨松树的西面，围了牲口圈，庙里到处是牛屎马粪。有人索性在松树上钉了拴马的铁环，牛啃马蹭，不数年，松树瘢痕累累，枯了半边。再几年，这棵古树、小巫岚的最后一朵莲花也终于枯死，魂归西天了。

前年回家，我去看它。苍老的树干，剥光了龙鳞，像死去老人的躯体，苍白丑陋，毫无生气地挺在那里；覆满庙宇的槎桠，几乎都被卸掉，只余向南的枯枝，伸出去，像老者干枯的手臂，无奈地举向苍天。站在老松前，老实说，我没有一点点的伤感，绕开脚下的牛屎，很平静地摸着它的树干，心里只想到了一件事，明年我还回来吗？

松树死了，庄里的父辈，也都已凋零殆尽，没人再讲关帝庙的故事。

青龙河

一条河，那是家的摇篮，我的父母河。像揽着孩子哺乳的母亲，自村北抱过来，舒展的长臂，缓缓弯成弧形，伸向庄南。她源自何处？流向何方？我不知道，至今也无意查找。溯游，我在距村二十里的和平庄见过她；顺流而下，又在离村不过十余里的大汇河与她照面。在我的生活经验中，青龙河长不过三十里，但是，在我心口，她从我的童年流出来，再从我的青少年流过去，滋养了我丰盈的记忆。

一

青龙，是她的学名。学名来自传说。青龙本是东海龙王的小儿子，爱上龙女，私逃到此地，青龙之名由此而来，县也因此得名。但河岸上的人多叫她大河。其实，她就是滦河的一条支流。与黄河、长江相比，滦河只能称为无名小辈，更何况青龙河只是滦河的支流。但是在青龙人看来，那是名副其实的大河。

大河之谓，自然在水阔。到了夏季，滔滔滚滚，水平两岸。即使冬天，关外的天气寒冷异常，大河的主流也不会结冰，留下一条蒸腾着水汽的水道，像蜿蜒的长蛇。

大河是暴虐的。每当连雨季节，河水暴涨。这条青龙从北面山间夺路而出，咆哮着，怒吼着，撞向西岸的鹰嘴崖；掉转头来，气势汹汹，杀向村南，吞噬庄稼，卷走土地；再折向半壁南山，卷起冲天浪花，回声若中天雷鸣。听父亲讲，老年间，土地归个人，一到此时，地邻河边的人家，就吊起心，竖起耳朵，谛听着每一个声音。每当冲垮土地，溅起巨大声浪时，就会有人家哭声一片。到了公社，土地虽不属于个人，但到这样的夜晚，村里人家也多是不眠的。一九六三年闹大水，洪水进村，顶到了村西住户的房檐，村东的也到了门口。老人掐指算来，这样的水，自民国以来，大概几年就有一次。每当夏天闹水，父亲总是坐在炕沿上，一袋一袋地吸着烟，听着远远的河水轰鸣声，时明时暗的烟火，映出他焦虑的面颊。

大河之谓，更在于她的功德。

更多的时候，大河是温厚的，像一位慈祥的母亲，用她丰沛的乳汁抚育着两岸的孩子。家乡属燕山山脉，气候并不好，很少有风调雨顺的年头。但在我的记忆中，青龙河从来没断过流，哪怕是赤旱之年。春天干旱，井水枯了，大河不竭。春耕之时，河两岸熙熙攘攘，都是一队一队挑水上山梁的人。有了这条河，村里人就不用担忧绝产断种，但离开河两岸的人可就苦了。所以，青龙河两岸，是繁衍生息的福地。两岸的村落，都是大庄，连姑娘嫁人，河边的人家，也都是首选。

而在孩子那里，大河永远是最要好的伙伴。她会在绿莹莹水草间，撒一把黑蝌蚪，在你的脚丫缝里钻来钻去。就在你趴下身子，小手将要捧起那黑色的小精灵时，一条鲢子突然从水草中蹿出，亮一下银白的肚皮，穿过你的大腿，闪电般消失在河的深处，吓你一跳。但是到了十来岁，你就学会趴在水中，压着水草摸鱼了。当然，你要小心藏在石缝里的嘎鱼，它会用锋利的鱼鳍刺破你的手指，叫你几天又疼又痒。你还要防范狡猾的沙丁鱼，它长似泥鳅，却不似泥鳅之黑，几乎是透明的，只腮边的胡须，与泥鳅同类。但它却有泥鳅同样的遁去的本领。在河边湿沙上挖出水坑，放进捞来的小鱼。明明是四条，待你收拾时，却少了一条或两条，不用看，少去的一定是沙丁鱼。它不知何时，已经钻到沙里，任你翻遍周边，再也不会现身。

二

青龙河是温馨的河，蓄满了我温暖的回忆。

五月节，父亲和母亲带着我到大河洗百病。时间涂抹了细节，所有的背景都已淡去。但是粼粼的波光，却如彩色的底片，在透明的沙子上，印出曲曲的水纹、闪闪的碎碎的光影，与父母的身影叠在一起，以至到现在，一想起大河，就想起父母，想起父母，就映出大河。那也许是我关于大河的最初记忆，我曾把它写在个人的诗集里。

暑假，去大河游泳。刚刚发过大水，河水还汹涌，心存惧怕，只是在齐腰深的河边划来划去。同伴笑话："不去鹰嘴岩，算什么游泳。""谁怕谁呀？走！"几个人手拉手蹚河到对岸，顺着山边爬上鹰嘴岩。向下看去，丈余高的岩下，水波反倒比河中的大流平缓。于是几个人像青蛙，噌噌噌从石岩跳入水中。这一猛子，不知有多深。水下暗藏漩涡，扭着身子往下拖。奋力划到水面，还没来得及喘口气，却又被旋入水底。挣扎着蹿出水来，再无划水之力，呛口水，眼看没入水中。两条腿用力踩水，两手吃力地往上刨，突然感到有股水流，把我托上水面，冲到水边。也有人说，当我体力不支，沉下水时，是进玉表兄，跳下水，托了我一把，我才得救。我曾求证过表兄，他总是笑笑，不置可否。但从此，我学会了游泳，那年十二岁。

七十年代，村里修大坝，用了三四年工夫，筑起两三千米防洪坝。从此再不怕发水，而且围出几百亩稻田。大坝也成了夏日乘凉的好去处。傍晚，从大坝爬下去，脱得赤条条地跳下水，爽爽地洗个澡，然后再爬上坝顶，舒舒服服地躺在石上，河面飘来凉风，徐徐拂面，紫槐香气袭人。远处，涛声夹杂着欢笑，一波一波地扑来，此时的我真如仙人享受自然。正是在这样的情境下，一日，我情不自禁有了写点什么的冲动，于是有了《迎春花》:“沙卷着风，风裹着沙，呼呼啦啦说大话，十几里的万人愁，谁不怕？谁不怕？我们不怕，三十个女青年，三十朵迎春花。”又有“太阳晒黑了脸颊，铁茧攥细了镐把”云云。那应该是我写的第二首有韵的东西，发在了《承德群众报》。文风自然是那个时代的颜色，大言，夸饰，但其底色却是青龙河，是青龙河赐予我灵感和文思的。

三

可惜，青龙河现在成了伤心之河。

二〇〇八年夏天回家，到邻村半壁山的山腰，我就让车停了下来，急不可待地俯瞰村西的大河。奇怪，不见了自北而南永远悬挂于故乡胸前的那条银光闪闪的项链。问接我来的侄子，侄子说：“叔，大河干了！”“干了？”

我无论如何不敢相信自己的耳朵，青龙县可以不在，青龙河却

今日的青龙河

永远流淌，这不仅是青龙人的情感，也是青龙儿女千百年来的经验，以及由此生成的信念。就在回家前，我还想着到河里痛痛快快地洗个澡，一丝不挂地扎到水里，教清清的河水冲走我的城市病。

但很不幸，大河真真切切失去了她往日的容颜。站在坝上，我看到的是千疮百孔的河床，像生了疥疮的躯体。传统的河岸人家只知道河水养人，现在的农民都想成生意人，而生意人看准的是现钱。他们瞅准了河沙，与挖沙公司签了合同。河套里开进挖沙机和翻斗卡车，机器声日夜轰鸣，好端端的河床，被切断、扭曲，改道，河套成了沙场，大河无奈，只好给金钱让路。

但这不是大河的性格。若在旧时，任你在河床挖个湖，堆座山，一个夏天，一场水，都会瞬间抹平，自负而又霸气的河水，要荡平河川里阻拦它去路的一切，任其一泻千里。而今天的大河不仅谈不上什么霸气，甚至已经变得命悬一脉。走到河边，见青龙河像一条胆怯的草蛇，在沙砾间灰溜溜地钻来钻去，别说是河了，连水沟都不是！不是亲眼所见，谁能相信它旧时的浩浩汤汤？

水呢？不过三十年，青龙河怎么就成了断流河？我问过诸多家乡父老，没人能说清楚。家里人告诉我，是因为青龙河的上游建了水库。青龙河上的确有桃岭口水库，不过就我所知，水库是在河的下游，与家乡这一段河水无关。青龙河那充沛的河流呢？

青龙原是个穷县，传统的经济就是农业。河谷里种粮，山坡上栽树。早时只有松树、楸树，郁郁葱葱覆满群山。六十年代知道𥘵桃种李，栽一些经济林，半山坡下，长满苹果、栗子、核桃。但粮食仅仅够吃，便宜的水果，也卖不出几个钱。乡亲们过的是紧巴日子。紧巴归紧巴，却也宁静、平安，尤其是拥有青山绿水，连女人都长得水灵。

近三十年世风陡变，昔日的穷山变成老板的富矿，山像一具人体，被一道一道划开皮肉，露出它的筋骨血脉。而氰化钠烧金的毒水一条条流入大河。树枯了，山秃了，水竭了，鱼也死净，青龙河几乎成了一条死河。

那年夏天，我来到河边，还是情不自禁地光脚走在水里。河水浅得没不过鸭掌，发出一股腥腥的臭，脚底满是烂泥似的青苔，几次险些滑倒。少时，蹚在没腰的河水中，脚底是流动的细沙，爽爽地搔着你的脚趾；身边是凉凉的流水，使你疑似漂移；稍不留神，就被调皮的鱼儿撞你个惊喜。可怜的儿孙们，梦里都不会找到这样的感觉了。

我为青龙河哭泣，以此丑陋面目，如何去见我们的子孙？我更为子孙哭泣，可怜的他们，见到的也许只是抽象的青龙河名字，如同华北平原上的诸多裸露的河床一样——河的尸体。

村里的同伴

上个世纪六七十年代，有一句口头禅，形容农村是个大熔炉。为此，要改造人，就把他下放到农村去。熔炉之喻，真切确实。但强调的是人的锤炼，掩盖了农村的艰苦，其实那里更像个苦难场。回忆自己青少年时期，我会不由自主地升腾起对家乡温暖的记忆。但是这种温暖，是苦涩的温暖，不是幸福的温暖。我也会不由自主想起和我一起经历过苦难、而如今还挣扎在乡间的同伴，四十年，他们是活在我心中的影子，并且永远贴着我的良知。

四 头

四头年长我十几岁，在庄里属叔辈。四头是农村最普通的名字，一看便知，在弟兄中排行老四。庄里无论老少，都这么叫，至于他的大名，我从未听人称呼，所以至今未知。

庄里人说四头出生时夹了脑袋，生下来缺心眼。家中不送他去学堂，他也就更加不识数。四头的弟兄都是一米七八的个子，他却只有一米六左右。走在兄弟间，像个孩子。说孩子也不假，四头长到二十了，还拖着鼻涕，一抽一抽的像漏粉。四头说话大舌头，说“四”总说成“细”，孩子们见到他，就叫他喊“四”，四头总是认真地立定，直着脖子喊“细”。孩子们就笑，一哄而散。

四头话说不利索，却能干活，十三四岁就下地了。跟着大人挑粪，拉牲口，耪地，割谷子。四头干活不利落，挑粪，总追在大人后面，像个跟屁虫，累得满头大汗，耪地也是被拉落半截子。但是他却不偷懒，抻着个脖子，很吃力、很努力的样子，鼻涕拉得很长。

六十年代，庄里分九个生产队，四头和我们家住在庄东头，都在第四生产小队。那时我爹是第四生产队的队长，人厚道，全队的人也都老实，把四头当作孩子，干多干少，没人计较。七十年代初，时兴合队，九个生产队合为五个，庄东头的四队与庄南头的三队合并为第二生产队。四头就是第二生产队的社员。爹不再是队长，选了原来三队的人做队长。南头的人嘎，欺负四头像耍猴。原来在四队，四头是半拉子工，挣五分。到了二队，却只给计二分。四头不服气，歇工时，去找队长说理。队长说，你把自己的名字说清楚了，就给你计半工。四头认真了，站在大家的面前，脸红脖子粗地说“四”。说了无数遍，还是“细”。队长说：“大家都看着呢，一个连自己名字都不会说的人，还想同工同酬？回家先跟你妈练说话去吧！”四头白了白眼，说：“跟你妈学！”四头顶撞了队长，出乎所有人意料。队长勃然大怒，一巴掌下去，把四头打在地上翻滚。四头挨打是家常便饭，大人打，连小孩也打，四头没有反抗之力，四头的家人也不管。四头爹早年去世，四头妈守寡养活了四个儿子一个女儿。老大很小就去了兴隆煤矿，与家里联系甚少，老二和四头在队里干活。很奇怪，四头挨打，老二从来不管，四头是一个家里家外都被遗弃的人。

四头的悲惨命运并未到此为止。一年，四头挨了狗咬，感染了狂犬病，发烧，口吐白沫，在大街上躺了两天。人们都以为他会死，谁知却又活了过来。但是，却落下个抽风的病根，累了抽，生气抽，没人再敢打他，从此也就再也不能干活。七十年代，家家日子紧巴，少了个二分的劳力，多了一口吃闲饭的嘴，四头家里就不能容下他。一天，四头妈给了他一个篮子，一根打狗棍子，说：“你能到哪儿，就到哪儿讨口饭吃吧！”从此，四头有了身份：要饭花子。

那是挨饿的年代，尤其到了五黄六月，庄里人家不断顿的少。

但是庄稼人的规矩就是饿死也不讨饭。借粮可以，要饭会一辈子抬不起头来。有的人家断粮，大人瘪瘪地躺在炕上数日，也不会走出去这一步。庄里百户，上千人口，只出了四头一个要饭的。这里需要交代一句：四头大哥在兴隆煤矿工作，二哥分家另过，三姐长得板正漂亮，外嫁个好婆家，但似乎谁也不管他。二哥在家，常常看见四头挎着篮子出门，却如见了路人，没话，面无表情。老人就说，四头爹死得早，若在，四头无论如何不会沦落街头。

但四头从不在自己庄里要饭。有人猜，可能是四头妈嘱咐了他，我却觉得是在庄里讨不到饭。一则，四头是被生产队遗弃的人；二则，四头要饭，丢了庄里的人。不过红白喜事除外。农村的例儿，办喜事、丧事，喜欢有个数来宝的凑热闹。四头这时才会回来，站在办事人家的门口。但他不会数来宝，他就给人家唱歌，唱《东方红》，唱《大海航行靠舵手》，他只会这两首歌。前首歌还好，后一首跑调八丈远，但是，还会有掌声。不是四头唱得好，是看他的热闹。但四头不知，以为被他的歌感染，胆子大起来，说："我再给大家献一首。"大家就哄堂大笑："算了你吧。"大家知道，他的第三首歌是《下定决心》，但他只会一句半，唱到"不怕牺牲"时，准会把"牺牲"唱作"稀腥"。而唱到此二字时，他的声音突然低下去，低到听不见声音，因为，他也不知道这两个字啥意思。但此时，办事人家帮忙的，就给他端来米饭，满满的，上面盖着肥肉、豆腐。这不是要饭，是四头的劳动成果，此时的四头心安理得地受用，脸吃得红红的。

一年暑假回家，从镇上过，远远地看见前边走的人像四头，到了身边，下车看时，果然是他。穿着背心，背着布袋子。他也一下子认出了我："詹福瑞呀，回家看你妈来了？"我说："是啊。四叔是来赶集？""不，我就住在这儿。"我突然冲动起来，掏出五十元钱给了他。回到家里，说到四头，家里人说：也算住在镇上吧！原来四头住在镇边上的涵洞里。

其后，我每年回家，再也没见到四头。只有在母亲去世时，起灵的那天早上，在簇拥着灵柩的众人中，我隐隐地看到了四头的身影。驼着背，矮得不能再矮。

表　妹

那是夏天的正午，我站在菜园边上，无意间向山沟里望去，眼睛突然一亮，见一个女孩匆匆走来，雪白的衬衣，蓝裤子。眼睛像电影里的王芳，圆圆的，亮亮的；也梳着王芳的辫子。但那嘴比王芳好看，翘翘的嘴角，似笑非笑。因是走路的关系，脸色微红，泛出桃色。我真的看呆了，那是我见到的最漂亮的女孩，让人怦然心动。那年我十五岁，正上中学。

过了数月，或者是半年，我去表嫂家。一进屋，就愣住了，菜园边见到的那个女孩，就坐在表嫂家的炕沿上。依然蓝裤子，却穿了粉色上衣，衬得小脸白白的。表嫂就介绍："这是老詹家的你表兄。"女孩站起身，微侧过脸，笑了一下："表哥，你忙呢！"说话时，脸色就羞红了。原来，女孩是表嫂的四妹妹，小名老四，大名素素，家住邻村。

很快，我又知道了，老四的未婚夫是我的同学萝卜干。萝卜干本姓王，名克久，在老王家族里，克久的辈分高，属爷爷辈儿。但因是同学，大家都叫他学名老久，背后才称他绰号。萝卜干者，长得又黑又小又干巴之意。

中学在公社的所在地双山子，离庄七八里。同村上学的有八九人。上学各走各的，而且多是小跑，才能赶上课。下学回家，就快活多了，成群结队，一路回家，一路玩耍，撒开丫子，漫山遍野跑，颇为热闹。老久虽然个子小，力气薄，但嘴皮子利落，骂人成套，而且是个挑事的主儿。一天，与同村的朱同学发生冲突，老久甩开嘴皮子，骂得朱同学没有下嘴的缝儿。朱同学情急之下，突然大喊："牛粪！牛粪！"老久脸一下子红到脖子，不再说话。原来，朱同学这句话也有深意，完整意思是："一朵好花插在了牛粪上。"说的就是老四和老久的婚事，打的就是老久的痛处，而且是最不愿人家说的痛处。

老四与老久是由老一辈指腹为亲的。老久爹与老久一样，也是好嘴叉子，加上辈分高，左邻右舍有什么事，都要请老久爹说和。老四爹是木匠，满脸连鬓胡子，为人畅快。老四爹与老久爹是好朋友。一天老哥俩喝酒喝高了，说起两个怀孕的老婆，击掌为誓：两个人都生男孩儿，就结拜为兄弟；都生女孩儿，就拜把子为姐妹；若生一男一女，不用说，最好，就结婚为夫妻。所以老四一生下来就是老久的老婆了。

听表嫂说，老四从小就不喜欢老久。两个亲家母，经常抱孩子到一起玩儿，可就奇怪，老四从来不理老久，见到老久就哭，像见了妖怪。老久却喜欢老四，追得老四满炕爬，任老四怎么打，也不还手。但是，到了孩子快上中学，老朱家两口可就犯了愁。眼看自己家的女儿长成一朵花，人见人夸；小女婿却越长越缩缩。初中一二年级的学生，一般都是十五六岁的样子，个头也都在一米六以上。萝卜干却不到一米五，长得黝黑瘦小，所以才有了萝卜干之号。把女儿嫁给这样的男人，那真成了学生们说的，把一朵鲜花插在了牛屎上。老两口心里实实在在不甘，更不用说孩子死活不情愿，一家子商量来商量去，就想悔了这个婚事。

老四爹备了菜，请老久爹到家喝酒。老四爹没酒量，两杯进肚，脸就红了，借着酒劲儿就说：“亲家，有句话不知当说不当说。说咱们那年头找对象，是父母之命，媒妁之言。就是娶个老母猪，你也得把它当老婆。如今的年轻人可就不同了。那叫自由恋爱。”老四要黄婚事，老久爹早就心知肚明。逢年过节，庄里有请未过门媳妇吃饭的习惯。小的时候，老四虽然见了老久家的大门就哭，但是大人哄着，还能上桌。到了懂点事的年龄，无论大人怎么软硬兼施，再也不登老久家的门。老久爹是场面上人，一听这话，就知道老四爹下面要说啥。他是半斤八两的酒量，二三两酒倒进肚子，面不改色，心不跳。只是那脸色，不知是听了老四爹的话，还是酒的作用，此时就紫了下来，说：“我也听人说过，孙猴子能翻筋斗，一个跟头十万八千里，但是翻来翻去，也翻不过如来的手心。要说别人家，保不准出这样的事儿，似你我的家教，一辈子也不会叫他们孩子说了算。”一句话堵住了老四爹的嘴，老四爹脸也憋成绛紫色，再也没话说，从此不谈女儿婚事，实际上是想拖着再说。如此可就苦了老四。怕媳妇有了文化变心飞走，老四上完初中，婆家就坚决阻止她上高中。哭闹皆不顶用，老四只好作罢。

第三次见到老四，已经是高中毕业了。我在大队做农业技术员，到第九生产队查看杂交高粱长势。正低头忙着，听见有人叫“表兄”，抬头看时，却是老四。齐腰的高粱，绿油油地衬着，老四已经出落得亭亭玉立。长长的睫毛，毛茸茸的眼睛，粉嘟嘟的脸，是二十左右女孩特有的靓丽色。只是那神情有些凄惶。都说了什么，已经模糊。但是她问我的两句话，却牢牢地嵌在记忆中：“表兄，你真想在农村生活一辈子吗？”“表兄，你想过结婚吗？”我的回答都是否定的。老四似解非解，点点头，又摇了摇头。我似乎提到老久，说："我那同学其实也……"但我还未说完，就被她打断了："根本不可能！"我至今还记得老四的脸色，不是女孩儿家羞红了的脸，白白净净的腮边，渐渐飞起的粉云，而是陡然生急的脸，通红而迅速地变白。我知道老四生气了。

前年回家，正在吃饭，一伙人吵吵嚷嚷地进门，带头的小老汉，身穿米色夹克，见面就喊："詹福瑞，还认得我不？"我努力从记忆中搜寻这位似曾相识的人，黑黝黝的脸膛，笑眯眯狡黠的小眼睛。一下子想到了老四，叫道："老久，走到天边，我也认出你来！"老久嘿嘿地笑着："还是那么好的记性。"我说："同学吗，怎能忘呢？"原来，老久当了村支书，找我来，是商量筹钱给村委会翻修房子的事。

使我一下子想起老久的不是老久，而是老四。老四结婚了吗？她又生活得如何？这位我只见过两三面、却留下仙女般记忆的女子。我心情甚是微妙，希望答案充满悬念。但现实并非所想，老久爹的话几乎没有悬念地兑现了。老四和老久结了婚，现在一儿一女，生活得很幸福。

但是现在的老四，是死去而又活来的老四。

老久毕业，家里张罗给老久和老四结婚。不用说老四是誓死抗争的。老久家也放了狠话："他老四，生是王家的人，死是王家的鬼！”老四说：“我就死给你们看看！”传说老四就寻短见，被救了过来，但两家都否认有此事。显然霸王硬上弓不管用，老四的堂兄给王家出主意：王家托人给老四在县城找工作，条件是老四答应结婚。从老四与我的交谈中知道，老四的最大愿望，就是要跳出山沟沟。老四答应了。她也许有过精细的盘算，先去县城工作，了却第一桩心愿，再找机会解除与老久的婚约。也许她根本没有想到那么多，就到县城上班了。岂不知城里工作本身就是紧箍咒，或曰陷阱。果不其然，从此老四就失去了婚姻的主动权。很简单，悔婚就会失去工作，工作就得和老久结婚。老四选了后者，她认了。关于结婚，我也听到了诸多故事。传说老四结婚后，老久几天不能进新房，也有说老久数月不能近身，我都以为是好事者编的段子，不太可信。因为他们很快就有了孩子，老四也就主动辞去工作，回家养儿育女了。我曾向家人询问过老四的情况，家人说：“也就是个平常的家庭妇女吧。”

我后悔多问了这一句。因为，这注定是一个毫无新意的故事。

“二特务”

下笔时，我犹豫再三，不知该写与否。二特务是我小学同学，本名天真。但天真者不天真，终生背了“特务”雅号，这也就预示着他的一生都会坎坷不平。

既然叫二特务，就意味着要有身手。同学特务不仅没武艺，而且身长不过一米六五，不似他的弟弟，大个子，会拳脚，入伍就当了侦察兵。但他却长了一身腱子肉，有好体力，是个精壮汉子。十五六的少年与年长他十岁的青年摔跤，多占上风。特务不仅体格壮，更有一股狠劲儿，打起架来下得死手，敢把人往死里削，所以同伴怕他，就是大人也惧他三分。但特务本来不是坏孩子，话少，也少见打架，除非逼得他转不过身来，他是不会出手的。特务还是个好劳力，不仅有力气，而且撂下锄头拾起耙，农活样样都行。如果不是发生后来的事，他会同他的父辈一样，是个好庄稼把式。

一九六九年，修三线公路，在邻村半壁山建跨青龙河大桥。山坡上用石头砌起十一个大字："一桥飞架南北，天堑变通途"，毛主席语录令全公社的人兴奋莫名。我们也曾夜间爬上半壁山附近的山头，观看工地夜景，工地机器隆隆，灯火通明，甚为壮观。

但是有一天，大桥工地发生了一件轰动全公社的事件：有人竟然半夜潜入工地，用手推车盗窃筑桥材料，被工人发现，捆绑起来，悬吊到起重机上。窃贼就是同学特务和他的哥哥。那个时代，农村小偷小摸事儿也不少。但这哥俩真是吃了豹子胆，竟然偷到了三线工地上，那性质就不再是简单的偷窃问题，而是破坏"备战备荒为人民"了。第二天，全公社开批判大会，哥俩五花大绑，押到台上。见者回来说，两人胳膊勒成茄子色，脸如柳斗，铁青铁青。但是他们犟着脖子不弯腰，结果挨了无数拳脚。阶级斗争有了新动向，公社书记兴奋异常，押着二兄弟走村批斗，忙活了半个月。但是查查他们的祖宗三代，都是受苦受难的阶级弟兄，更查不到他们与苏联特务接头、投敌叛国的证据。由此定论，哥俩仍属偷盗行为，而非破坏，于是就放了他们。但从此，兄弟两个就多了“特务”的别号。同学是老二，自然叫“二特务”。

同学竟然去偷工地，我乍听颇感吃惊。但是想到他家的日子，似乎又理解，甚至同情。特务四兄弟，年龄大小相差无几，吃起饭来如狼似虎，但是全家只有他父亲一个劳力。母亲得痨病，非但帮不上丈夫的忙，反倒是常年不离药罐子，生活之困窘，可想而知。特务说过，他们兄弟，一天一顿饭，是常有之事；至于父母，三天一顿饭，亦是常见。所以我知道，他们去偷工地，不过是饿极了，要偷点儿东西换口饭吃而已。

但是半壁山之祸，却改变了特务的生活轨迹，也改变了他的命运。兄弟俩放回后，依然去队里干活。他们立刻感到，虽然他们照常下地、收工，但与周围的关系却发生了明显的变化。干活分组，没有人愿意和他们弟兄分在一组。人们见了他们兄弟，如同碰到瘟疫，远远地绕着走。实在绕不开，亦如见了陌生人，王顾左右，匆匆而过。他们自己的心态，也有极微妙的变化：既想回归这个群体，又不想见人。他们既被孤立，又自我孤立。他们，真成特务了。初时，他们还想坚持下地干活，为了挣工分糊口，也为了他们的病恹恹的母亲。但是时日稍长，他们就崩溃了。老大脾气变得异常暴躁，蛮不讲理，动辄打人；老二干脆不再干活，躲在邻村，帮亲戚家干活，后来又泡在牌场，过起了流浪汉的生活。

我高中毕业的那一年，同学特务结婚了。新娘子是我高中同学的妹妹——村里最漂亮的姑娘，这真是出乎所有人的意料。而此时的特务依然不务正业，身无分文。他是如何把人家骗到手的呢？我们同伴都百思不得其解。但后来证实，二人无疑是真相爱。不用说，婚姻遭到女方家属——父母兄弟所有人的一致反对，尤其是我的同学。他们是理由充分的，不能叫自己的女儿，不能叫自己的妹妹，嫁给二流子——臭名昭著的特务。不过任何人、任何激烈的反对统统无用，同学的妹妹怀孕了，而且她托人开了大队的介绍信，到公社登记领了结婚证，他们由事实婚姻变成了合法婚姻。

但是他们将如何生活呢？首先遇到的问题就是房子。他们不能把新房放到空地上，更不能把孩子生在荒野里。二流子娶了村里最漂亮的姑娘，引起了邻村的众愤，那里是无法住下去了；而同学特务的家里呢，两间房六口人，根本没有新娘子的立锥之地。在特务走投无路的时候，我母亲收留了他们，腾出了我家的东屋，给他们做了新房。母亲这一决定，遭到全家人的反对，理由只有一个，他是不务正业的特务。至于我，反对的原因是顾忌到高中的同学。但母亲态度也很坚决，理由是特务不值得同情，但新娘子可怜，她肚子里的孩子不能因他们生下来就无家可归。母亲说服了我们。于是，特务又回到了小巫岚，在我家的东屋结婚生子，他又成了生产队的队员。

一九九〇年的暑假，我回家看望母亲。特务听说我回来了，到家来看我，邀请我到他家看看。宽敞的院落，明亮的五间瓦房，看得出来，特务的日子过得不错。当年媳妇怀的是双胞胎，此时都已经去镇上上学了。特务媳妇仍然漂亮、热情，烧水倒茶，利利索索。特务却满脸沧桑，沟壑纵横。只是从他稍稍鼓起的肚子和他舒坦的笑容，我知道，他此时的心情蛮好。说起特务的绰号，同学一本正经地说："那个东西改变了我的一些想法。"我说："你举举例子。""比如我娶你嫂子，比如我现在的养家糊口，我都不按常规出手。"娶媳妇的事儿，不用多说，是我亲眼见的。特务的养家糊口呢？听家里人说，特务平时跑跑买卖，但更多的是在牌场。人家在牌场，输得多，赢得少；特务却输得少，赢得多。至于庄稼地，特务早就不去了。他成为"特务"后，的确走了一条与同伴不同的路。

丁印校长

丁印是双山子中心小学校长。

丁校长长得像工农干部，不像老师。高高的个头，走起来步子迈得很大。脸膛黑黑的，眼睛长长的，大大的，若不是戴副眼镜，他分明就是公社的书记或主任。但丁校长是老师，而且是全校最有学问的老师。他从小上过私塾，解放后读过师范，讲话慢条斯理，却满腹经纶。教导主任刘连如老师也是大眼，凶得不行，同学们见到刘主任，远远就跑，躲不掉，才乖乖站在一边，恭恭敬敬喊刘老师。但转过头去，就喊刘大眼。丁校长眼睛也大，却没人喊他大眼，不是怕他，是从心里敬他。

丁校长从不训人。一次，我正从前院教学区往后院老师所在的办公区疯跑，一下子撞到了一个人身上，抬头看时，却是丁校长。真是吓得人不轻，“对、对、对不起，丁老师”，连说话都结巴了。丁校长却笑眯眯地抚着我的头说：“没撞坏哪儿吧？下次再跑时，抬点儿头。”我慌忙点点头，急于离开。丁校长又问：“你叫什么名字？”我告诉了他，谁知他从此记住了我。

在学校，我是文艺宣传队员。其实我唱歌五音不全，没有什么文艺的天分，进文艺宣传队说来很偶然。四年级时，班里联欢，每一个人都要出节目。我万般无奈，唱了一段评剧《茶瓶记》里的“杨二舍化缘”。这是我在东北时和大人一起看戏记下的，是我唯一会唱的东西，也是压箱底的本事，谁知一下子震了全班。还有，当全国人民学雷锋时，班里安排我为故事员，讲雷锋的故事。周六周日，我躲在姐姐家里背了两天，把连环画《雷锋故事》的文字全背下来，于是又一次震了全班。恰逢学校宣传队招收新队员，班主任周宝淑老师就把我推荐给负责宣传队的高文斌老师。

宣传队演出的机会并不多，一般是在六一儿童节、元旦，或者是征兵之时，节目也主要以跳秧歌舞为主。但也偶尔排一两个长则半小时、短则十几分钟的独幕话剧、小歌舞剧。至今还记得的有《山楂树下》和《送子参军》。前者似是一九六五年儿童节在学校操场演出的节目。一个地主分子破坏农业生产，在山楂树干上钻眼儿，塞进胡椒籽，结果被少先队员发现，捉了个现场。后一个节目则是一九六四年元旦前后，是高文斌老师编的小歌舞剧，表现老汉克服矛盾心理，公而忘私，送子保家卫国的故事。我在节目中扮演的就是老汉。因是公社派的任务，演出地点就在公社门口的台阶上，所以学校极为重视，丁校长亲自坐镇，挤在人群后面看节目。我那次演得很投入，在剧中，老汉心想，儿子如参军，就会多少年不得相见，心中极为感伤。演到此时，我竟然自己先感动了，眼圈红红的。

演出后数日，我去周老师办公室交全班作业，丁校长正好也在周老师办公室。见我进来，说："詹福瑞，你就是那个送子参军的老汉吧？"出人意料，丁校长既叫出了我的名字，而且看出了老汉的扮演者就是我。"嗯，就是他。"周老师说。"蛮像的，舍不得儿子走的那段唱，还挺感人，不错，不错。"丁校长笑眯眯地说。此后，丁校长每次见到我，都会站下来，问问学习，说一些鼓励的话。

一九六六年，上演了"文化大革命"，丁校长和教导主任刘老师都被作为走资派揪了出来。我参加了刘老师的批斗会，那是我"文革"期间参加的唯一一场学校批斗会，记得清清楚楚，是在一班的大教室里。刘老师站在讲台上，同学们站在下面。好似没有什么可批的东西，所谓的罪行不过是生活作风问题，羡慕西方生活，烫卷了头发。刘老师本来低着头，此时却抬起头来，睁着大眼睛辩解道："我是自然卷，生来如此。"于是群情激奋，就有人喊口号："走资派不老实，坚决打倒走资派！”也有前面的同学，向他吐唾沫。似乎要把平时怕他、惧他、恨他的累积一下子发泄出来，用唾沫把他淹死。

事过近半个世纪，想起“文化大革命”的“大民主”，我颇多感触。谈它的政治背景，非我辈所能及。但是从“文化革命”看中国人的国民性，还是可以感知一二。小学生，按说没有什么机心，但是他们兴致勃勃地参加批斗会，兴致盎然地听人揭发刘老师私生活，其窥私的心理暴露得淋漓尽致。现在，网络发达异常，人们窥私的欲望得到了满足，而在媒体还不发达的六十年代，批斗会，也就成了人们窥私的孔洞。至于批斗者，自然有单纯的“革命者”，但是也不乏借批斗会泄私愤的人，包括那些义愤填膺地喊口号的人。许多平时捣蛋的学生，在“文革”中，反倒成了革命的急先锋，其根源恐怕即在此。批斗者中，还有一些投机者，本来学习平平，现在终于有了表现的机会，而且不用费脑筋，只要喊口号、举拳头就可以，其中也涌现出许多“革命小将”。所以，红小兵虽小，却也能反映出当年“文化大革命”时大众的心态。

我没见过丁校长的批斗会，但是听说很有秩序，学生都是组织参加的，发言人也是事前指定好的，气氛比较冷清。原因是走资派用假象蒙蔽了群众，同学们对他恨不起来，这恐怕是个例。

但是，丁校长不得不离开学校，被编到地富反坏右的队伍里，接受改造了。

那时我已经升入初中。一天傍晚，放学回家，走到庄南时，见十几人在架电线杆。其中一位白发老人，吃力地抬着电线杆，走路的姿态，颇为眼熟。待到近时，我大吃一惊，认出是丁校长。相隔不过一年，丁校长变得十分苍老。乱蓬蓬的白发下，是一副瘦削黧黑的面膛。还戴着我熟悉的那副黑边近视眼镜，只是半个镜片竖着摔成两半。眼镜后面的目光，也不似往常那样炯炯有神了。棉袄外面仍是那件藏蓝色对襟外罩，但是沾满尘土，右面大襟剐开了一道长长的三角口子，露出里面的黑棉袄。

我知道丁校长此时的身份，犹豫是否走上前去，和他打个招呼。而丁校长也显然认出了我。他愣了一下，然后抬着电线杆从我身边走过去，一步一步地走到埋电线杆的土坑前，和同伴一起放下电线杆，直起身子来看着我。目光中似乎有一点期待，又似乎有些茫然。犹豫只是片刻，我正了正棉帽，理了理斜挎的书包，走向丁校长，像在学校里那样，立正，恭恭敬敬地叫了声“丁老师”。

时光过去了四十余年，丁老师那时的神情依然历历在目。就是在一瞬间，我又看到了丁校长惯常的眼神：微微眯起的眼睛，凝定而又慈爱。我后来推测他当时目光中折射出的心理：虽然只是一个人，但他又面对自己的学生了，他又找回他老师的感觉了，那是他真正的身份，真正的价值所在。

那一刻，他伸出手来，似乎像往常那样，拉住我的手，或者抚摸我的头。不过，他马上又收回了，那是粗糙的、沾满泥土的手。“你们还上课吗？”丁老师问。“嗯。”我点了点头。随后，他说了一句至今还深深刻在我脑海中的话：“不管什么时候，都得好好读书啊！”

那是一个老师、也是一个校长说出的最本分、最尽职的话，不管什么时候；那也是学生永远都不会忘记的话，一辈子，无时无刻。

班主任

树民从承德来。我闲聊中问道，陈建华老师怎么样？陈老师退休后，住到承德。树民说，陈老师前年就不在了。算来去世时已经年过八十，若在过去，也算高寿了。前几年，我们还互通音信，近年疏淡了。想不到早已两个世界。

一

陈建华老师是我的班主任。七十年代，高中学制只有两年，两年，我们却有那么多的恩怨。

陈老师是河北北京师院地理系的老大学生，高中时却教我们语文。双山子中学虽在乡村，“文化大革命”时，却聚集了一批毕业于名牌大学的老师。不用说数学马富祥老师来自复旦，物理老师杨岐，化学老师高崇林，哪个不是出身名门！即以语文而言，初中老师有我们昵称的二赵，大赵乐夫老师，小赵凤阳老师。大赵是北京师大的高才生，因是“右派”，发落至此。同学们之所以称他大赵，是因为他个子高，又年长小赵老师几岁。大赵讲毛泽东诗词《沁园春·雪》，一上来的板书，行书飘逸，落笔沉着，“千里冰封，万里雪飘。望长城内外，惟余莽莽；大河上下，顿失滔滔”，未数行，就把学生们震傻了。更为叹奇的是，板书唰唰，笔沫纷纷，“山舞银蛇，原驰蜡象”，再看赵老师蓝色对襟大褂，却无纤毫白痕，“数风流人物，还看今朝”，绝了。赵老师课如其人，语速不紧不慢，神态从容不迫，他会把一堂课讲成一首诗，也会把一堂课演绎为一篇文学史。博学、儒雅，使他就像一根裹着棉花棒的磁铁，把我们牢牢地吸进他的情域。

小赵凤阳老师讲《念奴娇·昆仑》，风格恰恰和大赵老师相反。他才华外溢，激情四溅。小小的讲台似乎无法容纳他，于是一堂课，教室无处不是他的身影。“安得倚天抽宝剑，把汝裁为三截？一截遗欧，一截赠美，一截还东国”，教鞭在小赵老师的手中化为锋利的长剑，挥手之间，莽莽昆仑，化为他手中的几片纸屑。小赵老师是浓缩的小炮弹，一上讲堂，就爆炸开来，让每一个学生都感受他巨大的威力。

大跌眼镜的是，高中语文却来个出身地理的老师，同学们就有些不屑。我备了小说，压在课本下，准备开小差。其结果可想而知，第一堂课就被陈老师抓了个正着，小说被没收。但过了几天，他又还给我。“书不错，但别上课看，大家都像你那样，这课怎么上？你若是老师，遇到这样的学生怎么想？”说得入情入理，而且把“你要是”说成“你若是”，十足是语文老师的语言。更重要的是物归原主，那本书《青春之歌》，我借同学的。按一般惯例，上课没收的书，就归了老师，须知在那个年代，老师也闹书荒。

陈老师也是我们有幸遇到的好语文老师。知识之渊博，板书之好，都不让二赵，而且还有二赵稍欠缺的逻辑严明。陈老师讲鲁迅杂文，分析鲁迅的幽默，从一个用词，到篇章结构，条分缕析，我们相信不会有人超过他。受陈老师影响，我们那两个班，兴起了写杂文的风气，有的杂文登了报纸，其中一篇还记得题目《金子与硫化铜》，作者是一位姓邢的同学。二赵文学好，陈老师文章好。不过几周，他就征服了我们这些满瓶子不响、半瓶子咣当的家伙。

二

不过陈老师虽然讲鲁迅，人却缺少幽默感，他是一个刻板的人。陈老师上课，同学们不好适应的，是他两个习惯。

第一个习惯是嘬牙。陈老师嘬牙，有生理关系，他一只门牙外努，经常外露；再有就是出于习惯。凡是遇到问题，比如课上有要思考的地方，或碰到学生调皮，他要寻求对策，就嘬牙，滋滋有声。每当这时，好学的学生，就满怀希望，陈老师一定有高论妙语。而调皮的学生就要小心，会不会有一顿爆批。

陈老师的第二个习惯是摸鼻子。陈老师长得是大个子、大眼睛加上大鼻子。每当得意之时，他就情不自禁地弄着个鼻子拧。有时，一节课分成两段，陈老师讲上半节，下半节学生们自己做作业。如果陈老师上节讲了半堂精彩的课，他一定坐在讲台后面，用手拧着鼻子，把鼻子头摩挲得红红的。

学生最无法适应的当然是陈老师的坏脾气。火爆，不留情面，而且一批就是一堂课，谁惹了他，谁就自认倒霉。但说实话，陈老师脾气如此之大，奇怪的是没有几个学生怕他。因为大家知道陈老师批了就批了，没有后遗症。昨天你气他要死，今天他又一样和你说话，辅导你，好像什么都没发生。他不是爱记事、记仇的人，说到底，他是好老师，老师怎么可能和学生一样！

一次，赵庆魁上课搞小动作，被陈老师发现，陈老师叫赵庆魁站起来，赵庆魁偏不站。陈老师大为光火，从讲台下来，三两步就走到赵庆魁桌子旁边，愣是把赵庆魁像小鸡一样拎了起来。赵庆魁何许人也？青龙县副县长之子。赵副县长“文革”初期被打倒，因为是抓农业的县长，有抓革命促生产的需要，很快又进入革委会，换了名称副主任，其实还是原职，我的同学也就是干部子弟。两人对峙了一堂课，陈老师在上面大声批，赵庆魁在下面小声顶。陈老师气得干噘牙，赵庆魁哭得口吐白沫。次日上课，陈老师照样提问赵庆魁问题，解惑答疑，我很佩服他的度量，不是宰相，却能容得下所有他的学生。

三

我以“恩怨”形容与陈老师的关系，是觉得只有此二字最恰切。高一不知何时，陈老师选我当排长，排长就是班长。除了学习还可以，不知有什么理由，陈老师会选择了我。可我不是唯命是从的学生。自小生成的叛逆性格，在“文革”造反的环境中，扭曲膨胀。所以，很多时候，我不是在辅助班主任工作，做他的应声虫，反而以学生代表自居，反映学生意愿，甚至与陈老师讨价还价。我虽然不是红卫兵，却在反抗的底色中涂抹上造反的油彩。现在想一想，那个时候的造反，恰恰是利用了学生青春期的叛逆和反抗，发动、鼓噪到疯狂。

也许是陈老师的善良，或者是如有的同学所猜测的那样，陈老师真心是喜欢我的，他竟然能够容忍我的无知和无礼。吵了，忘了；吵了，又忘了。对着学生，他对我最狠的批评，就是“高傲，尾巴翘到天上去了！”当时，听到这样的批评，我不以为耻，甚至还洋洋得意。今日，再回忆起陈老师的这句话，我只能用一句话形容自己：无地自容，是为自己的浅薄。

借用六七十年代一句最时髦的语言来表达，我与陈老师的矛盾冲突，集中在学文还是学农。借了“右倾翻案”的风，我们这些中学生，终于能够正规地坐在教室里学知识了，每一个同学都倾心向学，比早到校，比晚离校，比分数，爆发出前所未有的激情。但是好景不长，反击右倾翻案风来了，学校又强调学工学农了。在远离学校五六里的沙河边，学校开辟了稻田，是为我们的学农基地。此时，陈老师已经是学校的实际负责人。他的经常性工作就是带领我们去稻田垫土、翻田、插秧、割稻。他与我——确切说与学生的矛盾由此而起。每一次布置劳动任务，都会有陈老师的动员和我们的反动员，也都会有陈老师的大发雷霆和我的争辩。

也许陈老师内心是同情我们的，只是他作为负责人，不得不执行那时的教育方针；或者他真的宽宏大量，争辩成了家常便饭，他由是视而不见？我们的冲突经常是哪说哪了，陈老师依旧亲切地叫我“福瑞”，依旧修改我的作文，逼我练字。而我，对他的“尾巴”之嘲讽，也习以为常，不以为意。学校的生活就在这样的吵吵闹闹中，相安无事地过去。

四

但是，终于有一天，陈老师再不能容我。

期中数学考试，马老师带着同学们复习几遍，我和学习委员杨茂民也攒足劲要考出水平。说来原因很简单，不为别的，就为我们班的数学老师是马老师，就为他是上海人，是复旦的毕业生，三十大几还单身，就为他那窄小宿舍里飘出的豆油和酱油味儿。

但我们遇到了麻烦。学校派一个刚来校的体育老师监考，也许是刚刚改换身份，由被监考者转换为监考者，更多的可能是体育老师，没教学经验，他兴奋得像打了鸡血。在课桌间窜来窜去，高声大气，咋咋呼呼，搅得鸡犬不宁，同学很难静心答卷。我坐在后排，已经注意到杨茂民很生气，有人开始交头接耳，有人干脆直起身子瞪着老师。大约离下课还有十几分钟，杨茂民给我使了个眼色，我们几乎同时抓起卷子走出考场，考场顿时大乱，同学们呼啦啦走掉了一大半。

离开考场，我和杨茂民径直到了马老师宿舍，把卷子交给马老师，告诉他考场发生的情况。本来想一定得到马老师的同情和支持，谁知马老师对考场发生的事情不感兴趣，反而辅导起我们数学卷子来，马老师永远是只“专”不“红”的秉性。

事情几乎都在平行进行。就在我们去马老师宿舍时，陈老师已经闻讯赶到教室，监考老师气愤地告了我们的状。陈老师马上召集全校师生在操场集合，开我和杨茂民的批判会。

双山子中学依山南向而建，教室建在山脚，教室前是一片平整出来的平台，全校集合开会都在此地。再往下有缓坡，然后是平地，操场和学校办公室、老师宿舍都在此处。

当我和杨茂民从马老师宿舍走出来时，平台上的队伍已经集合完毕。陈老师站在全校师生的面前，隔着人群看着我和杨茂民走上缓坡。陈老师说："你们都回头看看詹福瑞和杨茂民，多么傲慢，尾巴翘到天上去了！"此时的杨茂民穿着灰色中山装，我穿着黑色打着补丁的中山装。不知什么原因，队伍里发出一片笑声。陈老师呵斥："严肃，严肃！我们今天开大会，就是说说二一班罢考的事件。"此时我们已经站到二一班的队伍里，并且知道今天这个会就是冲着我们来的，此刻的陈老师不是我们的班主任，而是学校领导，他在处理一个严肃的罢考事件，我看了一眼茂民，知道我们这次把事情闹大了。

陈老师说："双山子中学，有我陈建华，就没有詹福瑞；有詹福瑞，就没有陈建华！"因为，在会场上，我不知厉害地做了辩解：不是罢考，是未向监考老师交卷。未交卷，是因为监考老师搅乱了考场秩序。杨茂民却没说话。

我与杨茂民不同，此时我正看《三国演义》，狂士祢衡裸袒骂曹，何等勇敢，何等豪气！当我抑扬顿挫地狡辩时，我俨然就是祢衡。

五

陈老师决定要开除詹福瑞。

双山子中学负责人陈建华，某日到双山子公社，敲开了文教助理柴瑞的门。柴瑞是陈老师的学生，陈老师虽然做中学的负责人多时，但很少来公社。此次突然来访，一定有要事相商。

果然，陈老师一落座，就说："柴瑞，你签个字，把詹福瑞开除吧。"

柴瑞知道詹福瑞，也是陈老师平时聊天时说的。"陈老师，你不是总夸他吗？怎么突然就要开除？"

"这小子，把我气死了。他带领学生闹事，这学校，有我没他，有他没我。"陈老师一五一十说了考试事件。

柴瑞说："陈老师，我同詹福瑞一样，都是你的学生，我也当过老师。老师干什么的？不就是教育学生吗？学生要是什么都好，要老师干什么？学生干了错事，就好像树长了杈，我们把它掰下来不就是了，不能说长了杈，连树都砍掉。你不是说詹福瑞有才吗？你把他清出校门，我觉得是不负责任的，有一天，你会后悔的，我要批了，我也会后悔。"

"本来在大会上批评批评，认认错就算了，他竟然和我争辩，让我下不来台。"陈老师语气放缓。

柴瑞知道了问题的关键，也可以说是陈老师的心结，是詹福瑞让陈建华这位学校负责人下不来台，就说："我叫他给你写检查，陈老师你也消消气，回去吧。”

陈老师撤回了开除詹福瑞的申请。

以上情节，柴瑞老师向我讲过，陈老师也讲过，不过无如柴老师的详细。但他叮嘱我一句话：“你还能在这个教室里读书，应该好好感谢柴瑞老师。”那是半年以后了，我们师生已经和好。

听到这段情节，我的反应就是震动。在命运的天平向灾难倾斜时，老师的宽容大度拯救了我。我曾向柴瑞老师表达过我的谢意，柴瑞老师说：“谁也不用谢，谁让我们是老师呢！”他这个“我们”，包括了我的班主任。

我后来也做了教师，教过本科，带了数十个研究生。这些学生资质不同，性格各异。有的学生，论文改过数次，仍不成样子，我也想过放弃。还有，多数学生无权无势，出身贫寒，找工作，发论文，常常求助于我。每逢这些事情，我要推脱之时，柴瑞老师的话就会在耳边响起：“谁让我们是老师呢。”

六

陈老师退休到青龙县城，又去了承德儿子家养老。

我上大学后的第二个寒假，去看望过陈老师。他家住在岭下的村子里，瓦房，院子不大，极干净。听家里人说，陈老师很勤快，

二〇一六年七月与中学同学在双山子高中合影

下班后回到家里，扫地，种菜，样样能干。

这我相信。陈老师每次带我们劳动，总是以身作则。挑土垫田，他高高的个子，挑着筐，走在队伍的前面。插秧时，在一个又一个隆起的脊背中，陈老师的脊背也是最高最显眼的。他不似有的老师，蹲在田头，看着学生劳动，像个监工。陈老师本质上有农民的勤劳和朴实。

陈老师退休到青龙，我也到他家看过一次。宿舍很小，似乎也没院子，但住在县城，生活方便，医疗条件也好，陈老师生活得很愉快。

两次见面，聊的都是二一班。陈老师说自己的事很少，学校的事也说得少，可能是说话对象的原因吧，他似乎感兴趣的还是那个二一班。说起二一班，陈老师就来了话锋，指陈二一班发生的每一件事，如数家珍。某某上了大学，谁谁提拔到政府上班，“你们班最难管，你们班出的人才也多，当然了，我操的心也多。”陈老师坐在沙发上，自得地摸起鼻子来。

上世纪的六七十年代，做老师的确不容易。那是一切都扭曲的年代。青少年正处于学习文化的年龄，偏偏不让他们学习文化，把他们赶去学军、学农、学工。受教育者要敢于“反潮流”，造“资产阶级反动权威”的反，师生关系颠倒。在这种反常的教育环境下，陈老师还敢严格要求学生，既认真对待劳动，也认真对待学习，这个班的学生因此而获益匪浅，在双山子历届学生中，成才也相对多一些。

我坐在陈老师的侧面，听陈老师滔滔不绝说话，心想，陈老师又有了班主任的感觉。只是，陈老师已经老了，背有些驼，两鬓斑白，连眉毛都白了，越发衬得鼻子红红的。

我的小学

每个人有每个人的童年，每个人有每个人的小学，我的初小是在黑龙江的一个小村金安度过的。也许天生就不是好学生，除了几篇小学语文课文还记得，“秋天来了，一群大雁往南飞，一会儿排成个人字，一会儿排成个一字”，其他的课早就忘得一干二净，倒把那时的淘气事儿记得清清楚楚。

那时的课程极简单，不似现在的小学生，二三年级就背起了沉重的背包，有的甚至拉着拉杆箱，像个步履蹒跚的跋涉者。那时的作业也很少，不似现在的孩子作业永远也做不完，一般在下午自习时就写完了，剩下的时间只是玩儿，所以就玩儿得花样翻新，玩儿得高兴。春天上树掏鸟，夏天下河洗澡，秋天逮蚂蚱，冬天打雪仗，今天想起来还兴奋。

男孩子玩儿得最多的当然是打仗，两军对垒，东街的孩子一队，西街的孩子一营，攻城略地，一决胜负。刀枪剑戟，武器全是自己制造。知道流星锤是怎么生产出来的吗？东北的数九隆冬，一口吐沫还没落地就变成了冰，我们就在向日葵杆的一头涂上泥，再蘸水，很快就冻成了榔头，那就是我们的流星锤了。后来受抗日战争书籍的影响，我们又发明了掷弹筒，实则很简单，把向日葵杆儿掏空，装上沙土，就是我们最先进的武器了。说是简单，但能把这些土武器同十八般兵器、同掷弹筒联系起来，却是我和我的伙伴的发明。打仗需要武器，更需要谋略，排兵布阵，是取胜的关键。我是东营的头儿，计策自然多出自我。计策从哪儿来？无非是小人书《三国演义》《水浒传》之类。在齐人深的雪里挖一条通道，直达“敌人”后方，这叫“暗度陈仓”了。须知，只此一计，我们就套用了《三国演义》和地道战古今的战术，而且要我们十几个“士兵”劳动数个晚上。

到了高小，我回到了青龙县双山子，课程重了许多，但小学似乎仍以玩儿为主。山上撒欢儿，河里打水仗。下学如果早，我们可以在路边的河沟里筑坝，积水齐人深，然后突然扒开，来他个“水淹三军”。

当然并非一味地玩，自然也要读书的，但绝非课本。记得二三年级时，喜欢小人书，就是学名为连环画的读物。村里哪有书店，要到离村数里的昌五去买，一般是在六一儿童节，到昌五中心小学参加活动，抽个时间到书店买回。最早是《岳飞传》，而后《三国演义》《水浒传》《西游记》等，只两三年的时间，却也慢慢累积成箱了。到了四年级，除了一箱小人书，我还有了自己的书架，是邻居黄玉华大姐送的，虽然仅有两格，刷红油漆，在土屋里却十分显眼。而书架上摆的已经不是小人书，《烈火金刚》《平原枪声》《敌后武工队》，还有《钢铁是怎样炼成的》简写本《保尔》等，我家也渐渐地成了村里小朋友串换读书的集散地。记得一个冬天的夜里，怕家长埋怨我们浪费灯油，我们拿来过年藏起的蜡烛，几个人躲在雪洞里读书，至今想起来眼里还会充满幸福的泪水。

小学生的教育问题，现在成了社会关注的热点。小学生负担过重，大家都看得很清楚，教育主管部门也采取了许多减负的措施。但大家都知道效果有限，课减了，作业上去了；学校减负了，家长却又加上去了，英语班、奥数班，班班加码，学生的背包仍旧沉重，整天为作业愁眉苦脸，高兴不起来。我是国家教育咨询委员，也曾到北京、山东等中小学调研如何改进素质教育，看到各地在课外活动方面有所加强，也就是把学业负担变得更花样多些，增加些乐趣，虽然不是真正的减负，却也挨近了孩子的天性。小学生的负担之所以不得减少，我们心知肚明，就是应试教育的过，在分数的指挥棒下，校校不能例外，人人不得脱逃。其实这样的教育是有违孩子的天性，因此也违背教育规律的。

好玩、好奇是孩子的天性。现代著名学者王云五说：“没有一个小孩子不喜欢听神怪的故事，也没有一个小孩子不喜欢玩新奇的玩物，这十足表明人类的好奇出于天赋。”我们的教育就应该遵从孩子的天性，让孩子在快乐中学习，在玩儿中增长知识。而我们现在的小学教育实非如此，把孩子一天圈在屋子里听课做作业，不仅使正长身体的孩子变得手无缚鸡之力，或胖墩，或豆芽菜，发育不正常；而且剥夺了孩子的欢乐，叫他们在苦闷中学习，失去了学习的兴趣。更为可笑的是，一篇课文无论你会不会都要背五遍甚至十遍，同样的题型，不管你懂不懂，都要做几次甚至上十次，靠题海战术取分，这也只能消磨掉孩子天生的好奇心，不仅失去了求知欲，也会削减他们未来的创造力。这样的教育怎么能培养出德智体美全面发展的人呢？所以，必须改变这样的小学教育现状，尊重孩子的天性，留住孩子的欢乐，培养孩子的好奇。如此看来，六十年代的小学教育，看起来学的课文很少，老师管教也松，却很难说是落后的教育。

与《三国演义》的缘分

我的读书，更确切说，与许多书的缘分，是由残缺到圆满，甚至是由悲辛到欢乐的。读《三国演义》就是如此。

《三国演义》的故事，我最早是从连环画获得的。上初小时，逢六一儿童节，都要到金安公社的中心小学参加活动。这对我来说，是件大事。家里更重视，每次都给带一两元钱，除了年节，这恐怕是家里最大的一笔开销。我也就借此机会，陆陆续续把《三国演义》《水浒传》《西游记》等名著连环画买全，当然也就知道了《三国演义》的故事。

待到读高小，放暑假，我已经能够参加生产队的劳动，挣点工分了。因为年龄小，就跟着妇女出工。所谓妇女，其实也有年岁大的老人，其中就有村人称为秀才的王自敏姥爷。王姥爷面目慈祥，像个老太太，他读过私塾，喜欢摇头晃脑吟诵四书五经、《千字文》《百家姓》。劳动休息时，大家就围上来听他讲《三国演义》。王姥爷的《三国演义》半文半白，但是极精彩，我完全被它迷住了。听说王姥爷的儿子在男劳力那儿也讲《三国演义》，同样吸引人。后来才知道他们家里藏着两套《三国演义》，一种是线装书，一种是铅印本。知道这个消息后，我产生极强烈的冲动，想借来此书一读。因为此时，我已经读过了许多小说。我把这个念头说给王姥爷，王姥爷却断然否认他家有此书。我还是不甘心，又找到他儿子，他儿子也是如此回答。我如遭当头冷水，败兴而归。

《三国演义》里经常说"天不灭汉"，读书也是如此，天不灭人读书的种子。在我上初二的那年暑假，我终于辗转读到了《三国演义》，而且就是王姥爷家的那个铅印本。此时，我因书交了好友玉哥。玉哥就是王姥爷的侄孙子。我们既是砍柴的伙伴，又是读书的朋友。打完柴，躺在山间，闲聊的话题就是书：读了什么书，有哪些故事，哪些体会。一天，我就说了多么渴望读到《三国》。玉哥爱开玩笑，说："你过去听的《三国》都是伪经，读到书才算诵了真经。你知道唐僧取经的故事吗？要取得真经，可没那么容易。先拜我一拜，再给我割一捆柴火，我或许能帮帮你。"我就认了真，俯首

一九五七年版的《三国演义》

要拜。玉哥大笑："免了，免了。我给你开玩笑，试试吧，没准会圆了你的梦。"未过多久，玉哥夹着帆布包，神神秘秘地来到我家。打开包，再揭开几层报纸，我眼前一亮，高兴得几乎跳起来，摆在面前的不就是朝思暮想的《三国演义》吗！

这是一九五六年版的《三国演义》，繁体竖排。对于一个初中生来说，读起来的确有点难。但是前有强烈的兴趣驱使，后有王姥爷田间说讲，我竟然磕磕绊绊、连滚带爬地读完了玉哥带来的书。而且因为书借来不易，一旦还给人家，再见就不知何时了，我还抄了自己认为精彩的章节和段落。事后想来，《三国演义》我读了不下三次，这次的记忆最为牢靠。可惜，读到最后，我才知道，我读的仅仅是半部《三国》，而另半部《三国》，到两三年后才见到。

原来，王姥爷家的《三国演义》，从来是不借人的。但是在“文革”横扫四旧时，书被红卫兵抄没。玉哥曾经做过大队护林员，住在大队部。一天打扫卫生时，发现了封存在仓库里的“封资修”读物，其中就有这本《三国演义》。他知道这是他爷爷的书，便顺了出来。但是他只看到了此书的上册，下册在哪里却不得而知。而传说中的那部线装《三国演义》呢？有说抄家时有此书，有说没见此书。是王姥爷家根本就无此线装书或者藏得隐秘，没被发现？还是抄家时失踪了？此事至今仍是个谜。

见到下半部《三国演义》，是我高中毕业回村接受再教育时。这期间，我多方寻访此书，包括同学、老师，都没借到。一九七三年，我回村当农民，被选为团支部书记，派为林业队长，夜间也多住在队部看院子。一日，在收拾办公室柜橱时，在一堆锦旗、条幅中突然掉出一本破烂不堪的书来。当我从地上拾起书时，我简直惊呆了，不敢相信自己的眼睛，它就是《三国演义》的下半部。真是踏破铁鞋无觅处，得来全不费工夫。

就是这样，我前前后后，用了几年的时间读完了《三国演义》。虽然一波三折，却也落个结局圆满。有了这样焦灼期盼、等待的经验，我的读书也有了自己的习惯，那就是得到自己想读的书，就一定不轻易放过。

疏淡了回家的念头

家是永久的思念。春节不用说，回家的冲动，自腊月起，到正月末，都不会止息。清明也是如此。老人半年不入梦，清明前却总是要来的。去年清明梦中，父母都在院子里，天暖洋洋的，父亲眯缝着眼，母亲穿着夹袄，日子似乎过得很惬意。今年清明的前一天，又见到他们。父亲在院中忙活着，母亲躺在炕上，盖着被子，面朝里睡觉。我说："妈，我回来看你们了。"母亲不动，也不回声。就醒了。想一想，两年不去上坟了。以父母的心思，他们永远不会为礼节的事情怪罪孩子，但想子女却是真的。孩子该回不回，没了念想，心灰意冷，和衣而卧，母亲活着时就是如此。过去，清明没假，想着法儿回去上坟。现在清明是法定假日，我却有两年未回了。对亲人的思念依旧，我却疏淡了回家的念头。

爹妈就是家。父母在哪儿，家就在哪儿。上学时，通讯不发达，家里没电话。放假前一个月，母亲就寄信来了。妹妹未出嫁时，信由妹妹写。妹妹出嫁后，母亲多找邻居，代笔者不是老袁家的表兄，就是东山边的三舅。母亲却从不叫哥哥写。后来问哥哥，才知道，母亲怕不照她的原话写。写多了家事，怕我担心、分心；写少了她的话，又怕我不照她嘱咐的话做。一页纸，见信如面，那都是代笔人的话。只三句话是父母的："是不是又瘦了？别饿着。""我们都好，勿念。"还有："放假就回来。"

其实，不用老人叮嘱，回家的心，临期末，早就躁动如悬旌了。从家到学校，算起来路程并不遥远。但七十年代的交通，走起来漫长而又艰苦。火车上人挤人，一只脚站着睡，半夜到滦县或秦皇岛，排队买去青龙的汽车票。上午的票，早就售罄，只能坐下午车，到家已是一天一夜。不过奔着父母去，再远、再累，也挡不住归程。即使自己也成了家，有了妻子和孩子，家仍在父母那里。有热烘烘的炭火等你，有热乎乎的面汤等你，有父母老迈的身体和热切切的心，等你！

父亲去世后，母亲渐入风烛残年。家里自然有哥哥撑着，但是自己平添了顶梁柱的责任，回家不再仅仅是情感。二〇〇五年，母亲离开我们。埋葬了她老人家，哀哀地哭在父母的坟头，我突然感到：家倾颓了。

但每逢假期，哥哥的电话准时而到。退休在家行医，哥哥装了电话。七十岁的老头，硿硿地咳着：“福瑞呀，过年回来吧。”“放假回来吧。”声音沙哑，遥远而又切近，分明像母亲的口吻，使你无法抗拒他的召唤。所以春节不回，清明、暑假一定要回的。侄子们迎到村头，就是他奶奶当年站着等我的地方。哥哥站在门口，高兴地笑着：“老三回来啦。”那目光中，有了父亲的慈爱。屋门大开着，冒出腾腾蒸气。嫂子忙在厨房，额头上冒着汗，备好了一桌酒菜。兄嫂知道我的心情，母亲住过的东屋，打扫得干干净净，铺上了新被褥。柜面上摆的镜框，显然被精心擦拭过了，那里贴着父母在世时照的全家福。父亲眼神忧郁，母亲却慈祥地看着我笑。此时，我眼睛湿湿地想，这还是家啊！

但不到三年，哥哥也走了。半夜里突然呕吐，然后就是昏迷，送进医院抢救。命保住了，人却成了植物人，熬了两年，就离去了。那年十一，我专程回去看他。他理了光头，干干净净地躺在炕上，听我和嫂子、孩子们说话。我离开家里时，贴着哥哥的耳朵说：“哥，好好养着，我还会回来看你。”哥哥此时竟然嗷嗷地叫了两声，两行眼泪分明从他瘦削的脸颊流下来。我知道，他心里应该明白我的话，他或许还能熬过几年。但我刚回到北京，就接到了哥哥的噩耗。送走哥哥，回到院里，觉得庭院虚虚落落，像个空壳。家是情之所系，这个庄里，虽然还有嫂子和侄子们，但终觉隔了。那个让我牵肠挂肚的家，已经淡去。

家是情感，也是记忆。古人讲物是人非，人不在，旧物还在。那石，那瓦，那树，那水，密密匝匝，长满了神经，触处所到，皆是声音，尽是影像。走过的地方，都和你说话，那也是家。哥哥去世后，我又回了两次家，给父母上坟、给哥哥扫墓。我强烈地感受到，家，还有那个我熟悉的村子，却都变得陌生起来。

老家的院子，是祖太爷留下的老宅。分家时，爷爷哥俩各分了三间草房，爷爷詹瑞强分了东院。爷爷两个儿子，父亲詹顺和大伯詹清。大伯也生两子，大儿子詹福忠解放战争时负伤复员，因枪伤复发而死；二儿子詹福义在国民党军队，从东北撤到长江以南，不知所终。所以东院两支只剩下父亲一支。

西院爷爷詹瑞雨也生了哥俩，大伯詹亮和老叔詹贺。但大伯未生育，收养了地主女儿大姐詹凤霞；老叔闯关东，在那里生了两个女儿，大女儿就是我诗里写的换姐詹凤芝。老叔想要换个儿子，谁知二胎还是女儿。

六十年代，哥哥用父亲从东北带回的钱，加上积攒下的工资，把东院的草房翻盖为瓦房。到了七〇年前后，老辈子哥几个商量，过继哥哥给大伯詹亮，哥哥又翻盖了西院的草房。大伯健在时，垒

小巫岚旧居

父亲六十年代垒于自留地上的围墙

起西院墙，父亲垒了东院墙和中院墙，分开两院。哥哥过去后，两家又拆了中院墙，两院合为一院。父亲爱栽树，靠东墙树杨柳；大伯也爱栽树，依西墙栽了桃李。中间的院子，东边，父亲种黄瓜、豆角；西边，大伯肺气肿，不能劳动，大姐除了种菜，还植了芍药、月季和兰草。所以到了春天，杨柳依依返青，桃李次第开放。进了五六月，院子就一片绿意盎然了。

但是，大伯去世后，西院就逐渐荒芜。其实，早在大姐出嫁后，西院的败象就露出了。没了劳力，蔬菜尚且不能浇灌有时，遑顾花草之生死与否。也不知何时，桃树、李树没了踪影。父亲去世后，东院也不再种菜，而杨柳也在盖西房的时候砍掉了。哥哥是父亲的传人，种地是把好手。退休后，父母分的土地和果园，都是他来侍弄，院中却不再关顾。但他却又给了院子新的生机，那就是养蜂。十几箱蜜蜂，沿着台阶下一字排开，到了采蜜期，天上熙熙攘攘，院中嗡嗡嘤嘤，给院子别添了一番热闹。

哥哥在世时，把六间北房分给大侄子和二侄子，在院东南角起两层小楼，由他两口和三侄子住。三个孩子都在外地工作，媳妇们在家，院子变成放柴火和杂物的地方。哥哥去世后，屋里撤掉了给人看病的药房，院中养的蜜蜂也送了人。走在院子里，感觉还是过日子的人家，又终觉少了什么。想一想，那是春种、秋收鲜明的季候变化，是旧时农家的希望、渴望、欣喜、失望或满足，是灌注到四季的葱茏旺盛的活力。一个农户，不播种子，失去的不仅仅是收成，而是一种对未来的希冀和渴望。现在的农村，青壮年都离开世代坚守的土地，去城里打工了，留下的是老人和儿童。土地荒芜、房屋倾颓、门庭冷落。到了夜里，村里黑咕隆咚，连狗都不叫，真有“万户萧疏鬼唱歌”之感，农村之残败，如霜后之草木，生气毫无。所以，家中失落的心情，也正是我走在村中的感受。故而有诗曰：“一曲浊河抱户流，物情世态几沉浮。空街夜半多猫狗，荒径春分少马牛。京广谋生逃丁壮，穷山守户困苍头。春愁此去何方觅？萧瑟寒肠意若秋。”过去回家，感受的是失去亲人的伤感，如今又叠加了农村败落而来的失落与失望，回家真没什么大意思了。

第二辑

北方之大儒

韩文佑先生是最具儒者风度的学者。鲁迅三十年代在广州讲魏晋风度，并不解释何谓风度，唯谈服药、喝酒，颇涉士人的生活作风。何为风度，只能神会。林语堂在复旦大学传授生活的艺术，引黄山谷一日不读书便觉“其容可憎”语，方说明人的面貌不关长相，而是指人的气韵、风采。我见韩文佑先生时，他年过七十，加之有气喘之症，已见老态。虽然身材较高，但腰微驼，行动不似魏际昌先生那样矫健。韩先生的笑，亦与魏先生大不同，多是微笑，呵呵两声，甚至不启齿，这一点有点像詹锳先生。韩先生头发稀疏，连鬓胡子却颇盛，一日不修，便觉须眉相连。但是，只要他一说话，你便知道何谓风度。那是满腹诗书所漫溢出的学者的儒雅，淡出俗世所飘出的清逸。

韩先生在一九七九年的青年教师助教班上，讲唐宋文学。我与韩成武老师到西湖村韩先生家听课。每次都是五十岁左右的保姆开门，沏好茶，韩先生再出来讲课。魏先生家多喝绿茶，而韩先生家是北京常喝的花茶。但应是花茶中的上品，香而不腻，且清香之气直冲脑门，开窍醒目，如同韩先生的唐诗课。韩先生是北京通州人，一口道地的北京话，声音很轻，语速也比较慢，有时感到明显的气短，但口齿极其清晰，语言干净精当。当时“文革”刚过，书甚少，韩先生讲唐诗，用社科院马茂元编的《唐诗选》，讲宋词用胡云翼编的《宋词选》，但韩先生却只在讲作品时用之。对诗人和其作品，韩先生常征引诗话、词话来评价，多是顺口拈来。或有记忆不清的，则于书架上取下书来查对，也是一翻即是，令人惊叹他于文献的烂熟于心。来前，听中文系老师说，韩先生是活词典，此言的确不虚。对于好的诗作，韩先生常常发出由衷的赞叹：“啧啧，真好。”然后再读一遍。虽如此简单，你也会受到感染，一下子体会到诗或词的微妙之处，如同禅宗的棒喝。

韩先生一生著述多散佚。五十年代后，鲜见韩先生发表学术论文，所知者两三篇而已。这或与他的政治遭遇有关。韩先生夫人在中学教书，被定为“右派”，韩先生自然也是逃不掉的。不过据刘崇德师兄说，轮到给韩先生戴“右派”帽子时，天津师大“右派”的指标用完了，因此逃过一劫。但还是被定为内部控制极右分子，言论受到限制。有此待遇，韩先生的学术成就无法不受到影响。但他的渊博学识，却是学界闻名的，因此被誉为北方之大儒。自“文革”后的研究生看来，韩先生主攻唐宋文学，因为他带的研究生就是唐宋文学方向。开山弟子刘崇德的硕士毕业论文，写的就是苏轼词订补。其后的孟保青和闫丽的论文，也是在唐宋之内。但是，据五十年代上大学的老学长说，他们上学时，韩先生讲授的是《庄子》。而他八十年代在《文学遗产》发表的论文，所讨论的则是元代前期杂剧名作《李逵负荆》的几个问题。由此可见，在老一辈学者那里，古代文学的教学和研究，是不分段的。所以他们应该是古代文学的通儒。

但几乎没有人谈到韩先生与现代文学的关系。作家蓝英年回忆，“文化大革命”中，他跟随韩文佑先生一起读鲁迅的杂文。从第一卷《坟》，一直读到第六卷《且介亭杂文末编》。他先读，晚上韩先生坐在宿舍前的马扎上给他讲解。蓝英年说：“韩先生对鲁迅作品之熟令我惊讶。他不仅对每篇都熟，甚至能背出句子和段落来。”蓝先生的回忆，为我们揭开了韩先生渊博学识的另一角，他对现代文学的热情和熟识及研究程度，不让古代文学，甚至超过了古代文学。

顺着这个思路走下去，寻找韩先生的足迹，我看到的是韩先生的人生、教学及研究与现代文学的密切交集。

韩先生一九二九年考入清华大学外文系，与钱锺书同班，后转入中文系，是朱自清的学生。一九三三年，朱自清在清华开歌谣课，选修的只有一位学生，就是韩文佑。韩先生还与朱自清是儿女亲家，此为后话。

离开清华，韩先生曾在南开中学教书，同事中，有著名诗人、后来曾任社科院文学研究所所长的何其芳和“燕园三老”之一的张中行。韩先生正是在那里与张中行结为至交的。

蓝英年说，韩先生除了给他讲鲁迅，还把周作人、郁达夫和徐志摩等人的作品借给他看。令蓝英年惊奇的是，韩先生所收藏的都是初版本。其实，韩先生与周作人在北大时应该是同事。不过周作人是著名教授，而韩先生则是讲师。至于徐志摩，韩先生也应该是熟识的。在诗人去世后，围绕徐志摩的评价，韩先生曾与杨丙辰有过激烈的交锋。一九三一年底，徐志摩遇难。吴宓主编《大公报》的《文学副刊》，于一九三二年一月十一日刊出了杨丙辰的《大诗人——天才——徐志摩和他的朋友们》一文，对徐志摩的为诗为人提出质疑。认为徐志摩的诗“精神萎靡不振，气势散漫无归，而意旨晦涩难明”。徐志摩也难负大诗人之誉，他是“一个‘虚浮’‘膨胀’‘不深刻’的人物”，“一生‘好玩’，态度浮动，不深刻……他的离婚，他的交朋友，他的写文章，他的作诗，都是‘好玩’”。杨丙辰时任北京大学德语系主任，兼清华大学德语老师。而此时，韩先生正在清华读书。杨丙辰虽为清华兼职，论起来应是他的老师。但吾爱老师，更爱真理。韩先生读了杨丙辰的文章，著文发表于次日《大公报》的《文学副刊》上，对杨氏评价予以激烈反驳。韩先生说："我不是徐先生的朋友，但是我所见到的徐先生与杨氏所说恰恰相反，""他的忠于艺术，忠于人生，由他自己的书信诗文中，天下后世，昭昭可见。"文章还引了徐志摩《拜献》《这是一个怯懦的世界》《天国的消息》等诗，评论道："我们见到他对于天真与永生（其实这是一体）是如何的渴慕，如何热烈地奔赴。在他的诗里，处处见到他的对于人间丑秽与罪恶之愤怒与攻击，对于真善美的探求猛进，对于光明与永生之一心奔往。我切愿读者取来他的全部遗著，仔细地读几遍，庶几可以认识诗人的真纯与纯挚，并且视自己的天缘得到几分灵感。"又据张中行《负暄续话》，韩先生还曾发表过研究郁达夫的文章。知此，韩先生能够收藏周作人、郁达夫和徐志摩书的初版本，就不足为奇了。一九五一年，韩先生在《语文教学》第三期发表《鲁迅先生的〈为了忘却的记念〉》文章，可见韩先生研究鲁迅由来已久。

一九五一年八月十六日，北京师范大学秘书科就聘请韩文佑为中文系副教授致中文系黎锦熙主任函件中，有"今速同议聘表及韩先生编译略目一并奉上，希填竣后与编译略目一并寄还"语，推测此前韩先生一定著述甚丰，惜无人搜集整理，故今人知之甚少，更

左为韩文佑先生，右为刘崇德老师

不了解他在现代文学领域的耕耘之功。

韩先生被誉为大儒，更见于他的人格修养。张中行的《月旦评》，曾用“宽厚”二字来盛誉他的朋友韩文佑先生，并引孔子“己欲立而立人，己欲达而达人”和《庄子》里转述尧的话“嘉孺子而哀妇人”，来评介韩先生。张中行在生活极为艰窘的情况下，曾经得到韩先生兄弟般的照拂，他的评价是发自肺腑的。

作为他的学生，从韩先生对我们的关爱，亦可以感受到他的仁慈。进修班结束时，韩先生要我们写一篇论文，作为唐宋文学课的结业成绩。我写的边塞诗文章，极稚嫩，多是诗的鉴赏之词，根本谈不上研究。但韩先生还是给了优秀成绩，呵护鼓励之意甚为明显。由于韩先生对学生爱护有加，凡是他教过的学生，都对韩先生有着很深的感情。他的大弟子刘崇德老师，与韩先生家甚至成为通家之好。

但是，凭我直感，宽厚的韩先生，还有另外一面性格，那即是他的刚直清峻。韩先生字刚羽，发表文章，曾用韩刚名字，可见他心中所希望的性格。与韩先生在一起，如沐春风，温煦和人，你无论如何也不会想到当年因为徐志摩拍案而起、文章咄咄逼人的韩文佑。但我与韩先生在一起，会感到他从骨子里发出来的清峻之气。讲唐宋文学，韩先生对某一个作家的评价，是极为谨慎的，哪怕是权威盛赞过的作家，韩先生也不会轻易苟同。在现实中，韩先生也并不轻易赞许人。第一届研究生答辩会上，我曾经见过他极为严肃、甚至有些峻厉的目光，使我极为震撼。在那一刹那间，我感受到了一种凛然不可触犯的人格力量，以致深深刻在我的记忆中。

在韩先生家上课，韩先生虽不开门迎接，走时却一定要送下楼。我们劝他不要送，但韩先生总是说："不是专送你们，我顺便到外面走走。"他穿着蓝涤卡中山装，站在楼下，稀疏的白发，飘在微风中，目送我们走远，像一个父亲送远行的孩子。那是韩先生留给我的永远的影像。

胡适的学生

魏际昌先生面容清癯，华发飘雪。携机关枪子弹壳焊接的拐杖——我一直以为那是先生的道具，而非工具，步履矫健，何时走过校园，都是一道风景。

上大学时，传闻魏先生做过傅作义的少将参议咨议，或曰少将参谋。然从所有魏先生的事迹记载，均无实证。有的学生曾就此事问过魏先生，先生大笑，却不置然否。魏先生到了老年，还写申请书，以耄耋之年加入中国共产党。老一辈学者，其实有着很深的政治情结。我想，至少他们希望融入这个社会，能够被主流接受，更何况魏先生是胡适的学生。魏先生身板挺拔，行路生风。魏先生的手，冰凉干硬，但却有感染力。与人相见，先生必大步向前，寒暄，握手，左右摇晃着，握姿颇像接见外宾的总理周恩来，生动，有力，你不会想到他是八十或九十的老者。魏先生身上，的确有强烈的军人气质。

魏先生是河北抚宁人，他二十一岁考取吉林大学，后因“九一八”事变，吉林大学解散，转入北京大学，所以魏先生说的是普通话。但细心的人会听得出来，他的普通话中夹杂着冀东和东北的口音。魏先生说话用后嗓，声音苍厚，但颇响亮，尤其是魏先生的笑，豪放而有感染力。

中文系旧时，有春节给老师拜年之习。魏先生家在南院七号楼四单元101室，与雷石榆先生住对面，每次拜年，多是先去101，再去102。但也有例外，有时一进楼道，听到魏先生屋里发出的笑声，就知道他那里有人了，于是向右敲开雷先生的门，先给雷先生作揖。这是我们学古典的例儿，外国文学的老师正好反向而行，先102，再去101，给雷先生两口拜了年，再去魏先生家。八十年代的中文系，充满了浓浓的亲情。

中国的大学，从上世纪五十年代到今天，都在折腾中。五十年代院系调整，七十年代停办、再招工农兵学员，恢复高考，八九十年代院校合并，继之又是211，又是985，几乎没有几天消停。河北大学就是折腾的牺牲品。河北大学一九六九年从天津迁到保定，一大批教师留在了天津，留下的教师可办另一所大学，只有少数人随校到了保定，著名教授中就有魏先生和雷先生。魏先生有一子，但无论在天津还是保定，我却从未见过。平时家中只有魏先生和师母，后来有孙女海霞在外文系读书，与他们同住，戴着一副眼镜，文文静静的，很有教养。师母于月萍，传为东北大户人家小姐，看上了在吉大读书的穷学生。于先生说话，给人的印象尖酸刻薄，有小姐的味道，其实是爱说真话而已。她是历史系教授，教授中国书籍史，带书籍史研究生。写有《中国书籍史》教材，可惜只有油印本，未见出版。魏先生去世后，留下一大批书，其中不乏明清善本。有北京书商上门商购，家人颇犹豫。于先生说了一句话："书有什么用！"一两万元，书就易手他人。此为传说，我一直半信半疑。于先生是治书籍史的专家，理解书的价值，恐怕无人能出其右，她怎么就会轻易打发掉魏先生和她一生的收藏？所以我相信，于先生果真说了此话，这句话中，一定包含了她和魏先生藏书与教书的万般悲辛。

魏先生是胡适在北大的研究生。一九一七年，蔡元培在北京大学设立文、理、法三科研究所，培养研究生。一九三二年六月，北京大学实行学院制，设文、理、法三个学院，胡适任文学院院长。魏先生一九三四年毕业，同年考入北京大学研究院中文系，攻读中国古代文学硕士学位，受业于胡适等人，一九三七 年毕业并取得硕士学位，

一九五五年天津师范大学古代文学教研室老师合影。左一魏际昌先生，左三顾随先生、左四韩文佑先生

魏先生的学问可谓渊源有自。但是，胡适是洋博士，中外兼通，而在我看来，魏先生虽然讲课喜欢说几句英语单词，但他老人家的功力，当在旧学。但是五十年代，魏先生被打为“右派”分子，从此离开教学岗位。社会既剥夺了他的教学权利，也钳制了他的言论自由，遭遇之坎坷，忍受之痛苦，非“书有什么用”不能道出。

一九七九年，中文系办助教进修班。我与韩成武、刘玉凯等老师到天津从詹锳、韩文佑、魏际昌、胡人龙等先生学习。此前，魏先生已经赋闲多年。说闲置，也不尽然。实际情况是，魏先生被打成“右派”，即离开教坛，被贬到资料室作资料员了。魏先生失去的

魏际昌和于月萍先生

还仅仅是学术生命，有的学者失去的则是生命，甚至他们毕生追求的名山事业！裴学海先生是著名语言学家，所著《古文虚字集成》影响甚大。一九四九年前，裴先生教中学。他生活极简朴，所挣工资攒起来，在老家滦县买地。所以到土改时，定为富农成分。五类分子中，裴先生至少占了两类——富农和反动学术权威，“文革”时的命运可想而知，日日戴高帽，挨批斗，家也被抄，半生心血著就的手稿《古文虚字集成》的姊妹篇被人掠走。裴先生被逼上绝路，跳楼自杀。而他的手稿，至今下落不明。比起裴先生，魏先生还算

“幸运”的。

詹锳和胡人龙先生在马场道河北大学旧址和平楼五楼教室上课，韩文佑和魏际昌先生则因年岁身体原因，在河北大学另外老校址西湖村家中上课。魏先生讲《庄子》，每周一次。总是早上坐公交车，从马场道到八里台下车，再步行到西湖村。此时，魏先生早就备好香茶等候我们了。我当时听惯了老师课堂讲课的套路，思想内容、艺术特点一套一套地分析下来，觉得那才是现代的教学。对先生一篇一篇串讲、一字一字求义的讲法有些不习惯，颇感陈旧，甚至腹非他有些食古不化。但是当我真正接触旧学，自己从事研究时，才感到魏先生的教学是多么管用，而自己当时的想法是多么浅薄可笑。詹锳先生讲《文心雕龙》，也是此种讲法，一篇一篇讲解。因为他当时正撰写《〈文心雕龙〉义证》，所以常常会加入时人研究的新信息，研究的色调更强。但基本的路数，仍旧是传统的训诂的一套。由此我也想到，我们现在的教学，追求科学体系，强调以论带史，与老辈学者用训诂疏通文义的教学相比，对于学生的传统文化训练，哪一个更有效？其实真的难说，未必老辈学者的方法就一定落后。

听老先生讲课，除了受学，还有他们的饱学对学生的感染。魏先生讲《庄子》，每一篇都可记诵，令人钦佩他于旧学的童子功。他讲《庄子》，亦不借注释，端一本白文，就可娓娓道来，这功夫亦非今人所及。魏先生说，不学《庄子》，就不懂半部中国文化，此话至今记忆如新。二〇一〇年，我用一年的时间读《庄子》，手抄郭象《庄子注》，满满三本，也算勉强完成了老师三十年前布置的作业。

恢复研究生制度后，魏先生与詹锳、韩文佑、胡人龙先生开始合带研究生。其后，几位导师单独带研究生。魏先生培养了李金善、方勇、孙兴民等研究生。魏先生的研究，在他七十岁以后，也达到了一个高峰，出版了《桐城派小史》，这是中国第一部研究桐城派历史的著作。

魏先生晚年双目几乎失明，但还常常取出书架上的线装书，坐在书桌前，一页一页地翻着，抚摸着，度过一天，在墙间映上老人家孤独的身影。

一代学人的良知

上个世纪七十年代末恢复学位制度，老一辈学者开始招研究生，到现在已经有了近四十年的历史。如果按代计算，也应该有四五代了。所以，学界习惯于把某一师门称为某某门，如詹锳先生的詹门。我要强调的是，我们所说的某某门，不是一个人，而是一个学术团队。如詹门这个团队，不仅有詹锳先生，还有顾随、韩文佑、魏际昌、高熙增、胡人龙等先生。我们纪念詹锳先生，纪念的是这个学术团队，纪念的是老一辈学人，缅怀的是上一代学人的人格和学品，更扩而大之，总结的是一代学人的际遇、命运，一代学人的学术传统，而詹锳先生则是这一代学人的代表之一。

关于上一代学者，我已经拜读了诸多总结他们学术成就、学术道路和学术思想的文章，尤其关注到蒋寅研究员四代学人划分以及分析第一代学人特点的文章。那是一篇客观分析、评价我们的老师辈、即第一代学人得与失的文章。因为时间关系，我这篇发言，不拟全面展开，只是从“良知”的角度，谈谈詹锳先生这一代学人给我们留下的学术遗产。

从道德角度来看詹先生这一代学人，最值得关注的是他们关注社会与民族、人民命运的情怀，我认为这是老一辈学人与当代学者的最大差别。老一辈学人，从选择了人文学科这个职业，就受了淑世思想的左右。鲁迅最早学医，受了中国人麻木无知的刺激，知道与其治中国人的病，不如拯救中国人的灵魂，而且是如此之急迫，所以毅然改为从事文学。詹锳先生的老同学任继愈先生在自传中也讲过他为什么要专治中国哲学史：“一九三四年考入北大哲学系，旧社会哲学很难找到合适的职业。那时年轻，不考虑这些，一心想寻找真理，追究人生的归宿。”“大学三年级，暑假期间发生了‘七七事变’，北大南迁。文学院设在湖南衡山脚下。半年后又迁往云南蒙自县。由湖南到云南我参加了学校组织的湘黔滇旅行团。徒步旅行，走了两个多月，行程一千三百多公里。有机会看到农村败落和农民贫困景象。靠了他们承载着这个又穷又大的国家。人生的归宿，最后的真理，如何与当前广大贫困的农民和败落的农村发生关系，对我来说一直是个问题，无法解决。我深信探究高深的学问，不能离开哺育我的这块灾难深重的中国土地。从此我带着一种沉重的心情来探究中国传统文化和传统哲学。”

老一辈学人，如胡适鼓吹的平民文学那样，要把在天上歌吟的诗人，拉到地上来，与人民一起歌唱，而今天的学人却反之，要“不问苍生问鬼神”。仔细盘点老一辈学人取得成果最丰硕的领域，主要是屈原、李白、杜甫、白居易等经典作家和作品。为什么他们的研究热点在此？这只能去问老一辈学者的良知。传统的士人气质的熏陶培养了他们“天下兴亡，匹夫有责”的责任担当，“五四”以来欧美新思想的教育，又使他们具有了追求自由与民主、追求真理的理想。而这一代人正处于社会大变革、大动荡、大转折时期，他们亲眼看到了各种思想、各种政治势力的兴衰沉浮，亲身经历了民族的危亡与复生，这些又把他们与民族、民生紧紧地联系在一起。所以他们研究古代文学，无不浸透了当世的民族、民生关怀。詹锳先生在自传中说：他上高中时，发生了“九一八事变”，他参加了一九三一年冬天北方学生南京请愿团，请愿团后来改成示威团，砸了外交部。在北京大学读二年级时，参加过“一二·九”学生运动。抗日战争爆发，他随学校迁往昆明的西南联大。一九五三年，他在哥伦比亚大学取得心理学博士学位后，还没领得证书，就冲破美国移民局的阻挠，回到中国。从詹先生的经历可以看出，他的前半生，是主动而非被动与国家、

詹锳先生在河北大学古籍整理研究所

民族的命运紧紧地联系在一起的。这可以解释，老一辈学者为什么热衷于研究屈原、研究李杜。也可以解释，我们整理《李太白全集》，詹锳先生在给《李白全集校注汇释集评》写“前言”时，为什么写了“李白诗中的爱国情操”这样的题目。而且我读詹先生这篇文章，也弄清了詹先生爱国的内涵。“我们标出李白诗中的爱国热情，则是从另外的角度进行探讨的”，那就是“关怀人民的爱国精神”，就是“写征夫思妇离别之苦，而含无限的同情”，就是“代表了被压迫人民的心声”，就是“从爱护人民关怀人民出发”的“反战主张”。总之，詹先生所说的爱国，就是关怀人民、同情人民、爱护人民。这就是詹锳先生作为人文学者的良知，也是那一代学人的良心。

王阳明论良知，把其说成是人的先天质素，“吾心之良知，即所谓天理也”。如果人果然有先天的良知的话，如孟子所说：“学问之道无他，求其放心而已。”学者读书，是为了找回已经丢失、或者被埋没的良知；而学者研究的目的，则是为民众启蒙良知。

如果就专业角度来谈良知，詹锳先生这一代学人的良知，表现为对所从事专业的“惟精惟一”的精进恒一精神。

首先表现为对治学的一种坚守，以生命投入其中的热爱，恒久的钻研和探索的毅力。詹先生一九三五年在北大学习中国语言文学，其时刚刚年过二十，从胡适学中国文学史，从罗常培学音韵学，后到云南西南联大，从陈寅恪学元白诗，从闻一多学《诗经》，从刘文典学《庄子》、朱自清学陶诗、罗庸学杜诗。一九四一年，詹先生二十五岁时即从事李白与六朝文学研究，发表李白研究的系列文章，写成《李白诗文系年》。到七十年代后期，开始李白全集的整理，前后经过近四十年。詹先生一九四三年在国立白沙女子师范学院任教时，讲授《文心雕龙》，一九六一年在《光明日报》发表讨论“风骨”的文章，到一九八〇年出版《刘勰与〈文心雕龙〉》、一九八二年出版《〈文心雕龙〉的风格学》、一九八九年出版《〈文心雕龙〉义证》，前后也经过了三十五年。可以说，詹锳先生把其一生都献给了古代文学研究。我清楚记得，地震后的一个夏天，我在天津见到詹镆先生，他坐在一个马扎上，穿着汗水湿透的背心，围着一条毛巾，前面就着茶几整理义证的书稿，从此，这一形象如石刻画像一般深深镌在我的记忆中。从事任何职业，都需要对职业的热爱，对所从事工作的执着。而古代文学研究尤其如此。研究古代文学自然需要悟性，这是文学特性所决定的。如果说研究文学需要有天资的话，悟性就是天资。但是研究古代文学，面对的是浩如烟海的文献，紧靠天资成就不了一个好学者。而后天的坚持与执着，就是学者所应具有的素养。

而这四十年，是太平的四十年吗？詹先生他们这一代学人又经历了哪些？一九四九年前的时事前面已经说过，一九四九年以后，他们又经过了历次政治运动的“洗礼”，确切说是磨难。詹镆先生还算比较幸运的，似南京大学程千帆那样被打成“右派”的老一辈学人，以及一九四九年后所培养出的学者如傅璇琮、裴斐等，其处境就更加悲惨。但是，无论遭遇多少挫折与打击，都未能泯灭他们从事古代文学研究的初心，这是一代学人更为可贵的良知。

其次表现为对学问的敬畏之心。敬畏是一种态度，詹先生那一代学人，敬畏学术，敬畏真理，敬畏对手，对古代文学研究，表现出严肃、认真、一丝不苟的态度。詹镆先生的一个基本观点，即认为文学研究是一门科学。作为科学，文学研究有它必然追求的学术目标，那就是为所研究的问题寻找到最科学合理的答案。人文科学不同于自然科学，同一问题，答案可能有多种，但是最合理、最接近于问题实质的答案，只能有一种。好的学者，就是以追求这一最佳、最合理的答案为目标的。

人文科学也有它必须遵循的规范，技术方面的规范自不必谈，研究路径与方法方面，则必须坚持历史主义的原则、客观的实事求是的原则。詹锳先生做学术研究，特别强调无征不信，有一分材料说一分话，就是贯彻他文学研究乃是科学的观念，力求研究的客观性、可信性。詹锳先生研究李白，重在李白生平事迹的考订和诗文系年，在此方面，詹先生做得十分谨慎。比如李白几入长安的问题，他的《李白诗文系年》写于四十年代初，一九六二年稗山提出二入长安说，后经郭沫若、安旗、郁贤皓诸位先生考证补充，影响很大。在编撰《李白全集校注汇释集评》时，詹锳先生与参编人员反复讨论这一问题，逐渐倾向于李白有两次进长安，但在何年、何地进入长安，还待进一步考证，为谨慎起见，暂时未写入《李白全集校注汇释集评》。有人也许批评詹锳先生比较保守，但是我却感受到了他固守无征不信原则、毫不退却的性格。

为了寻找问题的科学解答，詹锳先生的学术研究表现出不迷信权威、不迷信古人的学术自信，也表现出不小视今人和后辈的学术民主与谦恭。《〈文心雕龙〉义证》就是如此。关于《隐秀篇》补文的真伪问题，詹锳先生与杨明照先生和他的老朋友王达津先生有激烈的争论，他坚信自己的考证，也希望能被论证的对手说服。我在一篇文章里，讲过裴斐先生五十年代与他的老师林庚先生争论李白是青春豪放、还是悲豪的问题，也说明坚持真理，是优秀学者的良知。而在另一方面，詹锳先生在《义证》中又本着片善不移的精神，打破古籍整理传统的规矩，充分吸收了当代人的研究成果。这样做，就是希望对文意求得更为满意的解释，体现出一代学人学术至上、唯真理马首是瞻的良知。

著者不朽

詹锳先生一九九八年逝世，当时给我的感受是天倾西北，地陷东南，河北大学古代文学学科失去了擎天柱。

本来不是大病，胆囊炎。天津总医院的医生叫他做手术，告诉他现在摘除胆囊很简单，不用开刀。但詹先生拒绝手术，叫家里人打电话给我，过去给他定治疗方案。我正在石家庄参加省里会议，听说詹先生住院，马上请假赶到天津，但总医院的主治大夫告诉我，已经过了最佳手术期，只能尊重患者的意见，保守治疗，用抗生素输液。

詹先生一九九七年得过一场大病，住院近一年，曾经与南开大学王达津先生住在同一个病房。后来慢慢痊愈，恢复健康。詹先生能从严重的心脏病里死里逃生，胆囊炎相信不会把他怎样。有了治疗意见，我看詹先生病情还比较平稳，又回到石家庄继续开会。谁知仅仅过了一天就报病危，心脏、肾脏都告衰竭，及至我赶到天津总医院时，先生已经驾鹤而去。

詹先生带领我们整理完李白全集，由百花文艺出版社出版，拿到书时，詹先生说："我这一辈子，该做的工作都做了。"听到这句话，我心里一沉。想不到，竟然成了谶语。

一九九六年，詹锳先生八十华诞时，河北大学中文系和古籍所共同为詹先生举行了很小的庆祝活动。葛景春师兄整理出詹锳先生论著论文目录，林大志整理出詹锳先生年谱。詹先生去世后，我一直留心詹先生零散发表而未收入论文集中的文章，就是想有机会、有条件时整理出版詹锳先生全集。二○○六年，当詹锳先生诞辰九十周年时，我们师兄弟及其弟子参加了河北大学主办的詹锳先生学术成就与学术思想研讨会，会间大家都与我商量能否编詹锳先生的全集，但我觉得时机还不成熟。二○一三年，河北教育出版社出版顾随先生全集后，与任文京说，以詹锳先生在国内外的影响，他们很想一鼓作气出版詹锳先生全集。出版社有眼光，学校也有了出版著名学者全集的举措，出版詹锳先生全集的机会终于来到。果然，河北教育出版社很快完成报批程序，纳入出版计划，河北大学也以高效的审批速度，将资助出版詹锳全集纳入文学院学科建设规划。

出版詹锳全集，自然是河北大学应该做的事情。詹锳先生一九四八年到美国留学，一九五三年取得博士学位，不顾美国的阻挠，毅然回国，由高教部分配到河北大学的前身天津师范大学工作，直到逝世。上个世纪八十年代，华东师范大学成立古籍所，曾以很高的待遇请詹先生去工作。河北大学知道了这个消息，派组织部长到詹先生家做工作，劝阻詹先生。组织部长问詹先生有何困难，学校帮助解决。那时，詹先生蜗居在河北大学留在天津的校产和平楼，用的是公共厕所，没有坐便桶，詹先生身体胖，坐立极为吃力。詹先生就提出了这个问题。河北大学马上派人来改造了便桶，詹先生回绝了华东师大的聘任。詹先生对河北大学的要求就是如此简单。

但他为河北大学做出了重要贡献。河北大学有三老，教育系的滕大椿先生，历史系漆侠先生和中文系的詹锳先生。在八十年代刚刚恢复学位制度之初，以三位先生为学术带头人的学科，分别获批外国教育史、中国古代史和中国古代文学博士授权点。而这三位先生申请获批博士点，端赖其学术成就和学术声誉，因为无论是滕先生的美国教育史研究、詹先生的李白和《文心雕龙》研究、漆先生的宋史、农民起义史研究，在国内外都极有影响，有的堪称首屈一指。因此有人说，这三个博士点，不是争取来的，是国务院学位委员会送来的。自招收研究生后，詹锳先生为国家培养了一大批优秀人才，詹锳先生也被评为全国教育系统劳动模范，荣获人民教师称号。

当然，詹锳先生不仅属于河北大学，他也属于中国古代文学界，中国的教育界。出版詹锳全集，既是河北大学的事，亦在中国学术界的期盼之中。

詹锳先生四十年代初，就在西南联大开展学术研究，主要领域在魏晋南北朝隋唐诗文，李白是他的研究重点，《李白诗文系年》和《李白诗论丛》即于此一时期开始撰著，并有《李白集版本叙录》《李白之生平及其诗》《李白家世考异》《李白〈蜀道难〉本事说》《李白〈菩萨蛮〉〈忆秦娥〉辨伪》《李诗辨伪》《曹植〈洛神赋〉本事说》《〈玉台新咏〉三论》《四声研究》发表。此后留学美国，詹锳先生改学心理学，但他并未中断古代文学研究。一九五七年由作家出版社出版了《李白诗论丛》，一九五八年作家出版社出版了《李白诗文系年》，后者被称为新中国李白研究的奠基之作。此后，詹锳先生的研究主要集中在李白和《文心雕龙》研究，陆续出版了《刘勰与〈文心雕龙〉》（中华书局一九八〇年版），《〈文心雕龙〉的风格学》（人民文学出版社一九八二年版），《〈文心雕龙〉义证》（上海古籍出版社一九八九年版）《唐诗》（上海古籍出版社一九七九年版），《语言文学与心理学论集》（齐鲁书社一九八九年版），主编《李白全集校注汇释集评》（百花文艺出版社一九九八年版）。此外，还在《文学评论》《文学遗产》《中华文史论丛》等刊发表数十篇学术论文。这些著作和论文，代表了这两个领域研究的最新成果，也代表了其最高研究水平，因此在国内外学术界具有广泛影响。《〈文心雕龙〉的风格学》被评为河北省社科研究优秀成果一等奖，《〈文心雕龙〉义证》被评为河北省社科研究优秀成果一等奖、全国古籍整理优秀著作一等奖、全国首届优秀古籍整理图书，《李白全集校注汇释集评》被评为国家图书奖、教育部高等学校人文社会科学研究优秀成果二等奖。

此次整理詹锳先生全集，原则是务求完整，尽可能呈现詹锳先生著述全貌，但未收入詹锳先生的讲稿和书信。詹锳先生逝世后，他的遗物一直没有人整理。师母谢道瑜先生故去后，詹先生的儿子一家移居海外，这就给我们搜集整理詹锳先生的遗稿带来很大困难。所以决定此次出版全集，暂不收入这两部分内容。《李白全集校注汇释集评》是代表了詹锳先生晚年学术成就的重要著作。一九七八年，国家出版局立项新校新注八大作家集，詹锳先生承担了李白集的任务。其间编写颇多周折，但詹锳先生锲而不舍，最终带领自己的学生完成三百四十余万字的巨著。此书虽然是詹锳晚年倾注全部心力完成的著作，但因为是集体编写，因此也不能列入全集。

此书编辑由我和任文京担纲，但具体整理工作主要由文京来做。詹锳先生著作跨越近八十年，行文、引文、书名等规范要求有了变化。因此，我们聘请了专家张圣洁先生进行审阅，张先生为此做了大量细致的文字校对工作。还有出版社的刘相美等，为编辑此书也付出了大量劳动。这些，詹锳先生的在天之灵都会看到的。

今年是詹锳先生诞辰一百周年，整理出版他的全集，也是我们对他的真诚纪念。人无论贤愚，总要归去，只有精神可以永存，如曹丕说："年寿有时而尽，荣乐止乎其身，二者必至之常期，未若文章之无穷。"詹锳先生已经故去，但他的著作终会永存。

二〇一六年六月二十日

先生不填表

胡人龙先生不在中文系八老之内，而且是以副教授的身份退休。但是，在我的心中，他是当然的教授。

我上大学时，认识了中文系资料室张桂喜老师。她见我爱书，给了我很多方便，使我能够经常出入资料室，有机会翻到《文学遗产增刊》。正是在增刊里，我第一次认识了胡人龙先生。胡先生有两篇文章收入增刊中，一篇谈乐府《陌上桑》，另一篇与雷石榆先生合作，研究《红楼梦》中的贾宝玉形象。在学生的印象中，《文学遗产增刊》好生了得，能够收入两篇，足见胡先生的学术水平，真是未见其面，胡先生已经先声夺人了。

及至天津进修，我才见到这位胡先生。除了詹锳先生，韩、魏、胡几位先生，都属于清瘦之人，但胡先生却是干瘦的那种。偏黄的面皮，极紧致地包裹着他的脸，让人联想到武侠小说中有数十年功夫的师父。后来才知道，胡先生早年因胃病动过大手术，胃切掉了一半，从此注意养生，不能多餐，每次上课，他都要带几块饼干，在课间就着开水吃下。但是我们也颇奇怪胡先生是否真养生，因为他嗜烟之习，至死未变。从他熏黄的牙以及脸色，一下子就可以辨认出这是一杆老烟枪。看胡先生吸烟，既见他数十年老烟民的真功夫，亦可见什么是享受。因为手抖，胡先生掏出烟来，多次划火，才能点着。每次，胡先生都极为耐心，叼着烟，颤抖着双手，反复划火柴，点火，直至冒出烟来。然后运足丹田之气，一口气吸进去，待到轻轻呼出时，竟不见一丝烟雾。一支烟，如此不过三口，便只见了烟尾。我身边有许多吸烟的朋友，最凶的如中国社会科学院的张国星教授，一天至少三盒。但是无一例外，没有一个能够达到胡先生的吸烟境界。

胡先生上课，在和平楼五楼的教室。每次来，都是毫无声息地爬上楼，坐在黑板前的椅子上，点着一支烟，吸三两口，也就到了上课的时间。胡先生的课，有中间休息，吃一两块饼干，吸一支烟，再上。胡先生属于沉默寡言之人，说话很少，也不大与学生交流。有时，他会坐在你的对面半小时或更长时间，眼睛直直地看着你，一句话也不说。

胡先生讲魏晋南北朝文学，用的是旧稿，讲稿边都已发黄。但他并不完全按着旧稿讲。在几位先生的课程中，胡先生的课最有清晰的文学史观念，他的课讲下来，就是完整的魏晋南北朝文学史。但在我看来，最有心得的还是他的乐府课。那些描写底层民众疾苦，反映他们善良与智慧的民歌，是胡先生重点讲述的对象。胡先生讲课语速很慢，语调平缓，他的课，我们可以一字不落地记下来。但是，在胡先生平缓的讲述中，我常常有所感触，似乎触摸到了胡先生内心深处的一些情思意绪，即他对来自民间作品的真心喜爱，对弱小者的同情。他把这些不动声色地融入不紧不慢的讲述中。

恢复研究生制度后，胡先生与韩文佑、魏际昌、詹锳先生合带研究生。詹先生门下有葛景春、徐明，韩先生门下是刘崇德，胡先生带小蒋。硕士论文答辩时，我做答辩秘书。外请答辩委员有王达津、范宁、杨敏如、罗宗强等先生。答辩时，几位导师对小蒋的论文不甚满意，表决时几位导师全都投了反对票。令人意外的是，小蒋自己的导师胡先生也投了反对票，而校外专家却投了赞成或弃权票，结果小蒋没有拿到硕士学位。由此可见当时学风之谨严，胡先生并不回护自己的学生。此后，胡先生与韩文佑先生合作带了孟保青、闫丽等研究生。

我一九九一年毕业留古籍所后，每年都去看望胡先生。那时胡

前辈留影。前排左二韩文佑先生，左三胡人龙先生，右一李离先生

先生已经不带研究生，退休在家。有时回云南住些时日，但大部分时间住在天津。见到老学生来，师母很热情，张罗着让座、倒水，然后坐下来陪着说话。有师母在旁，胡先生的话多了些，有时也会拉拉家常，谈到他的老家云南，以及他的经历，无声地笑着，笑得很和蔼。

胡先生是西南联大最后一届学生。抗日战争时期，迁往昆明的北京大学、清华大学和南开大学，合并为国立西南联合大学。当时的办学条件很差，但是却培养出一批著名的专家学者。任继愈、逯钦立、詹锳等先生都是此校毕业的学生。同出此校，论资质，胡先生当有更大的成就。但他中年得大病，影响了健康，自然也影响了他的治学。“文化大革命”后，胡先生似乎就不再著述，没有新的文章面世。中国的政治，五七年反右，此后政治运动不断，人文学者动辄因文致祸，“文化大革命”更达极致。与身体健康相比，政治高压更容易摧残人的精神，泯灭人的创造，这是不应忘记的教训。所以，我在二〇一五年全国人民代表大会的小组发言中，建议为社会科学研究立法，保护研究者的创造性和合法权益。胡先生似乎看透了人生的一切，学校给他定教授，他不填表；动员入党，不写申请书。但在我们这些学生看来，胡先生逢此两劫，不能卓然成家，是很可惜的。

禅边风月

京门酒徒，说起几代学人，常常感慨，一个时代有一个时代的学人。“五四”前后一辈学者，多文人气，学问好，张扬个性，不乏狂放纵逸者。学界有著名三疯子：落拓不羁的章太炎章疯子，不修边幅的刘师培刘疯子，颇多奇行怪举的黄侃黄疯子。黄侃性至孝，读书必正襟危坐。然好饮酒，颇自许，出门不是观天，就是察地，以为天下学问无出其上者，不屑于平视诸公。为了学问高低，不惜拳脚相加，甚至要刀杖相决，直率到近乎乖戾。后二人又是北京大学三怪杰之一，还有梳着小辫子，喜谈女人小脚的辜鸿铭。四五十年代的学者，学问虽不及前者，但因得前辈真传，亦多大家。但为人却常内敛，谨言慎行，于酒亦多远之。

当然也有例外。一九九一年七月，参加李白诞辰一千二百九十年学术研讨会。会在马鞍山开。当代著名李白研究专家詹锳、朱金城、霍松林、周祖譔、裴斐、王运熙、罗宗强、安琪、台湾阮廷瑜、香港邝健行以及日本的筧久美子等学者都出席了会议，可谓一时之盛。开幕式上，见一位先生坐在主席台上，鹤发童颜，极有风神。后来知道，这就是大名鼎鼎的苏仲翔先生。五十年代初，苏先生研究李白、杜甫，著有《李杜诗选》，我读过的是古籍出版社一九五七年二月的本子，这是常见本，而在此前的一九五五年十二月，上海春明出版社就出版了此书。这是新中国成立后最早出版的李白诗选注本，因此影响较大。

但是，当时我们这些还算年轻的参会者，除了敬佩苏先生的文学研究，更感兴趣的是他传奇的经历。他十八岁加入中国共产党，一九二七年“四·一二”政变，被国民党判十九年徒刑，一九三三年获保释出狱。一九四九年上海解放，共产党请苏先生到上海军管会高等教育处工作，再调为华东师大教授。一九五八年，苏先生五十岁，被划为“右派”，事有凑巧，这次也是整整十九年。一九七七年，才摘掉帽子。此时，苏先生已七十二岁高龄，才得以重返华东师大做教授。

中国社会进入二十世纪之后，时局多变，但苏先生的命运似乎

苏仲翔先生

不变，两次被剥夺自由，都是十九年。相同的数字，如同宿命，不能不令人感到惊诧。惊诧之余，又不能不想，这是什么样的宿命？

我首先想到的是一个知识分子的良心，知识分子的耿介。直面现实，敢于批评，且直言出之。苏先生在《揭露、安排、对治》一文中，激赏中国古代知识分子中的憨直敢言之士“不惑，不忧，不惧”的高贵品质。称之为“千人之诺诺，不如一士之谔谔”。而他本人，就是这样的人。再看苏先生写于一九五六年的《民主盛世，百家争鸣》《漫谈文牍主义》，就知道“右派”这顶帽子非戴不可了。在这些文章中，他大讲自由讲学，自由著述，中国民间议政的传统，要服从真理，服从正义，并对现实中的官僚主义、形式主义给予尖锐揭露和批评，表现出一个正直知识分子对真理与正义的坚守。在中国历史上，凡敢于直言批评现实存在问题的知识分子，似乎都难逃苏先生的命运，所以两个十九年应该是对正直知识分子的宣判。然而，怀抱理想，坚持真理，直面现实，恰恰是知识分子的本质属性。改变了这一属性，他就脱胎换骨为另外的什么分子了。直面现实，甚至批评现实，就必然招致现实的不满，自然也就命运坎坷，所以它是宿命。

还有另外的宿命，那就是他们与中华民族文化的因缘。对于这些知识分子来说，命运可以改变其人生，却无法改变他与中华民族文化的一往情深。爱，是它；恨，也是它。成也萧何，败也萧何。人因文病，病却又因文而痊愈，此也是宿命。回顾一下当年得到“右派”帽子的分子，多因文致祸，苏先生也是如此。二十余年，没有人可以救他们，只能自救，以何救之？文也。苏先生学问淹博，文史兼通，诗书画三绝，文章所及，儒释道无不有得。有人问他毕业自哪个学校，苏先生说是“陆军大学”。他说的陆军大学，就是一九二七年被关进的杭州陆军监狱。就是在那里，他修习了佛典、圣经、易经以及黑格尔、达尔文的理论，并著《易学会通》。苏先生是佛学宿老，著有《明理新论》《佛学通讲》《佛学与中国传统文化》等多部，点校禅学经典《五灯会元》，且有未完稿的《中国禅学史》。谁能想到，他的佛学功夫，却是监狱中奠基！身陷囹圄，高墙和铁锁，限制了人身自由，有多少人会因此颓废、疯狂，甚至心死。苏先生却沉浸于中外经典之中，自拯自救，获得更强大的生命力。苏先生的佛学研究，起步早，并且伴随其一生。四十年代就有太虚评为“一时杰作”的《名理新论》及《玄奘新传》。七十年代，被勒令退休、遣返回家期间，又写成《佛学通讲》。八十年代，点校《五灯会元》。研究佛学，一生不辍，是其性之所好，还是借佛学开解自己？尤其是在其困顿的生活阶段，谁又能分得清彼此！

苏先生的以文自救，极具中国传统文人的趣味，此又是我感兴趣的。马鞍山会后，安排去黄山考察李白行踪。住屯溪，逢大雨，阻断去黄山的路。临时改路屯溪民居和齐云山。齐云山虽无黄山险峻，万千气象，但为道教圣地，苏先生兴致颇高，曾赋诗云：“平生两越青城顶，今日齐云拾级来。九岭十三亭曲折，只应步步近蓬莱。”我们与苏先生同行，有幸亲睹苏先生风采。苏先生身体好，为人豪爽，是此次出行的看点，一路留下颇多故事。而这些故事多围绕诗书酒和他的书童展开。

苏先生于酒有真爱，出行，必带酒和下酒小菜，一有情兴，便中饮之，其形迹颇类正始名士刘伶。但刘伶是土木形骸之人，喝了酒，忽忽悠悠，不拘形迹，而苏先生却少见醉状。途中见有奇石，忽发酒性，倚石，酌酒，饮一杯，品口菜，便足矣。再赏苏先生，白发似雪，红颜灼灼，真酒仙也。

回到宾馆，有人讲苏先生故事。此行，安排的行程中有太白酒楼，传为李白饮酒之酒肆。一行人自然明白，这是后人的附会。但苏先生见到太白酒楼，酒兴大发，遂入店，观太白像，沽酒小酌。临行，与店家议好，以字换酒。于是店家展纸，书童研墨，苏先生略一沉思，挥毫乃就。诗为游屯溪和齐云山所得，字乃行草，俊爽飘逸，见者叹绝。苏先生乃书法家，虽不能说一字难求，却也得之者如获至宝。苏先生并不似俗世所谓的书家，视字若金，直标价于门庭。他虽不能似李白那么豪放，“五花马，千金裘，呼儿将出换美酒”。却常常以字换酒，传为美谈。苏先生的哲嗣说，苏先生有时到朋友家，主人不在，苏先生就自开酒厨，斟酒独酌。然后留下字画，扬长而去。这些皆为传说，而此次则让同行者开了眼界。

李白当年游金陵有金陵子，苏先生此行也带了酒童，即他的私淑弟子沈诗醒。沈女士为上海名士沈鹏年之女，据说是年幼体弱，乃向意佛学，拜苏先生为师。她协助苏先生整理《五灯会元》，著有《禅林漫步》，苏先生为之序五绝两首：“扫眉才子夙飞声，蕙质兰言一往情。悟到拈花微笑旨，未妨有爱起无明。”“小品缪琳手自编，芸窗晚课一灯妍。人天消息参应遍，菊影茶笙总是禅。”很欣赏他这个徒弟的聪明悟性。读苏先生此诗，自会使人想到沈女士漫步祥林的感悟：学佛关键，在于悟心，不在守戒。要能在念念不断、烦恼不绝时想得通，在浓艳场中、纷纭境上看得透，这样才能不为他缚己缚，万事独抱真守，一心不乱。为此，若能“解得青山独往意”，又何妨“步步踏红尘”呢。直是悟到真禅的兰蕙之言。沈诗醒此时刚三十余，相貌气质皆非凡女。几个年轻的学者，路上与她讨论情与缘的问题，她妙语连珠，令途中充满禅意。有这样一位徒弟为苏先生拎着酒壶，带着小菜，随侍左右，也让苏先生更加飘逸起来。

苏先生研究李白，激赏李白一介布衣，诗酒飘零，为知识分子在政治活动和生活方式上，创造了风流倜傥的典型性格。又以“风流倜傥、光明磊落”，概括李白一生。我读此语，总觉得他是在勾勒自己的形象。李白怀抱兼济天下之志，自许为当代管仲和姜尚，但是一生并不得志，至少在他自己看来是如此。其解脱之道，就是道家，纵酒狂歌，宣泄其政治苦闷。苏先生早年亦有政治抱负，但是却坎坷一生。其自遣行迹似太白，以诗酒自适。然则深究之，当是亦庄亦禅，近于苏轼。“吾身已惯波三折，放眼乾坤日月长。”无法改变社会，就设法改变自己，想得开些，这也是旧派知识分子的自救之道。

苏先生一九九五年十一月十三日辞世，享年八十八岁。

二〇一一年七月

学者归来

一个人，在其一生中，会认识无数人。擦肩而过的自不必说，是不能算作熟识人的。这里所说的，是多少有过交往的人。有的见过几面，有的可能天天在一起共事。但是，随着岁月的流逝，有些人可能迅速被遗忘掉，有的人逐渐淡出你的记忆，而有些人会被你永远记住。

如今，我已经进入花甲之年。到了这把岁数，自然见过很多人，交过很多朋友。但如前所说，有些人逐渐淡出了我的人生，走远了，他在我的印象里，已经逐渐模糊。但有的人不是这样，随着年龄的增长，与我走得越来越近，我对他的印象也越来越深，对他越来越理解，越来越认识。裴斐就是这样的一位先生。

认识裴先生，还是在我年轻的时候。说年轻也不年轻了，已经过了而立之年。但仍是学生，如同《儒林外史》中的范进，是个老童生，执弟子礼于詹锳先生门下。应该感谢李白，使我有了这样的缘分，认识了裴斐先生。读他的文章，和他进行交谈，和他进行交流，我真切地感受到来自学者裴斐先生的人格力量、人格的魅力。九十年代，裴斐先生组建他的学科，希望我能够调到中央民族大学，加入他的学科队伍。我也有同样的愿望，想到他的身边工作。但是因为种种原因，没有成行。其中一个很重要的原因，是此时裴先生患重病，组建学科队伍的事被搁置下来。这个学科后来还是完成了裴斐先生的遗愿。在几辈学者的努力下，也是在裴先生的余荫下，终于建成了中央民族大学文传学院的博士一级学科。裴斐先生在天有灵，看到今天的民大文传学院，也会感到安慰的。

裴斐先生是一个有人格力量的学者。对于裴斐先生，不能简单地说他是一个专家而已。他坎坷曲折的人生，就是中国当代知识分子的写照，而且是最为传神的写照。

他是北大的高才生。当年，林庚先生发表文章，提出盛唐气象。讨论李白的布衣精神，李白的布衣感，林庚有一个著名的论点，盛唐气象表现为青春精神，而李白则是这种精神的集中体现。裴斐那时候还是学生，林庚先生是他的老师。我爱老师，我更爱真理，裴先生本着这种心态，在《光明日报》发表文章，提出不同的观点。在学术面前，人人平等，哪怕是师生。这是多么朴实而可爱的真理，多么简单而又可贵的真理，学术因为有它而进步。但是在中国，能做到这一点实属不易。中国是个等级森严的国家，既有师道尊严，也有父道尊严、官道尊严。老师批学生可以，老子批小子可以，官批百姓可以，反之就是忤逆，就是犯上。当然中国也尚道，不是没有人法道的观念。但是，在中国的道人关系中，形而上的道，没有意义，要靠圣人的经书来体现。圣人之道中，君君臣臣、父父子子的伦理之道最重要。所以，似裴斐那样，为了真理，真诚地与老师公开辩论的人，并不多见，由此而珍贵。

就是这样一位学者，北大的几位青年才俊之一，一九五八年被打成“右派”，做汽车修理工，做泥瓦工，遭受了最不公平的待遇。但是，这位学者，正像他自己所说的那样，是一位坚强的学者。他能够在人生的坎坷之中走过来，披荆斩棘地走过来，不仅没被打倒，没失去生活的信心，而且也没被改造成个乖孩子，反而生活更加坚定，思想更有锋芒，性格更有棱角，人格更为挺拔。而且把他的经历变成自己的人生智慧，把它变成了对社会、对人生的一种观点，一种思想，直接带入了他的学术研究，带入他的李白研究、杜甫研究，也带入了他的文学理论、带入了他对《论语》的理解。

上一辈学者，有的是经过了改朝换代的知识分子，有的是五十

裴斐先生

年代新社会培养的知识分子。他们大都经历过历次政治运动，生活曲折，遭际坎坷。幸运者，尽管要改造，但还能保留在高校，教教学，写写文章。不幸者如裴斐，剥夺了他教学、研究的学者权利。在打击、迫害面前，有的人丧失了生活下去的信心，远赴黄泉之路，既逃离了苦难，又保留了他们最后的人的尊严；更多的人选择了活下来，因为生命只有一次。但是如何生活下去？有的人输心自裁，不再做独立思考的知识分子。他们还是教师，还是研究者，但是他们远离政治，远离社会，只输出知识，人活着，心死了。有的人从传统文化中找到了生存的智慧，做聪明的逃世者，琴棋书画，亦庄亦禅。我有篇文章，写苏渊雷先生。早年，苏先生为了争民主，争自由，关进国民党监狱多年。一九四九年后，又因为批评现官场的一些作风，被打成“右派”。遭受的打击，甚于裴先生。而到了晚年，苏先生是以佛学家而著名，又以诗书画而称三绝。一个斗士，唱起了禅边风月好，裴斐则不然。他活了下来，而且在他所做的泥瓦工工种中，做到了最高的技术等级。他要做与社会抗争、与不幸命运抗争的强者，这是他的信念。

一九七九年，裴斐摘掉了“右派”帽子，恢复了人身自由，到中央民族大学任教。裴斐回来了，带着鲁迅的胡子，眸子灼灼。不仅仅是作为学者的裴斐回来了，是作为以真理为信念的裴斐、作为知识分子的裴斐回来了。他回到了学术界，回到了教育界。他不再年轻，不再意气风发；但是他仍然闪耀着学术精进的锐气，仍然带着追求真理、不避不让的锋芒。但是，他更为深沉，甚至流露出悲苦。他相信，学术能够干预现实、教育能够改造社会。但是个人的遭遇，使他领会到了现实的残酷，因此他似李白一样充满悲感。这就是我所感受到的裴斐的人格力量和魅力。无论何人，一看裴斐先生，就会感到这是一位有个性的学者。在他生前，我们和他交流，感到他有很强的磁场，颇具感染性的人格魅力，让你对他充满了敬意。而到现在，人已逝去多年，磁场却越来越强。那是他的人格魅力，他的人格力量。看到他，我就想到鲁迅，不是因为他的胡子，而是他生活的勇气，他的学术的追求。

许多人都自称为学者，但非所有的学者都有人格力量。尤其是当代的知识分子，也不能说是知识分子，确切地说，是学者，有这种人格力量的人越来越少，所以裴斐先生就变成了珍稀动物。他悲苦，想到此，我也悲苦。

裴斐的魅力还来自他的思想，他是一个有思想的人。这和人格力量有直接的联系。裴斐是有思想的学者。并非学者就有思想，尤其是当代的古代文学研究，离思想越来越远。研究变成了一种技术游戏，远离现实，远离人生，远离社会的游戏。诚然，一段时期，文学曾经被政治绑架，扮演了很不光彩的角色。八十年代启蒙之后，文学懂得了独立。但是这种独立的真正意义，是不被某一时期、某种政治所左右。文学创作也好，研究也好，要有作家和研究者的独立思考与判断，而不是远离政治，甚至不问社会与人生，不闻苍生问古人。离开了社会与人生，人文学科就会失去其存在的意义。但是，技术成为古代文学研究的一种时尚；研究就是目的，也是一种时尚。与这种时尚相比，我感受到了裴斐思想的深刻。

再看裴斐的文学理论。他讲，人生有他永恒的东西，文学就是要表现这种永恒的东西，带有普遍性的东西：一个是人生，一个是爱情，这是文学永恒的主题。他的文学理论，是他对人生的一种理解，是对人生和文学关系的理解，这是他文学理论的核心。再看看现在流行的文学理论，有理论没有人生，有理论没有思想。两相比较，高下判然。

裴斐先生把这种理论贯穿到他的古代文学研究中，贯穿到他的李白研究、他的杜甫研究。所以，裴斐讲李白，不是飘飘然的李白，不是仙人李白，不是充满快乐的青春李白，是豪中见悲的李白。豪放来自天才李白的自许、自负，来自浪漫李白的充盈想象、高远的理想；悲感来自现实黑暗、现实不公的压迫，来自这位天才诗人对现实的抗争。别人讲我注六经，裴斐讲六经注我。他要用李白印证他的苦难，人民的苦难；他要用李白来说明他的坚韧，人民的坚韧；他还要用李白说明他对现实的不妥协，人民的不妥协。这样的研究，技术仅仅是工具，不是本体。

詹锳先生、裴斐先生、谢宇衡先生在山东济宁李白纪念馆（一九九四年）

我曾在多个高校，讲古代文学研究的现状，公开表达我的不满意。现在的古代文学研究，离思想越来越远，缺乏价值判断，缺少批判精神。裴斐先生则非常重视古代文学研究的社会价值。他讲《论语》，谈到知识分子，与欧美很多讨论知识分子的观点很相近，与班达的观念，与萨义德的观点，不谋而合。什么是知识分子的本性？知识分子永远对现实采取一种不合作的态度，合作就不是知识分子了。不合作的思想根基，是超越，建设更理想更合理的社会与人生。出自理想主义，知识分子必然对现实采取批判的态度，必然对现实采取一种超越的态度。裴斐讲，个人的人生，要和人类的整个苦难结合起来。萨义德也讲，要看到民族苦难的世界性。这些理论，不是知识，是一种思想。思想是穿通人生的力量，思想是批判现实的武器，有了这种力量和武器，裴斐先生在文学研究中，独树一帜。当大家都讲传统文化的精髓是中庸、是和，中国文人是圆的人格时，裴斐先生著文批评这种观点，强调文人方的人格。圆的人格，是顺从，是难得糊涂；方的人格，是与黑暗抗争，是与恶的势力不合作。从文章中，我甚至看到了他义愤填膺的感情。这种结论，并非来自他的性格，而是来自他的思想，他对现实的悲悯；当大家都看到李白飘逸的时候，裴斐先生看到的是什么？是士人之悲，豪中见悲，悲中见豪。悲从何来？来自李白高尚人格和理想与黑暗现实及不合理社会的矛盾和冲突。这样讲李白，就带有一种批判的意识。所以裴斐的李白研究，贯穿了他对现实的批判意识，这是他的思想所在，也是他思想的力量。

裴斐先生的研究个性，也是他的魅力所在。裴斐先生的著作文章，是极具个性化的写作。不管是作家研究，还是理论研究，都带有裴斐先生的色彩。用裴斐先生的话说，是六经注我。我注六经，我跟着六经走，为六经所趋赴；六经注我，则是六经随着我走，被我所驱赴。前者客观性强，后者主观性强，因此极具个性化色彩。所以，裴斐先生的李白研究，杜甫研究，只能是裴斐的，没有丝毫的模糊。他提出的观点，很尖锐，但是你不能不承认，这是裴斐先生的，而不是别人的。他的语言也是如此。省练明快，分析辩难，先声夺人，颇有气势。现在的古代文学研究，个性化越来越少。一篇文章、一部著作，你说它是张三的，可以；说是李四的，也可以。但是裴先生的文章，拿出来，放到哪里去，只能是裴斐先生的。这也是他的魅力所在。现在的研究者，想要成为一个好学者，成为一个有创造力的学者，他必然要走个性化的研究写作道路。裴斐先生先我著鞭，就是榜样。

裴斐先生已经去世多年，但是他越来越走近我们。尤其在当代学术界的映衬下，他越来越凸显出一个知识分子、一个有个性的学者，在我们心中的地位。既具有中国文人的风骨，又有当代知识分子的情怀，这就是裴斐先生。裴斐不朽。

一封推荐信

二〇〇九年，我对仕途心灰意冷，恰逢上海交通大学要加大人文学院办学力度，聘我为讲席教授，按程序要有几位专家推荐。我第一个想到的就是傅璇琮先生。

傅先生在中国古代文学研究学者中，应为第二代，即一九四九年后培养的学术带头人。我的老师詹锳先生一九三四年考入北京大学，一九三八年毕业于西南联合大学，而傅先生一九五五年毕业于北京大学，从年辈论晚于詹锳先生。但二人多有学术交往，近于师友之间。我考取詹锳先生研究生后，詹先生推荐我阅读的唐代文学研究著作中，就有傅先生的《唐代诗人丛考》《唐代科举与文学》和

《唐才子传校笺》。詹先生治学重考据之学，又受了欧美学术思想的影响，把文学研究视为科学，讲究有一分材料说一分话，学风严谨，并不轻易推许他人的著作。詹先生要我读的，自然要认真对待。我很细致地拜读了傅先生的几部书，而且的确获益甚多，他的考证与义理并重、宏观与微观结合的研究路数，令我叹服并成为学习的榜样，所以我虽然不是傅先生的学生，却自然而然对傅先生师事之。

一九八八年，中国唐代文学第四届年会在山西大学召开，我有幸随詹锳先生第一次参加年会，见到傅先生，并到他的房间拜谒请教。傅先生身材不高，典型的南方人，清癯中蕴着神采。戴着高度近视眼镜，瓶底似的镜片凸出了他温和而又似乎永远充满询问的眼神。操南方的普通话，亲近地寒暄，语句有些琐碎。但一落座，说起学问，便看出他语言的精简清通。知道我是詹先生的学生，傅先生很高兴地问起我的读书情况和论文设想，傅先生嘱咐我先协助詹先生做好李白全集的整理工作，无论从工作的重要性，还是从古代文学的训练看，这比写一篇博士论文更重要。后来，我的确也像傅先生所期望的那样，把全部精力放在了李白全集校注整理上，只有在最后一年才把力量转到博士论文写作上来。当然，照着傅先生嘱咐的去做，获益最大的是我自己。从一九八六年参加李白全集整理项目，到一九九六年《李白全集校注汇释集评》出版，詹锳先生几乎是手把手地教我们，使我从目录、版本到训诂，得到全面训练，为此后的古代文学研究打下坚实的基础。回想当年傅先生的嘱咐，对他治学和培养学生的高明之处，确有深刻体会与理解。人的一生中，在其发展的关键阶段或困难之时，有前辈或贤人指点一二，也许就影响其一生的前途。回忆傅先生的文章中，多有这样的感触：傅先生对年轻学者的指点，所起到的就是这样的作用。

一九九一年，我修完博士学业，撰写毕《南朝诗歌思潮》博士学位论文，准备论文答辩。詹锳先生列出的同行评议专家有范宁、陈贻焮、王运熙、傅璇琮等先生，包括答辩委员王达津、罗宗强、王双启、熊仁望等先生，多为我敬仰已久的大家，一下子可向如此多的专家请教，心情颇为激动。而作为自己的第一篇专题研究著作，又自感稚嫩，不免心中忐忑。但等到收回评议书，詹锳先生交给我看时，我被前辈学者扶植后进的精神深深感动。各位先生对我的论文提出了中肯的、也是一针见血的批评及修改意见，但整体上，对论文也都给予了充分的肯定。傅先生认为，此论文是一部颇具开拓性的学术论著，其中有评语云："关于南朝诗歌的研究，已有不少论著，要在已有的基础上提出新见，确实相当困难。本文的特点是在于从理论的深度上用力，提出不少为前人所忽略的见解，或更加细致地阐发已有的成说。如提出永嘉山水诗人生新幽奇的审美取向，以纠正对谢灵运山水艺术风格的片面理解；以永明时期士族文人的心态及生活理想的变化，揭示这一时期诗歌思潮追求新变的具体内涵；从梁陈时期的文化背景，即以军伍文化为主体、同时融入市民文化，剖析宫体诗兴起的社会历史原因，又对宫体诗人的审美风尚做了细致的分析，从而对风行梁陈直至初唐仍有影响的这一特殊诗风作了合乎历史实际的评价。”很惭愧，我做得并不似傅先生肯定的那么好。但是从傅先生的评语，我知道他是认真审读了我那乏味的论文的，他所肯定的地方，也恰恰是我撰写论文时用力之处。

今之学者，习惯于把审阅自己博士论文的老师称为座师。有了以上两层关系，自觉与傅先生近了很多，请教与交往也就多起来。我自己带博士生后，多次请傅先生出山，主持学生的答辩。每次，傅先生都会欣然答应。到了后来，每逢过年，给傅先生拜年之时，傅先生会主动询问，今年有几个毕业的学生，如需要他看论文时，早点告诉他，他好安排时间看论文。傅先生未退休时，担任中华书局总编职务，编务及学术活动极为繁忙。从岗位退下来后，聘到清华大学任教，组织了几项大的研究项目，且兼任唐代文学研究会会长等诸多学术组织的领导职务，加之他事必躬亲的性格，其劳碌可想而知。但只要是年轻学者的事情，傅先生一定热心帮助，尽显长者之风范、领袖之胸怀。

我到北京工作后，因为馆里的业务以及参加各种学术活动，与傅先生见面、交往的机会更频繁了。再造善本一期的验收、二期书目的审定以及提要的撰写，古籍保护会议，常常要劳驾傅先生。傅先生是文史大家，而且是国务院古籍整理与出版领导小组的负责人，加之他对事情的上心、认真，每发言必提出许多中肯的意见。我也有幸参加过傅先生主持的一些学术活动。二〇〇八年，清华大学成立古典文献研究中心，傅先生出任中心主任，他打电话给我，聘我做中心的兼职研究员，并邀请我参加了中心成立仪式，我只能用“荣幸”和“惶愧”来形容当时的感受。傅先生在清华大学古典文献中心，主持了编撰“续修四库全书提要”工作，工程不减当年纪昀等人编撰的“四库全书总目”。可惜先生未能完成此书，现在中心的刘石教授，接下总编撰的重担，焚膏继晷，终于使经史子集各分卷陆续面世，拿到石兄寄来的集部提要，我真是百感交集。既为傅先生以古稀之高龄做此项浩大工程的胸襟气魄和责任担当所感慨，又感叹傅先生扶植后进终有善报。

我与傅先生的交往，不仅多了在公共场合见面的机会，还多了书信和电话的交谈。尤其是最近几年，他写什么书，哪些出版社要出他的书，哪些人在研究他的学术道路和思想，傅先生也会告诉我，并陆续寄来《唐翰林学士传论》《学林清话》《当代名家学术思想文库·傅璇琮卷》《傅璇琮先生学术研究文集》等书。我叹服傅先生这棵长青的学术大树如此枝繁叶茂，也不忘加了一句：“傅先生多多保重”，我想，这可不是我一个人的心愿。

二〇一二年，傅先生到重庆参加国学会议，我也在会议主办方邀请之列，但因事不能参加。会前，在北京语言大学见到戴伟华兄，动议要在重庆会议期间，为傅先生举行八十华诞庆祝活动，小圈子，不扩大。我很遗憾不能参加，就电话嘱咐我在重庆任职的学生帮助操办。学生对傅先生景仰久之，自然很努力，傅先生心中高兴，我也算弥补了一点遗憾。此皆为后话。

二〇〇九年，我电话请傅先生写推荐信，傅先生感到突然，问我："不做馆长了吗？"我说："腻了，烦了，想收心治学，回到教师的队伍。"傅先生"哦，哦"了几声，想是在思忖，说："也不晚，我支持你。"很快，傅先生就写来推荐信，肯定了我的学术成绩，也强调了组织学术活动的贡献，我自知傅先生为了促使我转型成功，拔高了我的形象。

现在想来，一九八八年初见傅璇琮先生的时候，我三十五岁，无论年龄，乃至学术经历，都还算年轻学者，得到了傅先生的第一次指点。二〇〇九年，傅先生为我写推荐信时，我快奔六了，虽然学术成绩不大，年龄和经历堪可称老了，但傅先生的关心与支持一如既往，还像我年轻时一样，可见傅先生对学者的扶植，乃在后进，而不仅仅是年轻。

国家图书馆的310室

今天是老馆长任继愈先生的忌日。八点，走在国家图书馆行政楼走廊里，经过装修的行政楼焕然一新，红色大理石地面光可鉴人。六楼服务台，白色大理石贴面，站在台前的两个女服务员漂亮光鲜，见到我来，站得笔直，颔首点头，以示敬意。一切都同往常一样。

走到楼道的尽头，蓦然想到了任先生的办公室。五年，却恍如隔世。任先生的办公室原在三楼，紧靠东头的两间。外间是会客室，里间是办公室。说是两间，其实外间似走廊，极狭窄，摆着新馆开馆时的旧沙发，木扶手，灰布面坐垫和靠背。沙发虽小，摆在那里，人来去也要侧身而过了。就是在这样简陋的会客室，任先生接待中央领导，也接待普通读者。办公室也不大，一个写字台，四周排满书架。这里既是他办公的地方，也是他从事研究的所在。

任先生一九八七年任北京图书馆馆长，此前，虽经十年调整，恢复了图书馆的正常业务，但条件依然处在逐渐改善之中。十八年寒窑之苦，任先生率领员工，使国家图书馆终于显现出天堂的模样。为此，不仅本馆的员工，本国的同行，就是世界图书馆界，对这位出身于哲学家的管理者，也都充满了敬意。

我和任先生谈工作，一般都在周四。先生坐在我对面的沙发上，倾下身来，认真听，再发表意见。他的语言如同其文章，极省练，却切中肯綮。二〇〇五年，馆里按照上面的要求实行全面改革，工作人员要定为几等岗，矛盾很大。任先生听了我的汇报，讲了王安石变法的故事。王安石推行新法，极为神速，但是激化了矛盾，立足未稳，就被推翻。因此改革不宜速进，而应渐进。他虽然未对改革方案提出具体意见，但他的改革渐进的观点，显然是深谋远虑的意见。

早在一九九九年，任先生就预见，二十一世纪的图书馆，存在和发展模式将有根本性的变化。国家图书馆要可持续发展，必须做出战略性、前瞻性的规划和部署。我到馆工作后，任先生就此与我有过多次长谈。二〇〇五年我馆提出的两大发展目标：建设现代化和国际化的国家图书馆；三大发展战略：人才兴馆、科技强馆和服务立馆，就体现了任先生的思想，包含了他的智慧，多是我们交流讨论的结果。

我与任先生在一起，聊得最多的是人才问题。我曾经看过任先生历年在职工大会上的讲话，有一个不变的主题，就是人才，为什么如此？任先生说，现代化的核心是人的现代化。二十世纪，世界列强争夺的是自然资源，进入二十一世纪，已经转向人才资源，拥有人才的国家才有前途。以色列是世界二十个最发达国家之一，但是它国土很小，被沙漠包围，缺水，靠什么成为强国？靠人才。所以建设现代化的图书馆，必须从抓人才入手。他给我分析过国家图书馆的队伍。“文革”后，百废待兴，国家图书馆缺少馆员，尤其是新馆开馆，更需要扩充队伍。但在当时，社会上还没有大学生，所以招来的馆员，主要是回城知识青年和部分占地安置人员。这些人虽然学历低，但有极强的责任感和上进心，他们通过自学考试、上大专班等形式，取得中专或大专学历，成为馆里的业务骨干。八十年代初，恢复高考的大学毕业生陆续进入国图，队伍不断增强，但还不能适应快速发展的事业形势。因此，九十年代，他就提出实施人才发展工程，提高现有人员的水平，尤其是注重有影响带头人的培养，同时还要大力引进人才，为未来的事业准备人才。正是在这种思想指导下，馆里完善了馆员继续教育制度，出台了首席专家、外籍专家、资深馆员制度。

与老馆长任继愈（一）

与老馆长任继愈（二）

任先生重视科学研究与现代技术的应用，并且身体力行。他给我讲，没有理论指导，我们的工作就是盲目的、低层次的，因此必须加强图书馆理论与应用的研究，解决发展的方向问题、政策问题，也要解决业务中遇到的具体问题。这些工作有人做，高校就是研究的主力。但是图书馆不能让出这个阵地，尤其是国家图书馆，要引领全国图书馆业务发展方向，不研究就无法引领。我到馆不久，任先生就叫办公室给我送来美国国会图书馆数字图书馆建设的书，要我读，嘱咐我关注数字图书馆的研究。我们两人还专门讨论过研究院三个方向的设计。

任先生对中华民族文化有过论断，认为，中华民族过去有过春秋与汉唐三次文化大繁荣，我们将会迎来第四次繁荣期。我个人并未把任先生此话作为他对中华文化发展的预测，而是看成了他对民族文化复兴寄予的厚望。他强调的不是繁荣期的到来，而是如何为文化繁荣做准备。任先生常说，文化没有暴发户，不似炒股，一夜暴富，文化的繁荣不是等来的，要靠长期的积累，现在就是文化积累期。当代人的工作，就是为迎接第四次文化大繁荣做好准备。而他和图书馆的任务，就是做好文献的整理，当后人的铺路石。正是在此种自觉的文化发展意识下，任先生自任国家图书馆馆长，就率领中华大藏经、敦煌遗书、中华大典等几支整理与编纂队伍，开展了大规模的文献整理工作。而办公室就成为任先生领导这些工作的指挥部，也是他组稿、审稿的编辑部。所以办公室虽小，包蕴却甚大，涵载了继承并发扬中华民族传统文化的厚重信息。

图书馆的服务，任先生与我谈得最多的是文献揭示。国家图书馆收藏着中国历代最珍贵的图书，它既是国人的财富，也是世界的财富，但束之高阁，谈何嘉惠学林？任先生说，文献整理，对于国家图书馆而言，不仅仅是为了文化积累；同时也是为读者阅读使用提供方便。任先生讲到他组织编纂《中华大藏经》的最初缘由。有一年，在本馆见到了老朋友季羡林先生。此次季老来国图，不是自己看书，是陪他的学生来看《赵城金藏》。任先生不明原因，问之，才知道，馆里有规定，似《赵城金藏》这样的文献，不给普通读者提供阅读。没办法，季老只能自己出面，借出此书，给学生使用。此事深深地触动了任先生。图书馆的职责就是为读者提供文献阅读，更何况学术乃天下之公器，躺在图书馆里的书，怎能发挥其作用。但是又如何克服文献保护和读者阅读的矛盾？任先生想到了文献整理与揭示。于是在一九八二年国务院古籍保护规划会上，任先生提出了在《赵城金藏》基础上编纂《中华大藏经》的项目，开始了历经十余年的《中华大藏经》编纂工作。而这一切，都是在这小小的办公室里酝酿、展开的。

我在任先生身边工作了六年，亲身感受到何为仁者。大儒必为仁者，好领导也应具仁者之风。仁者是真人，心胸坦荡。任先生早年信儒教，新旧中国比较，对儒家的格致诚正之学、修齐治平之道发生怀疑，改信马克思主义。为此，给自己的老师熊十力写信，老师回复："诚信不欺，有古人风。"他的诚信，不仅在对老师坦诚，更在信仰之真。今之学者、领导们，要么没信仰，要么嘴里咳唾珠玑，其实皮里阳秋。大哉，任老的"古人"之誉！

待事如此，待人亦如是。不分贵贱，无论官民，一律谦卑恭敬，真诚相待。凡与任先生接触过的馆员都有感受，任先生是一位温厚幽默的长者，是一位充满智慧的哲人，却没有人感到他是个官。子夏说君子："望之俨然，即之也温，听其言也厉。"任先生给人的感觉是如此，又非如此。任先生望之严整，即之温厚，听其言淬炼而不乏幽默。他的办公室是敞开的，对每一位员工，甚至是读者。只要有约，任先生总是排出时间接见。有一年，我原单位的领导来访，他大学就读于南开大学哲学系，学的就是任先生主编的《中国哲学史》，听说任先生就在隔壁，甚为激动，希望能拜见任先生。任先生每次来馆，公务很忙，客人的临时之请，使我有些犯难。就说，我去问问吧。谁知，任先生痛快地答应了，而且还一起合了影，这让我和客人都颇感意外。后来办公室人员告诉我，时有这样的情况，读者事先无约，慕名而来，任先生知道了，也会见上一面。

仁者，爱人。二〇〇五年，任先生卸任会上，讲过这样一段话："我当了十八年馆长，只做了一件事。办公楼一楼进门玻璃没有标志，有人撞破了脸，我叫人贴上标志。”一件小事，却是领导最根本的工作，对员工的仁爱。在馆里，我常常听到任馆长关心员工的故事。为了员工的事，任先生也写过便签，嘱咐我解决。作为他的同事和晚辈，我也亲自感受到他的关心、甚至关照。二〇〇六年，我还在舞蹈学院租房住。一天，任先生爬上四楼来看我，进门，还没落座，就说：“福瑞同志，我把你请来，真是委屈你了。”那年，任老九十岁。二〇〇八年十月，我因病住院，任先生要来医院看我，我嘱咐办公室主任，千万劝住任先生，不叫他来。但一天午后，任先生还是拄着拐棍到了病房，那年他九十二岁。出院后，任先生又来办公室，嘱咐我工作不要着急，读书不要熬夜，还送了我一台周林频谱仪，叫我理疗。

如果不是其他原因，周一和周四，任先生无一例外，都要到办公室上班，直到二〇〇九年住进医院。每到这个早上，一辆车都会悄然滑行到楼门口，一个老人精神矍铄地登上通往五楼的楼梯。从来不让人拎包，从来不用人陪同，一个人走过楼道，开门，进入办公室。我与他的办公室紧邻，每到此时，总会感受到一个老人轻缓但又坚定的步履，没有喧嚣，没有张扬，但是他的气场却充盈着整个楼道，他使国家图书馆、使我们在这里工作的每一个员工，都充满了底气。我知道，那不是权力的力量，是思想、学问与人格的力道。没有行迹，却力透丹青。

任先生去世后，他的办公室一直原样保存。本来设想，以之作为纪念室，纪念这位担任馆长之职二十余年的老馆员、著名的哲学家和教育家，同时用来教育年轻的馆员。但是二〇一一年行政楼重新装修，任先生办公室没有保留下来。每每想起此事，就颇感遗憾。有时也会想，如任先生在世，以他的性格，也不会建纪念室的。有的人把纪念馆建在了地上，有的人却把纪念馆建在人们的心里，任先生当属于后一种吧。

二〇一四年七月十一日

落寞的纪念日

七月十一日，是任继愈先生逝世五周年的纪念日。清早，就来到万寿寺路，静静地走在通往国家图书馆的路上。国槐花洒满人行的甬路，有的还在一簇一簇地落下来。

想起五年前的今天。凌晨，接到办公室主任张彦女士的电话，告诉我，任先生走了，是凌晨四点三十分。我从家中赶往北京医院，一路上，槐花飘落车前，默默地，如无声的雨。我心中充满悲伤，泪不断地流下来。

而今天，我已经没有了悲伤，只有孤独和落寞。不是个人的孤独，是对一种文化的孤独，是对一个社会的落寞。我们很快就忘记了一个图书馆人，一个世纪的哲人。五年前，当先生逝世时，举国悲悼国学大师的逝去，社会是何等的热闹！国家图书馆设的灵堂，每天都有许多吊唁的人，图书馆的人来了，大学生来了，社科院的人来了，北京市的领导来了，文化部的领导来了，社会名流来了，还有许多不知来自何处的人们。鞠躬，留言，流泪，花圈、花篮和挽联布满了灵堂。媒体开出了整版整版的篇幅，报道先生的事迹。尽管任先生本人生前一再表示，不能称自己为大师，但是媒体还是充斥着大师的名号，似乎不如此，就不能表达对一代哲人的敬意。七月十七日，任先生的追悼会，国务院总理、中央领导和社会各界数百人来为任先生送行，天亦有情，降滂沱大雨，以助悲情。

时间仅仅过去五年。今天，国家图书馆死寂，社会死寂，没有人再忆起老馆长、著名的哲学家任继愈先生。我每天来馆，近日特别留心电话，等待着一个通知，但是，没有电话，没有通知。我知道，图书馆已经忘记，社会似乎也已经忘记。

周作人说，四千年的历史，留下了中国人的“谱”，即西方人所说的“传统”。这谱中，就有忘记。不是我们需要记忆的东西太多，而是我们所记之物有限，把唯利是图这个成语改一个字，即可揭示我们记忆的特性：唯利是记。因此我们民族务实不务虚。任先生总结过一九四九年以后的中国，马克思主义是立国之本，可是真正的马克思主义哲学家却不多；中国历史悠久，在世界上是独一无二的。

美国人学历史，学来学去，学到了欧洲，因为它没有中国的条件。但是新中国历史研究的成就，也不是很大，哲学和文学更是薄弱。无利不起早，人文学科发展缓慢，皆为无利或少利。所以，社会忘记了先生，不是先生的悲哀，是哲学的悲哀，文化的悲哀，学者的悲哀，也是社会的悲哀。而对于任老生前倾注心血的图书馆以及他给予过关心的人们来说，他们的忘记，则是世风浇薄的悲哀。对此，我只能无语。

由此也想到吊唁，我过去认为，凡来吊唁者，一定是为了哀悼逝者而来吧。后来才悟到，这样的想法未免太单纯。吊唁，自然多是真情而来的，但也有为了“露面”而来的。与被吊唁人无关，来者只是表明自己的身份，或证明自己的存在。这里边也不乏慕名而来的看客，不了解任先生的学问，不关心他的真知灼见，来者岂非看客？所以参加任先生的追悼会，不乏如此之流者。当时就与任先生无关，如今更是远离，也就是自然的了。

二〇一四年七月十一日

悼李离

我和李离老师是忘年交。我调北京工作，只要回保定，都会与李老师一起坐坐。但他回济南后，我们就无缘一面了。从金善那里常常听到他的消息，闹过一次血栓，但已经恢复。耳朵背了，有些发呆，都是身体越来越老的情况。我一直不太在意，以我对他健康的了解，坚信他会活到百岁开外的。但三月八日，突然接到金善短信，告诉我不幸的消息，李离老师辞世了。看来人过八十，无论怎样健康，也是残年，如风中之烛，随时寂灭。

李老师身体之好，是校内闻名的。山东汉子，一米八的个头，穿黑呢子中山装，从来走路笔挺。我在河北大学时，李老师的父亲还健在，和李老师住在一起。我有时会碰到他们父子俩到澡堂洗澡，七十岁的小老头，用自行车带着九十岁的老老头，我颇感慨二老身体之结实，叹为奇观。听说李老师八十岁还骑自行车，直到他离开学校。

有时，我会情不自禁问他养生之道，他总是笑而不答。其实，我这也是明知故问。李老师从来不养生，如果说有的话，也是以不养为养。他一生的嗜好只是三件：书，烟，茶。

李老师是有名的书痴。乍看起来，他对书的喜爱，缘自他的职业。他 一九四六年入晋冀鲁豫边区北方大学艺术学院文学系学习。毕业后到《开封日报》《河南日报》做副刊编辑。一九四九年秋调天津市文联，编辑《文艺学习》《天津文艺》。一九五二年调人民日报社文艺组任编辑。他被定为胡风分子之前，主要从事编辑工作。与此同时从事小说、散文、诗歌等创作，发表于《天津文艺》《天津日报》《进步日报》和《新观察》等报刊。一九五三年调华北文联工作。一九五四年调天津师范学院、即河北大学的前身任教，直到退休。李老师一生从事的都是写书、编书和教书工作，自然是与书结缘最深的。但也并非所有与书接近的人，都喜欢书。据我所知，有相当多的教书人是不藏书的，有更多的与书打交道的人是不喜欢藏书、不爱读书的。而李老师是真正的读书人。

与书结缘，可能是好缘分，读书，写书，给人带来幸福；也可能是坏缘分，读书，写书，给人带来坏运气。书给李老师带来的显然是厄运。可以说他是因书得祸，书毁了他一生的正常生活。五十年代，李老师被定为胡风分子，而且是天津的四大金刚，逮捕入狱。他因何定罪，我不得而知，他老人家想来也是糊里糊涂。人不如草芥，就那么轻易地被剥夺了自由。他因书结识了芦甸，又因芦甸结识了胡风，当是他受胡风株连的主要原因。李老师在监狱中关了一年半才被释放，但作为胡风分子，从此再也不能登讲堂，下放到农场接受劳动改造，其后被贬到资料室做资料员，直到八十年代被平反。这三十年间，他的命运就是“被”着，自由被人左右，生活被人颠倒，读什么书的权利被人剥夺，自然写书也是被人禁止的。书是李老师的霉头，也许是他那个时代知识分子的霉头，因了书而打入十八层地狱的大有人在，就此来说，胡风真可称作他们的“头头”。听说胡适的研究生魏际昌先生去世后，北京书商要收购魏先生的书，家人犹豫不决，魏先生的夫人于月萍说了一句在我们听来无异惊世骇俗的话：“书有什么用！”乍一听，我颇愕然。但是慢慢想通了，于先生的话里潜藏着老知识分子爱书而又恨书的悲辛。魏先生如此，李老师更甚。若是换个人，也许早就远离倒霉的书了，但李老师始终与书不离不弃。可见李老师爱书，不简单是职业关系，而是他的气质禀性。

这也从他的藏书之广博看得出来。他教明清文学，但他藏书却不限于这一领域。平时收集，无论古今中外，且多有奇书。每当遇到罕见之书，他很高兴能与朋友分享，我的许多书，是经李老师介绍买到，或者就是他代购的。李老师的好书，多藏于他家迎门楼道的壁橱上。有时去李老师家，还没坐稳，他就会搬着椅子往外走，那一定是他搜到了好书要给你看。他站在椅子上，打开壁橱，将身子深深地探进壁橱，取出书来，放到我的手上，脸上露出得意的微笑。那时你会懂得，什么才叫爱书之人。

在我认识的河北大学朋友中，有两位阴阳颠倒的人，小的是宫敬才，老的是李离。李老师的作息时间，一般是下午两三点起床，吃早点，或不吃早点，但必泡一杯酽茶，然后是他处理家务和社会活动的时间。写信，接待来访的客人。大约五点去单位取信和报纸，顺便去菜市场，回来做一天中非早、非午、非晚但又三者皆是的一顿正经饭。大约九点前后，开始读书，直到次日的早晨。当大家起床上班时，李老师开始上床睡觉。他和常人生活在两个不同的世界。九十年代后几年，我常到李老师家。时有急事，尽管知道他的作息时间，也会上午或中午去拜访。敲门，一遍不会有人应声；再敲，声大些，喊上一句："李老师，是我。"门会悄然打开。睡眼蒙眬的他，躲在门后，再匆匆回到床上。此时，我会转到东屋，等他穿衣服。东屋也躺着一位老人，那就是李老师的父亲。但老伯显然已经起床，穿戴整整齐齐地躺着，候着李老师起床。李老师中年丧偶。

打成胡风分子后，夫人陪着他熬过了极艰难的岁月，待到“解放”，她却突然离世。李老师的悲痛可想而知，从此不再续弦。在李老师的宿舍，挂着夫人的遗像，文绉绉地透着漂亮。就是这样的女子，嫁给了读书人，坎坷半世，惨淡一生。所以，每当看到两个老人隔屋相对而卧的景象，我就感到极为怪异，继之是难言的酸楚之感。

宫敬才颠倒作息时间，既是为了读书，也是忙于写书。而李老师白天睡觉，夜里熬灯，却只有一样：读书。八十年代后期，文坛渐呈开放之势，李离老师曾尝试恢复写作，写一些回忆胡风分子的文章。九十年代初，陆续在《传记文学》《新文学史料》等刊发表。他每发一篇，都极其高兴地送给我看。我鼓动他写一本关于胡风事件的书，告诉世人，他的朋友的真实面目，李老师也是信心十足。但是似乎只发了三四篇，就中止了。问他原因，他说，这类的文章又难发表了。不便写书，遂只有读书。所幸书渐次容易得到了。我之于读书，自信是既能坚持、又能读得很快的人，但比起李老师来就自愧不如了。有时，我有可读之书，李老师也会借去阅读，常常是头天拿去，次日返回。开始时，我怀疑他是否认真读过，但说起所读书来，他的评论都切中肯綮，而且细微到某一个细节，由此我服了他。

李老师是老烟枪。他读书，离不开手的是香烟和茶杯。一口烟，一口茶，一页书；一支烟，一杯茶，一本书，此为李老师的读书境界。进李老师家，如进神仙洞，云雾弥漫，须仔细辨认，才会发现隐居云端的仙人。

我没问李老师何时开始吸烟，但揣度如此大的烟瘾，应系之于他一生的不如意。书固然可以排遣苦闷，但在监狱中，能容许他见到书的影子吗？对待一个因书获罪的人，最好的“改造”，实则是最重的精神摧残，就是不许他读书，不让他见到书。书是他的禁忌。读书固然也会填满漫长的冬夜，挤掉孤独老人的寂寥，但读书不能代替回忆，不能代替思考。而对这位曾经才华横溢、却无端陷入囹圄、遭际不幸的读书人来说，岂能不回看他走过的泥泞？岂能不思考他命运的因果？此时最佳的伴侣就是烟了。那缭绕的烟缕，何尝不是他的百转愁肠、纠结的心绪？在我的朋友中，多有烟民，亦不乏大烟枪。但若论抽烟之老辣，无过李离者。

可惜、也最遗憾的是李老师只留下了他回忆几个倒霉朋友的文字，却没有个人遭际的文章，更没有留下他对个人人生命运的思考。但是，从他回忆胡风、芦甸、阿垅、冯大海、葛覃和高云览的文章中，我还是颇为唏嘘感慨他为人的温柔敦厚。

他的朋友中，多是才华横溢的作家，但因胡风事件的牵连而命运悲惨。芦甸被关押了十年，患了文疯病，七十年代瘫痪致死。他年轻时就守寡的老母亲，也在他关进狱中后被遣送回江西原籍。等到芦甸出狱，他的母亲早已不在人世。而另一位朋友阿垅，就更其不幸。这位参加过战争的军人，一九五五年，因“胡风集团”案下狱，十几年的铁窗生活，终于熬干他的生命，六十岁病死狱中。在“胡风集团”中，《小城春秋》的作者高云览似乎幸运。一九五五年，胡风事发，他却于一九五六年因肠癌去世，而且《小城春秋》居然意外出版，并且一时洛阳纸贵。但是就在一九八〇年“胡风集团”案件平反时，人们发现，在平反的名单里，竟然列有高云览的大名。所幸者，他生前没有享受到胡风分子的“特殊待遇”；不幸者，死后也要背上“分子”的恶名。

每每写到此处，李老师都悲慨他们命运的悲苦，为他们鸣不平，文中充满勃郁之气。李老师于文艺理论有深厚修养，他知道何为命运，既谈命运，就不能不讲遭际，即社会对个人命运的影响。有时社会影响一个人的一生，甚于上帝。所以卡夫卡无可奈何地说，目标虽有，但道路却无一条，所有的只是彷徨而已。但是，在李老师的文章中，却多反躬自省，寻找朋友悲剧命运的内在原因，写他们性格里的悲剧因素：胡风的性情耿直，诗人气质，断送了他的艺术生命。芦甸思想上想不开，解不开问题的疙瘩，精神上不堪自戕，终于疯掉。冯大海诗人气质太重，感情十分脆弱，脾气暴躁不计后果，自尊心太强，宁折不弯，等等。但是，在一个非正常的环境中，决定个人命运的，恐怕很难说是个人的性格气质。读到此处，我不免感叹，中国的读书人实在是太厚道了。

在李老师那里，烟与茶的关系，如同相生相克的阴阳两极。他有在我听来极为可笑的理论：浓茶可以解烟。因此他喝茶总是与抽烟相伴，而且必是浓茶。只要看看他的茶杯有多黑，就知道他喝的茶有多酽了。对于李老师的理论，我常常姑且听之，一笑了之。但有时也会开着玩笑与他理论，那茶走的是消化道，烟走的呼吸道，如同猫上房，狗跳墙，各走各的道，两不相干，喝茶又如何能够把烟稀释了呢？每当此时，李老师总是呵呵一笑，摆出信不信由你的面色。不过，茶为提神之物，有此不夜侯侍奉，也助李老师涤除了无数烦恼，读破了万卷诗书。

李老师本名张立信，生于一九二七年，故于二〇一五年，享年八十八岁。这是一位因书得祸，却又因书而获解脱的读书人。

雷公与三位女性

一

河北大学中文系旧有“三公”：魏公，魏际昌；詹公，詹锳；雷公，雷石榆。但真正叫开来的是雷公。想来自有原因：魏先生比较起来更年长，詹先生不苟言笑，只有雷先生是位诗人，与老师们接触多，叫起来亲切，也自然。“公”者，既是尊称，又是爱称，多为同辈或年辈稍晚些的同事，对他们尊敬爱戴者的称呼，学生是不能如此直呼的。但是雷公不然。学生当面称先生，私下却也称“雷公”。因为人间的雷公与天上的雷公同名，人间的雷公，无天上雷公的火爆脾气，而有他待人的热烈如火，因为他是诗人。

雷公是作家，而且是著名的“左联”作家，兼学者与作家一身，这在中文系绝无仅有。雷公曾经两次留学日本。一九三三年到日本留学时，加入“诗精神”日本左翼诗人团体，与日本著名讽刺诗人小熊秀雄以往复明信片形式写诗，出版日文诗集《沙漠之歌》。

干涸了的泪痕般的墨汁
伤损弄脏了的纸片
把它投进火钵
卷起冒着灰色叹息的烟
立刻伸出红红的舌头
吞噬了烟的残熄
——我的心就在火舌上抬起头来

这是收入诗集中的《点燃》。我为张丽敏老师所编《雷石榆诗文选》写序时，读到此诗，似乎看到了在破损的心和流干的泪痕上凝结起的诗歌，在烧烬的纸灰中飞出的诗的精灵，一下子就喜欢上这首诗。

此一时期，雷公还参与创立“左联”东京联盟，创办《东流》杂志，主编《诗歌》月刊，直到一九三五年被驱逐出日本。

抗日战争爆发，雷先生参加了中华全国文艺界抗敌协会，广泛团结诗人，以笔为刀枪，宣传抗日，鼓舞抗日，并曾亲赴太行山抗日战争前线，创作了大量文学作品，收入一九三七年广州诗歌社出版的《国际纵队》和一九四六年在台湾高雄粤光印务公司出版的《八年诗选集》。

雷公一生坎坷而又传奇，他的故事浪漫而又凄美。

初见雷公，我们就被这个帅先生靓晕了。六十多岁老人，仍然风度翩翩。米色的西服，米色的风衣，穿在年轻人的身上，一定会感到稍有轻佻，但是穿在个头高挑的老男人身上，而且金丝眼镜，满头华发，就衬出了人的青春儒雅。雷先生就是如此。须知那还是在七十年代，十亿人民都穿中山装，他该有多么特别，多么抢眼。我们就推测，这是有故事的教授。

果然被我们猜中。雷先生三次恋爱，两次婚姻，一生遇到了三位传奇的女性，演绎了感人的真情与至情、离别和坚守故事。

二

“人间没有爱，是多么寂寞啊！而爱变成苦难的时候，又是多么悲痛啊！”这是雷公回忆第一场爱情时的悲鸣。

一个抱着中国诗人集子睡觉的日本女孩，找到了诗人的地址，第一封信寄来缔结友谊的愿望，第二封信寄来丽照，第三封信寄来两朵梅花，第四封信邀请诗人去日本，或她来诗人所在的上海。

一个想象中的女孩，一个抱着雷公诗集睡觉的女孩，第三封信寄来两朵梅花，这意味着什么呢？中国有并蒂莲之说，两朵梅花是否亦取其意？梅花凌霜斗雪，在中国，寄予了文人对高洁之美的欣赏。寄来梅花的女孩，是否在告诉诗人，她冰肌玉骨的品格呢？她似乎在问诗人，“高标逸韵君知否”？诗人是何等的灵透！他吃掉了一朵梅花，品出了苦涩中的微芬。

到四封信，诗人就做了爱情的俘虏，为了梦中的女孩，二次东渡扶桑，此为一九三六年。女孩名叫本多菊枝，一个农场主的女儿。

这里，我要稍事渲染。三月，正是樱花盛开之季，东京站飘散开樱花淡淡的幽香。菊枝站在站台上，踮着脚，从下车的人流中，辨认着诗人。她的脸映衬在胭脂色的樱花中，真是花颜人面浑不知了。雷公一下月台，就径直走到这个樱花女孩的身边：“你是菊枝吗？我是雷石榆。”女孩惊讶又惊喜：“是的，你来了。”不是因为照片，完全凭爱人的直觉，诗人就认出了菊枝。

以后的八个月，菊枝对诗人的爱，只能用一往情深形容。菊枝为诗人抄稿，照料他的日常生活，为诗人的生活费变卖了戒指、手表。每天，菊枝都要到诗人的房间来，然后在柔媚的新月下，在幽静的林荫路上，陪着诗人散步。花前月下，散发着浓情蜜意。每次二人分手的时候，菊枝都久久伫立，不肯离去，“撒要那拉，撒要那拉”，不知说上几遍。

菊枝终于委婉地提出结婚，但诗人是被日本驱逐的人，这次是化名林未春潜回日本，诗人答应和菊枝一起回到中国再说。

菊枝病了，有时昏迷，有时清醒，我总猜测是爱而无果的忧虑所致。

诗人去探视，在那里遇到了菊枝的叔叔。诗人以后的探视遂遭到菊枝叔叔的拒绝，诗人只能徘徊于病房外面，看着菊枝的窗口，为她祝福。而此时，日本警察似乎已经嗅到了诗人返回日本的气息，诗人和他的朋友都感到了危险的逼近，无奈又在朋友的帮助下回到中国。谁知这一别就是永诀。

诗人回国后，与菊枝还有通信，商量菊枝到中国与诗人团聚的事。但很快就爆发“七七事变”，两人从此断了联系。

“我永远不会忘记你，直至我死去的时候。”这是菊枝留给诗人最后的一句话。

“过去如一缕轻烟，结果像半场幻梦”，对这段异国之恋，雷公是刻骨铭心的，为此他写了小说《惨别》，散文《爱的追忆》和诗作《题诗》《炮火轰断了爱情——怀菊枝》。

一九八六年，雷公访问日本。不像巧合，有点似因果，又是樱花开放的季节。只是五十年前，与菊枝相遇，时在三月。而此时已是四月，樱花过了盛季，花瓣飘零，像无凭的记忆。虽然不是东京站，而是机场，但雷公走下旋梯，看到飘散的樱花如雨，我相信，他第一个想到的一定是菊枝!

我的猜测不是无据的。雷公在东京，专程去寻找当年居住过的旧地，也多方打听，寻找过菊枝，但这位给过雷公深情之恋的女子“早已芳踪难觅”，也许是“生死两茫茫”了。

三

一九四六年，雷公漂泊台湾，有了他的第一次婚姻，妻子是号称台湾现代舞之母的蔡瑞月。

蔡瑞月一九二一年生于台南，高中毕业即到日本学习舞蹈，回台后在台南开办舞蹈研究所。我见过蔡女士的照片，是极清丽的女子。

蔡瑞月与雷公相识于雷公任台湾交响乐团编审之时。雷公帮助蔡瑞月举办中山堂公开义演——蔡瑞月创作舞蹈发表会，雷公还即兴上台朗诵了自己的诗歌以助兴，演出大获成功。一位郎才，一位女貌，而且有着共同的文艺事业，爱情的火花一点即燃。一九四七年，雷公到台湾大学任教，蔡瑞月也到了台北，与雷公结为连理。次年，他们就喜得贵子大鹏。二人改造了家里的房间，开设舞蹈研究所。雷公继续他的创作和文学活动。一九四九年二月，他们把大鹏交给蔡瑞月二嫂照管，顺铁路南行桃园、台中、台南演出，圆满举办了蔡瑞月第二届舞蹈发布会。

故事情节如果按此顺利发展，雷、蔡的婚姻肯定是圆满结局。

但是，在中国，家庭的命运常常不决定于自己。尤其是二十世纪，中国社会长期陷于大震荡之中，所谓覆巢之下，岂有完卵？演绎出无数家庭的悲欢离合。

雷公成家之时，也正是台湾“二二八事件”白色恐怖愈演愈烈之际。雷公是“左联”作家，直接参加了台湾新文学史上第三次论战，自然逃不过国民党当局的迫害。一九四八年雷公被解聘副教授，一九四九年六月被捕。而此时，雷公和妻子已经筹备应香港大学之邀，前往任教。雷公被关三个月，转到基隆港务局监狱，准备遣送出境，允许通知亲人探问。而此时，蔡瑞月已经寻夫数月。她带着大鹏见了雷公，商量同雷公一同带孩子离开台湾。但当局不会叫他们如愿以偿，因为他们还要惩罚蔡瑞月。果然，他们提前押解雷公出境，打夫妻两个措手不及。看着离去的丈夫，蔡瑞月虽然心如刀绞，但还是充满信心地叮咛丈夫：“要珍重身体，只要健康活着，总有一天会见面的！”

谁知，这一别就是四十一年！

一九九〇年，蔡瑞月女士带着儿子儿媳及两个孙子，从台湾到保定。在车站，两位老人紧紧拥抱在一起，蔡瑞月女士说：“我们回家吧。”

“我们回家吧”，五个字里蕴含了多么深沉的期盼，多少幻灭而又重生的希望和夜深人静后的悲苦凄凉！而四十一年，带着被拆碎

雷石榆先生的夫人蔡瑞月女士和儿子雷大鹏

的家，蔡瑞月又经历了哪些？

雷公被遣出境后，蔡瑞月旋即被捕，从一九四九年到一九五三年，她被监禁了三年之久。出狱后，仍然受到当局的不断迫害。但她决心继续自己的舞蹈生涯，献身艺术。她重办舞蹈社，活跃在台湾和世界舞台，成为蜚声海内外的舞蹈家。

蔡瑞月始终单身一人。她精心培养儿子大鹏，使大鹏也成为澳大利亚知名的舞蹈艺术家。蔡瑞月并未忘记“总有一天会见面”的话，对丈夫的爱坚贞不渝。她日复一日、年复一年地寻找着丈夫，打听他的消息，终于在一九八八年找到了雷公。就是在这一年的三月，儿子大鹏到保定看望父亲。北京机场，雷公从熙熙攘攘的人群中，一眼就认出了儿子，如同当年在东京站见菊枝。不过那时雷公凭的是爱情的直感，而此次则是父子血缘，父子俩抱头痛哭。

有人说，蔡瑞月女士在保定车站见到雷公后，说的不是一句话，而是两句话。她还说过："石榆啊，你看我把你的儿子、还有孙子都给你带回家了。"

我知道，当蔡瑞月女士说这句话时，心里一定在想："经过九劫八难，我终于成为一个完美的妻子和母亲，现在可谓功德圆满了。"

四

蔡女士来保定，安排生活起居的正是雷公的第二位夫人张丽敏。

我太太与张丽敏是同事，都在中文系资料室工作，我们习惯称她张先生。据说，张先生本来想好，蔡女士来后，一定安排他们住在家里，必要时，她可以到宾馆住。"都那么多年了，受了那么多苦，叫他们在一起叙谈叙谈。"我听了，很为张先生感动。不过，蔡女士一家到来后，还是住在了宾馆。或者是张先生变了主意，或者是雷公的意见，或者是蔡女士坚持如此，就不得而知了。

张先生是南开大学历史系毕业生，人如她的名字一样，聪敏美丽。五十年代初，雷公从香港辗转回到大陆，先是被李何林先生聘为津沽大学教授，不久到河北大学任教。十余年间，雷公都是独身，

雷石榆、张丽敏二位先生在家中写作

生活似逆旅，而两岸隔绝，与妻儿生死两不知，遂于一九六三年与张丽敏结婚。张先生会日语，懂文学，性格温雅，既是雷公的爱人，又是他的助手。雷公在屡经沧桑之后，终于感受到了家庭春天般的气息，曾赋诗曰：

春到燕巢新土香，
呢喃比翼沐朝阳。
情潮热解津门雪，
心脉合流汇海洋。

欣爱之情溢于言表。

张先生颇有修养，且是细致人，对蔡女士一家照顾甚好，甚至亲自造厨烧菜，使蔡女士很为感动。蔡女士同时也明白，现在这两位老人相依为命，相濡以沫，她可以放心了。

她此行，似乎就是完成一个使命，一个妻子的最后交代。她知道，她该离开了，永远。

蔡瑞月女士携儿孙回澳大利亚，机场临别，孙子说："爷爷，我上了飞机，你就看不见我了，我也再看不见你了。"从此蔡女士一家与雷公再不复见。

雷公一九九四年脑血栓，后逐渐恢复，但身体大不如前。本来，雷公的生活全靠张先生料理，生病后，张先生就更像对待孩子一样服侍着雷公。雷公一九九六年患肺炎，张先生在医院，一直陪护在雷公身边，直到雷公病逝。而那时，张先生已是七十的人了。在患病的爱人面前，她表现得异常冷静，超常坚毅，从处理医院的各种手续，到服侍雷公，一切井井有条，利落干净。但我知道她内心的悲伤。她知道，与雷先生在一起的日子不多了。我到医院看望雷公，亲见张先生伏在雷公的病床前，握着雷公消瘦的手，深情地唤着："石榆，石榆，我在你身边。"

到了晚年，雷公与张先生一起读书、写书，一起散步，一起去日本访问。雷公就是张先生的一切，就是张先生的精神支柱。我很担心雷公走后，张先生会垮下来。不过，我想错了。在张先生心里，雷公没走，而且永远和她在一起。雷公睡过的床，雷公看的书，雷公写的文章，雷公的字，雷公的画，甚至蔡瑞月的舞蹈照，雷公家里的一切，没有任何变化，与雷公生前一样。只是在雷公的照片前，多了雷公的骨灰盒和一束鲜花。

雷公逝世后，张先生又活了十九年，她撰写出版了雷公传记，整理出版了雷公诗文选。雷公在世时，张先生为雷公生；雷公不在世，张先生还为雷公生，她似乎是上帝专门为雷公派来的天使。

写到此，我想，且不论功名事业，雷公一生，有此三位女性——他所昵称的阿菊、阿月、阿春——陪伴过他，足矣！

茶 缘

我之喝茶，是工作以后的事了。喝茶，非是为了味道，却在提神醒目。尤其是到了夜深，课备得头昏脑涨，书看到纸重字飞，“一杯永日醒双眼”，喝一杯茶，顿觉眼亮神明，工作效率显著提高。渐渐成瘾，养成喝茶的习惯。那时工资只几十元钱，容不得选择，对茶无讲究，什么样的皆可，所以不上品位。

但所谓品位，并非当今富豪们所理解的那样，喝得越贵就越上档次，而是喝茶人对茶的理解与品鉴。愚也虽驽钝，喝得多了，自然也知道一点茶的品类，且慢慢地偏爱绿茶中的安徽茶。几大绿茶中，龙井偏焦，多炒煳的味道；碧螺春和信阳毛尖偏嫩，有青草味；

峨眉的竹叶青，亦属绿茶中的上品，却味道略厚苦重。在我喝来，只有安徽茶如黄山毛峰、舒城小兰花苦怯甜长，清新可人。

对一种茶的偏爱，不仅在味觉合适与否，还在于喝茶的故事，或者更在故事。

一九九一年，李白研究会年会在马鞍山开，会后安排到黄山考察。逢雨季，天大雨，泥石流阻断了上黄山的路，会务组临时改路齐云山。山上有街，是游赏风景必过之路，路边稀稀落落摆着卖山货的小摊，所卖之物，以茶为多。其中一摊主，年四十余，并不吆喝客人，却全神贯注地看着摊边上的罐头瓶。是八十年代常见的山楂罐头瓶，颀长，玻璃透明，里边刚刚冲的茶，齐刷刷地沉底，复又翻转身来，叶尖渐渐朝上，“开缄数片浅含黄”，那水也就由白浸出鹅黄来，有一丝丝清香飘出瓶口。我虽然不谙茶道，但读研究生期间，同室的大师兄陶新民来自安徽，几年间，也会常常喝到黄山毛峰、太平猴魁、六安瓜片，知道安徽茶的好。但此行虽到了安徽，却无买茶的打算。不过，看到罐头瓶里魔术般的茶叶，我还是受到吸引，停下脚步，甚至动了买茶的念头。世间的事，似乎真在缘分，好茶之遇，如同撞见好书，有时实属偶然。和摊主聊茶，无意间得知摊主也姓詹，詹为小姓，一下子亲热了几分，摊主就径呼我兄弟。得知我有买茶之意，就说：“兄弟，到家里坐坐，尝尝我自己喝的茶。”家离摊位不远，很快就到。普通的农家院子，堂屋里摆着几个铁皮桶，就是同家卖的茶了。落座，同家从屋内搬出小铁桶，打开，一股清香顿时溢出，不用说就是同家自己用的了。本来，同家盛情邀请，是要我到家品茶的，但我要赶瞧风景，略坐即离开，包了半斤茶，同家象征性地收了五十元钱。问茶的品类，同家说，没牌子，就算是毛峰吧。

此茶给我的感觉，只可用一“妙”字形容。长不及寸，如束身少女。同山顶冲茶相似，甫一遇水，即作飞旋之舞，待其立定杯底，展开三芽，作鹅黄状，杯中之淡绿清香，似从一个个芽尖尖挤出，不一刻，就香飘院落了。那时，我还住河北大学四号院，平房，两家一个小院。茶刚泡好，里院就喊开：“詹老师，你这是什么茶？都侵略到我的心脾了。”茶之妙，更在口感，杯子刚刚端到胸前，清气就扑面而来，湿湿的，温温的，却又是丝丝的，不是喝进嘴里，是沁入心田，如国画中的渲染笔法，从舌尖漫开，令肺间每一个细胞都张开喜悦的神经，此时，“我问君心何所似”？已经是“一牙一啜一神仙”了。若好酒喝到此时，你会情不自禁地“啊”它一声：“好酒”，那风格就像在京剧园子喝彩。但喝茶却不然，无论如何美妙，你都不敢喊，生怕惊动了那妙舞的少女，惊扰了那张国画，那曲幽幽的琴乐。这一点，喝茶倒有点像欣赏西洋的芭蕾和中国的琴曲——清雅。

不用说，从此我皈依了毛峰。

毛峰成为杯中常物，自然还有其他原因：茶源。我研究生毕业后，分到河北大学做教师，南方的学界朋友和研究生多起来，茶源日广。每到春茶上市，陆续会接到寄来的新茶。树功在宁波，寄来安溪白茶，小洁寄来黄山毛峰，她家在黄山，每到春天，小洁父亲就进山采摘野茶，自己炒熟。海拔高，无农害，茶便珍奇。作为导师，我也许就成了这野茶的少数受用者。但赠茶最早、时间最长的还是余恕诚先生。九十年代初，我在唐代文学和李白学术会上，认识了余恕诚先生。余先生长相、谈吐乃至文章皆清雅，与人相接，若山涧溪流，竹林来风。如似魏晋品鉴人物、以茶为喻的话，余先生自当为黄山毛峰，而且是极品。余先生亦与齐云之游，听过我的买茶故事。此后，每到清明前后，余先生就会有春茶寄来，多是黄山毛峰。有了余先生的接济，我自然乐此不疲了。

余先生是安徽师范大学教授，与刘学楷先生校注李商隐诗文，是唐代文学研究大家。李商隐是唐代极为独特的文学现象，其文汪洋恣肆，其诗清丽深婉，被称为唐代的朦胧诗，这给注释他的诗文带来很大困难。刘、余二位先生的注释，博采旧注，判以己见，揭示诗文义理，平正可信。我读余先生的《唐诗风貌》，亦佩服他把握唐诗发展脉络之清晰，品味诗情理致之深微。九十年代后期，河北大学古代文学博士点为了培养研究生的需要，在全国聘了多位博士生导师，其中就有余先生。他与漳州师院的林继中先生、河北师大

二〇一四年五月十九日，与余恕诚先生在办公室合影

的王长华先生，为学校培养了一批优秀的博士生。

余先生后来脑部长了血管瘤，随时都有破裂危险。但听丁放说，他一直心态平静，校园常见他散步的身影，教室常听他讲课的声音，并且著述不辍。我每次去安徽师大，余先生都会到住处看我，道一些别后的身体、教学和研究情况。他就那样笑眯眯地坐在对面，语调平静如水，让你自然联想到毛峰初沏的清爽，映衬出他平和的心境。

二〇一一年，我的诗集《岁月深处》出版，寄给余先生，余先生很快回信：赐寄《岁月深处》收到。读了其中好多篇章，都感到如同握手谈心，再次深切感受到您的淳厚朴实，诚恳真挚。您关爱人世，关爱亲友，关爱生命，关爱自然，情感是那样深沉。您不断回忆、省视自己有过的体验和经历，悟出许多哲理，极有启发性。我也是从农村走出来的，特别喜欢您关于农村的描写和回忆。我虽然是一名普通教师，但也多少有些阅历，因而尤其喜爱《命运》等篇。我看到王蒙对人性的某些感悟，跟您有些接近，只是他的态度比较激切，您比较沉静舒缓。您写得很朴实，很深厚。同时优美贴切。读起来，对您的运笔经常有恰到好处之感，实在佩服之至。估计您还有不少古体诗词，希望什么时候能再次读到。

这是八月的信，随后，我到安徽师大参加学科会议，未能见到余先生。但不数日就收到余先生的大函：因为头晕，上次会议未能列席，颇为内疚。做记录的博士生和叶帮义等转达了您在会上的讲话，都以为您讲得非常中肯，语重心长，十分坦诚。的确，有些中青年不能安分做学问，只事张扬，把官位名利看得很重。您告诫别太急功近利，看到的实在是致命的问题。

我和余先生不常在一起，但私心感到，我和他的性格比较接近，情感和思想也相通。我那时想，以他的状态，虽有血管瘤亦无大碍，长寿当在意料之中。

天不假好人以长寿，二〇一四年，余先生又患了肾癌，住到北京妹妹家看病。我打电话到余先生妹妹家，希望去看望余先生，都被他谢绝了。余先生是君子，有古人风，不愿打扰别人。看我也挺坚持，就说："我刚出了一本书，叫外甥开车去送给你。"第二天，余先生和夫人及妹妹果然来图书馆。说说病情，大夫建议靶向治疗。我说，章培恒先生就是如此治疗，维持了很多年，一定会有好效果。余先生好似未曾得病，依旧眯眯地笑着，很有信心的样子。在新著上签字，送我和图书馆各一本。妹妹说："难得到詹老师办公室来，一起照张相吧。"妹妹说得很平常，我却知道她的深意。几个人围着余先生合影，余先生还特意叫妹妹给我两人照了相。余先生微微地笑着，神情安然。不久，余先生即辞世。丁放告诉余先生逝世的噩耗时，我正在外地，未能参加告别仪式，送他最后一程。

余先生走后的十余天，我回到北京。到了办公室，我做的第一件事，就是打开余先生送我的春茶，一片一片地放到杯里，烧开水，慢慢放凉些，冲入杯中。静待杯子中的茶叶，随着水激，作回旋状上扬，再慢慢地沉下，安安静静地立在杯底。此时，有一股清气，飘出茶杯，弥散开来，充溢了整个房间。我又看到了余先生笑眯眯的模样。

记红梅

一

第一次见邓红梅，是二〇〇四年。河北师范大学在承德召开古代文学学科建设会，全国各地来了许多著名专家，邓红梅也参加了。山东师范大学文学院要申报博士点，红梅作为学科带头人，出来参加这个会，自然也有看看学科建设发展趋势，顺便与专家熟络熟络的用意。

对红梅，我未见其人，已读其文，也可以说知道一点其人。十五岁考入大学，钱仲联、杨海明先生的女弟子，研究女性词人，写李清照评传，考据之功力，出人意表，印象就比男性学者深刻。

这自然也是偏见，以为面若桃花的女学者，青灯下，黄卷中，钻到故纸堆里，爬梳来去，染黄脸皮，耗去丽质，不是她们应该干的活。再者，女人更感性，考证生平，连缀事迹，作年诗文，也非她们所擅长的工作。但红梅做了，而且中规中矩，结论凿凿，令人信服，也使我辈男性学者佩服。

考据功夫固然好，与女词人的心灵对话，更显出红梅的情思细腻，文章灵性，非一般学者所能及，在女学者中亦少见。几个朋友议论起当今研究古代文学的女学者，都推红梅是青年才女。所以，山东师范大学报文学博士点，以红梅为带头人，我并不感到意外。

说不意外，还是意外。初见红梅，她的年轻，她的漂亮，还是狠狠地冲击了我一下。她比实际年龄要小十几岁，不像年近四十的女子。江南女子的灵秀，从她水灵灵的大眼睛，从她款款的舌尖音中，清泠泠地透出。无论如何，你不能把她与老气横秋的考据文字联系到一起，我想起了山东师大打美女牌的坊间传说。但也仅仅是瞬间闪过的念头，因为我马上感受到了红梅浸染书中经年的书卷气，如果把女性的美丽分为类型的话，红梅无疑归之雅丽的气质。

红梅在会上很活跃，但我和她交谈并不多。一次晚宴，她与我同席。红梅说她不会喝酒，还是啜了几口。更多的是斟酒、劝酒。初次见面，又是年轻漂亮的女学者，我不免矜持。红梅不擅喝酒，却会劝酒，给席间的学者排行，称我三哥。大家都知道她的用心，无非叫我们放下架子，多喝几杯。红梅有南方女子的灵气，亦有南方女子的缜密。虽是劝酒，却有她的心思。细细想来，她的劝酒辞中，掺杂的多是学科的事。作为学科带头人，她要争取京城学者的支持。

二

二见红梅，在沈阳。我被邀请参加辽宁大学主办的古代文学学科建设会，报到后，即去了辽宁省图书馆。国家图书馆为培养后备干部，选派业务骨干到省馆挂职，我去辽宁馆，既是交流业务，也是要了解一下高红的情况。王荣国馆长热情接待，晚饭自然不会放我回到会上，待到回宾馆，已经九点多了。一些朋友陆续来访，红梅也来了。湿湿的头发，一丝丝垂在肩上，显然是刚洗过头，脸亦浅浅地粉红着。若不是她略带忧郁的眼神，此时的红梅，是我见到几面中最美的。

但她显然有心事，而且心事重重，话欲说还休。我心下揣度，一个年轻女子，担起一级学科建设重任，一定压力很大，困难颇多吧。就说："红梅既然称我们是兄弟了，学科上有什么事，我们能帮的，不会推辞。"红梅沉了沉，似乎下了决心的样子，说："我想辞去学科带头人，教教学，带带研究生，搞搞研究，也挺好的。"刚刚下来博士点，正是东风送我上青云之时，怎么就打了退堂鼓？我的眼神里透出疑问。红梅唉了一声，是无奈的长叹："人心怎么就那么险恶呢？真叫小女子开了眼。”

我知道红梅遇到了麻烦。作为小女子，红梅们本该云想衣裳花想容的，像花一样开着，美丽了自己，也美丽了这个世界，使冰冷的世间变得柔软、温馨。作为小女子，红梅们即使做学问，也适合感性的、审美的，绵绵的情思，款款地述说，让言辞变得婀娜多姿、万种风情。可叫红梅们去到名利场上，又当如何呢？

我也是名利场上的臭男人，虽不老到，却也颇晓得其间的厉害。试想，红梅遇上两种人纠缠，必无好结果。小女子一怕遇上老男人，那是阎王锅里炸出来的老油条，翻手为云，覆手为雨，欺上瞒下，瞒天过海，明枪暗箭，含沙射影，名利场上的厚黑学和孙子兵法，招招老辣、样样凶狠，红梅若遇上这样对手，必败无疑。小女子二怕遇上老女人，疑神疑鬼，指桑骂槐，颠倒黑白，混淆是非，蛮不讲理，都是小伎俩；更有甚者，则撕破脸皮，破口大骂，死缠烂打，一百个嫩面皮抵挡不了一个老面皮，更何况不要面皮、不要命的！红梅若遇上此种人，就认倒霉吧。当然，并非所有老人都如此，这里说的是变老的坏人，或者是老人变坏、变态。坏人变老，还有洗心革面，脱胎换骨，老了变成好人的；而老人一旦变坏或变态，似乎就难以救药。

红梅果然落荒而逃。二〇〇五年，红梅打来电话，说她要调南京师范大学文学院。红梅老家江苏，家里不富裕，是父亲含辛茹苦

二〇〇四年与红梅在围场合影

培养了她。如今父亲年老多病，调回南京也好照顾老人。恰逢南京师大文学院设特聘教授岗，在全国招聘学科带头人，机会甚好。我为红梅写了推荐信，红梅也顺利落足南京师大。

红梅去世后，我想过事情的因果。红梅博士毕业，就到山东师大工作，那里是她教学、科研基地，如同人之故乡，人脉、情感皆在，她在那里如鱼得水。若红梅在此不走，她也许不会有后来的抑郁症。红梅调离，实是无奈，或者真就遇上了二老中的一老，也未可知。但此为表因，而非根本因，根本因似在红梅是女性，并且年轻貌美。女学者并且年轻貌美，就有了被歧视的可能、被攻击的口实，一句脏话、一瓢脏水，就可以叫年轻貌美的女学者身败名裂。

三

红梅到南京后，境况好起来。二〇〇六年，我到南京开会，红梅来看我，问起调到南京师大后的情况，红梅的话透着知足，好似一切都回到正常。带了博士生，有一个很有灵性的女孩，颇获红梅的欣赏。还有，她马上就要到哈佛大学作一年的访问学者了。我自然为她开心，说了一些鼓劲儿的话。说："你研究女性词人，但中国只有女性，却无主义，若在女性之外，加个主义，男人不舒服，女性主义只能产生在欧美。此次到了女性主义的故乡，也好了解个究竟。"红梅笑了："这样的话，出自一位男性学者的口里，真是可贵。中国男女平等讲了几十年，但是评价女性的标准，对女性位置的安排，男权中心的阴魂还无所不在。"那一次，红梅穿着水青色的连衣裙，她走时，我站在宾馆的门口，看着她融入梧桐树中的身影，如轻盈的水彩，散发着绿色的生机，庆幸地说，红梅回到江南，如鱼得水，她又活了。

再见红梅，是在二〇一一年。她突然给我打电话，说来北京语言大学办事，顺便看看我，如赏光，请我吃饭。我说："红梅请饭，荣幸之至。不过有个例儿，有朋友到北京来，只能我请客，不能客请我。"红梅说："客随主便。"

此前，红梅给我发过几次短信，一次是从哈佛回来。“向三哥报到，收获甚丰。”一次是在她父亲去世之后。红梅发来一段长长的短信，述说她与父亲的依赖关系，失去父亲的痛苦，似一篇悼念父亲的文章。我谈了当年失去父母的悲伤，失怙的感受，劝她慢慢走出来。

这一次，红梅集中谈的是调动问题。当年回南京，是为了照顾父亲。现在父亲不在了，就想换个地方，远离痛苦。听说国图有研究院，能否帮忙，调来研究院？红梅的请求，颇令我意外。父亲的在与不在，不成理由，猜想是否融入不了南京师大文学院那个圈子。就说，工作不顺，我可以帮你找找熟人，南京师大有几位先生都熟，还有振振那样的朋友。红梅说她在南京师大很好的，振振等先生也帮她，真的就是想换换环境。研究院不行，办公室可否？我的公文写得也好的。红梅不知我当时的处境也很尴尬，而且国家图书馆研究院的业务也不适合研究古代文学的专家工作。就说，我帮你找找北京的高校吧，北京语言大学和首都师范大学都缺研究词的学者。红梅说，拜托了。说话时，红梅忧郁地看着我，眼圈有碎碎的晶体，红梅没有叫它流下来。

红梅离去后，我才知道一些她的情况。当初，她去南京师大，是以特聘教授资格被学校聘到文学院的，可谓横空出世；到聘任期满，红梅只被学院定为四级教授岗，待遇一落千丈。这在学院，本是正常的聘任，但是对红梅而言，恐怕想的不是几张票子的问题，而是对她治学成绩是否公正的评价。红梅来京找我时，已经患有抑郁症，头痛，不能成眠，看过医生。她来北京，也许就是专程找我的。换环境，是她的挣扎，是她的自救。换换环境，换换环境，红梅重复着。每当想到红梅说此话的样子，我就心痛，自责是如此粗心，如此麻木，竟然没有发觉红梅的病态。如果能帮红梅调来北京，也许真能帮助她走出困境。但是我没有行动，枉作了红梅的三哥！

四

再见红梅，已经是在南京的殡仪馆，仅仅过了一年。疑似匆匆忙忙找来的遗像，红梅穿着羊绒衫，似在家里接待来看她的人。这是我第一次叫红梅妹妹："妹妹，二哥、三哥来看你了。"红梅平平静静地看着我和国星，似乎在说，我有点累，休息休息。

十月一刚过，早上上班，朱老师发来短信："红梅走了。""去哪儿？"我以为红梅又出国了。"去世了，自己走的。"没有任何征兆，如此年轻，怎么可能？我不相信这个消息，打电话给国星，很快国星来电话，证实了。"送红梅一程吧，谁让她叫我们哥哥呢！"我说。

在南京师大宾馆，红梅的师弟辛华介绍了红梅的情况。我没有资格，也不便评论红梅的一生，有红梅在天之灵看着我们呢。但是我不能不感慨女人幸福之不易，尤其是感叹知名女学者的艰辛。找一个互相欣赏的好丈夫难，孩子培养成人难，做一个有成就的学者难。女学者的一生，一路走来，要背负这三座心理大山。或者婚姻不幸，或者子女累赘，或者学无所成，或者学有成就，遭人妒忌，不知有多少女学者被这三座大山压垮。

红梅去世后，我再一次读她的书，突然发现她对女性词人的关注，多在她们的孤独与悲苦，无可奈何花落去的凋零之感，浓浓地郁结于文中。

在她二〇〇〇年出版的《女性词史》里，我多次触碰到红梅心灵的孤寂："在此词中，开端即是一个声可裂帛之问，词人捏住自己的来处和去处这生命的两端，倾诉着自己'孑然一身'的绝对孤独感。以下数句，虽然她故意制造形影密交的和谐，但'瘦'和'愁'却从身体反应和精神反应两方面，表明了她对这种孤独的不适。"是什么使女词人陷入孤独？红梅分析：她的"落魄"，"狭隘地来理解，是她以才华应世并有以树立的年少轻狂之梦，今已破灭，她虽不甘，却已无奈；而如果理解得宽一些，那么，在下片中抒发的'千啼湿笑，未能免俗'，即无法超脱于儿女之爱的本能付出，却只能收获到爱的怨尤的沉痛，也是让她自感'落魄'的因由。这两方面的夹攻，使她几乎失去了在人间的'立足地'"。"所求甚高，所得甚微；所怀甚诚，所遇甚冷。'抱恨难平'，是她在外境和内情长久冲突中最深切的感应。"每读此处，我就幻感到红梅坐在我的面前，倾身述说她的心曲。她不似江南织女，用一针一线，为她的情感织起密密的丝网。她是操着解剖刀的医师，剥落外层，露出啼血的杜鹃。

但此时，红梅还只是为她才女的孤独痛苦，及至《李清照新传》，红梅突然谈论起退场来，她评论易安的《临江仙》：“她借咏梅的题材，来咏写自己如同春日梅花一样，正在凋残的生命。她虽然怀着无限的凋零之愁，却已是‘浓香吹尽’‘玉瘦檀轻’，属于她的季节已经过去了，将要登场的是另一种繁华，是‘暖风迟日也，别到杏花肥’的新世界。她的生命在残酷的对照中，安然退场，那种难堪而苦涩的心理，又‘有谁知’？”对比原词：“庭院深深深几许？云窗雾阁春迟。为谁憔悴损芳姿？夜来清梦好，应是发南枝。 玉瘦檀轻无限恨，南楼羌管休吹。浓香吹尽有谁知？暖风迟日也，别到杏花肥。”易安词中，自然也有春日迟迟、梅花与人迟暮之感，可不似红梅，感受到的是凋残的生命，无限的人将退场之悲。易安还有清梦，梦到花开枝头的欣喜。

那是二〇〇五年，红梅就有了生命退场的悲凉。“‘路长日暮’之感，是日暮途穷之感，是精神上已经日暮途穷了，但是人生道路还没有走完的苦闷之感，她虽才华高妙，诗词有名，却不能赋予自己的生活以选择的主动性。这样的感受，是那个时代有高才奇抱的女子，不得不俯仰随人时的最深痛苦！”这哪里是写李清照，分明是红梅精神自语，又分明是红梅的谶语。俯仰随人，命运不能自主，这就是红梅那个时候的生存困境。精神已经日暮途穷，人生就只有苟延残喘的悲苦，现在我才真切感知红梅绝望中痛苦的挣扎。如此说来，红梅生命的尽头，是从二〇〇五年的山东失败开始，那时，她就已经“梦魂归帝所”，并在她的文章中，“殷勤问我归何处”了。而父亲的去世以及南京师大的聘任，又给了她最后的一击，红梅浓香吹尽，没有残红。

红梅是一位很自负的学者，无论家庭、事业，都自许甚高，她的心理压力比人更大，以至于不堪其负。红梅是好强的，即使走，也要高高兴兴送走儿子上学，送走丈夫上班；即使走，也要在同事、同行中留下自己的尊严，或许就是为了自己的尊严而走。这里有红梅的自尊、红梅的自负、红梅的自爱。我相信她是经过了慎重考虑的选择，我们不能不尊重她，对她的走充满敬意，而不仅仅是惋惜。

但红梅似乎没有舍弃她的亲人、学生和朋友。在宾馆，我和辛华说话时，有人敲门，辛华出去看，却不见人。回来说：“有人敲错门了。”但我直感，那是红梅。回到北京，夜里两点，红梅的手机号打来三个电话，我相信那肯定是在另一个地方的红梅。

红梅，你还想告诉我们什么？

一双扑闪闪的大眼睛

在没有记住这双大眼睛之前，我与陈炎有过无数次的见面，无数次的通话，印象似乎都不深刻。倒是他送我的著作，读后甚为欣赏。他用现代的方法和当代人的眼光研究中国的传统之学，不固守老祖宗路径，少见陈腐气、固顽心态，显示出新时期学者的气质。

陈炎是周来祥先生的高足，也是曾繁仁先生的学生。我与曾先生认识二十余年，可算忘年之交，与陈炎自然以兄弟相呼。二〇〇九年，我欲离开国家图书馆，郑杰文兄马上通报给陈炎，陈炎有意引荐我去山东大学工作，在济南、在天津、在北京和南京，凡见面，就动员，有时打来电话，追问是否下了决心，情辞恳切，我深心为之感动。关心山东大学学科建设，是陈炎的初衷，但也可见他的兄弟情谊。

某年，南京大学开学科建设会，中文学科评议组的先生们大都来了。丁帆先生操办，住在南京郊区的一个宾馆。我到得早些，在院中散步。忽见远远走来一个先生，粉衬衣，米色长裤，透出青春靓丽。及至近时，竟是陈炎。我开玩笑说："我还猜呢，这帅小伙是谁呢？"陈炎扑闪着大眼睛，说："我还帅？老了。"那时陈炎不过五十，我忽然发现，他仍然年轻，而且是个漂亮的男人，身上充满了青春气息。数年的官场生涯，并没有泯灭他的学者气质，没有减损他的生命力。

其实这些都是表象。

二〇一四年，因事通话，陈炎与我聊了好长时间，中心话题就是要辞去副校长职务，专心治学。同是天涯客，我理解他奔波于官与学之中的辛苦，徘徊于出与处之间的苦恼。学问是身家性命，既为学者，就要有所建树，方不愧为专家之名。但这仅仅是你的一半，另一半却是一校之长，大量的繁杂事务需要处理，而且也要做出成绩，才不辱使命。其结果就是身心疲惫，不堪其负。陈炎分工主管教学，包括本科、研究生和成人教育，负担之重，可想而知。我作为过来人，不但知道双肩挑所承受的压力，也对卸去职务后的世态炎凉，深有体会，表示支持他辞去副校长职务。

二〇一五年，陈炎告诉我两件喜事，他被评为长江学者，同时也辞去了副校长之职。作为朋友，我真心为他高兴，为他祝贺，此为八月的事。但是到九月下旬，在一次相聚中，东岭告诉我，陈炎病了，而且是重病。我马上与杰文兄联系，不幸得到证实。

“十一”假期刚过，我到山东大学附属医院看陈炎，病房里只有陈炎的姐姐，静静的空气中，我又看到了陈炎那双扑闪闪的大眼睛。好似没有任何变化，白白净净的书生，神态安然地坐在病床上，扑闪扑闪地看着我，说话。“腰痛，起初不在意，但越发痛起来，不能睡觉。八月免职，九月查体，出了问题，胰腺癌。胰腺在腰部，被紧紧地包裹在里面，古人说病入膏肓，也许说的就是这个病吧。”陈炎平平缓缓地叙述发现病的过程，像在讲他人的故事，“学生、老师们，为我的病，想尽办法，现在刚做完一个化疗疗程。有人在找中医，有人找气功师，多管齐下，我真有信心。”说话间，进来几个人看望陈炎，都是山大的老毕业生，送来鲜花，也送来各种治疗方案。陈炎微笑着听，病房里暖暖的，似乎充满了希望。“我也哭过，不是为病哭，是为朋友们哭，他们知道我的情况，从各地来看我，有几次我都无法控制自己的情绪。朋友啊！”陈炎和我说，此时他动了情。

陈炎得的是绝症，他活在世上的天数掐指可数，刚来时，看到他病房的门，我的心情极其沉重。见到陈炎，他的情绪反而安慰了我。我心肠太软，看望得重病的人，常常不知如何安慰。记得十几年前，在武汉的医院看龙泉明，我竟然不能说话，和泉明相对而泣。现在，陈炎的平静面对命运，鼓舞了我，我坐在他对面的沙发上，看着他的眼睛说："陈炎，知道了你的病，北京的朋友都很关心，我今天也是代表他们来看你。我们都是学古代文化的人，什么事看不透？又受了唯物论的教育，定会直面病情，直面命运，充满信心，积极治疗。从现在起，多活一天，都是胜利。"现在想来，这是多么真心的苍白话。

陈炎二〇一六年五月二日凌晨走了，还是从东岭那儿得到陈炎离去的噩耗。他还有九十岁的老父亲不能惊动，没有发讣告。但是来送行的人排满长队。我看到了曾繁仁先生、安平秋先生，满头白发缓缓地走在队伍中。陈炎遗体戴着帽子，瘦得认不出来。遗像却选得好，青青春春地迎着告别的亲人、友人和学生，大眼睛扑闪扑闪地笑着，还给大家留下一段微信：

昨晚疼痛加剧，吃了三次止痛药。黑暗之中，我问佛，为什么给我如此严酷的惩罚？佛没有回答。我领悟到了。所谓癌症，原本是我们身体上的正常细胞，但它变异了，想要寄托于身体营养的同时谋求自身的发展，其结果就可能毁了原本滋养它的身体。当我们想要离开滋养我们的家庭、社会谋求自身的发展和享受时，其结果也是一样。因为这种贪欲本身就像肿瘤细胞一样，是邪恶的。说到底，是对本体的背叛！佛为了惩罚、抑或是挽留我，才及时制止了这种贪恋。从这一意义上说，疾病出现在我身上是必须的！也正是从这一意义上讲，因果不虚呀。一个人，求名、求利都不可怕，怕的是与滋养自己的本体脱离开来、对立起来。进一步讲，我们只是自然界的一部分，万物都与我们相联。我们如果将自己与万物隔绝开来、对立起来，就是烧一千炷香、磕一万个头，也得不到佛的保佑。因为那就从根本上背离了我佛悲天悯人的初衷。所以，真心向佛，不是要穿什么袈裟、剃什么头发，而是要改变自己与万物的关系，说得彻底一点儿，就是要淡化乃至消弭自我！这种淡化和消弭，要从一点一滴做起，逐渐改变我们对金钱观念、财产观念、名利观念、男女观念的看法，使自己在精神上获得解脱。

第三辑

贺年卡

因为手机之故，年节问候，都省了纸墨，很少用贺年卡了。一个群发，上百人，上百个问候，上百个祝福，只在一瞬间就“搞定了”。节约了时间，减却了麻烦，是否也减少了问候的真诚，减轻了祝福的分量呢？

但也就在数年前，贺年卡是人们拜年的主要形式。

贺年卡的来历，多以为来自欧洲，而且与圣诞节有关。有说起源自一八四三年英国的传教士蒲力治，有说来自一八四四年英国的十几岁少年亨高尔。其实，中国古代，早在秦汉就有用竹木做的“刺”来拜年的，唐代改为用纸。“刺”者，名片也。投刺，就是递名片。逢年之时，如在名片上，写上祝贺之语，名片就变成了贺年卡。到宋代拜年帖已经常用，我们能够见到的贺年帖，是宋代秦观的手状：“观敬贺子允学士尊兄正旦”，敬贺正旦，即恭贺新年也。

不过，贺年卡在中国真正时兴起来，则是上个世纪八十年代以后。其标志就是中国邮政一九八一年十二月发行的一九八二年贺年邮资明信片。

起始时，贺年卡多比较质朴简单，一张硬板纸，印上收信人的邮编、地址，寄信人的邮编、地址，就是了。一九八二年的贺年卡有两张。其一，正面是女童和狗的彩色漫画，四周是飞翔的燕子，似是儿童画，运笔用色，极为简单，却春意盎然。左上角盖阳刻“恭贺新禧”方章，右下角书“一九八二”字样。第二张，是黑白两只天鹅，嬉游于蓝色水中，莲叶田田，荷花盛开，已是夏季景色。左侧是篆书“恭贺新禧”，右侧是小字“壬戌年”。反面，如前所描述的，就是邮编和发信人、收信人地址了。左面留出空白，是为写贺语的地方。

后来，单位、个人自做贺年卡，贺年卡呈泛滥之势，多缺乏个性，千篇一律，形式也越来越繁缛富丽，有的竟然夹以金币、银币，沾了买椟还珠的嫌疑。

但平庸之中，也不乏个性之作，令人过目不忘。二〇一二年贺年卡中，就有数封。

大连图书馆的贺年帖显然是馆长张本义先生设计。浅褐底色，饰以白色花纹，折叠对开。封面中央，红色竖条幅上写“贺年帖”三字，是本义先生的书法。左下角印“大连图书馆”，右上角印“二零一二岁次壬辰年”。封底钤“壬辰大吉”章。内附一纸，亦折叠对开，米黄色。左页是空白页，左上角书“詹福瑞先生”，右下角署“本义拜”，均为手书。右页右上角印“谨贺新年”四字，左下角印“大连图书馆”。设计传统，简洁，加上本义先生的字，顿觉古雅有致。

教育部长的贺年卡，也颇具匠心。一方硬纸板，正面是蒲公英的照片，在橙黄的曙光中，一株蒲公英，向着左上方无限的空间，展开白色的羽毛，带着星星般希望的种子，飞向远方。右上角印着“用爱的心，播撒希望的种子”几个字。另一面，书写贺语。整体设计符合教育部的职业和身份。

二〇一二年收到的贺卡中，澳大利亚大使馆的贺年卡独具一格。中国贺年卡几乎全是长方形，此卡则为正方形，即两个正方形对折卡。卡面是凯瑟琳·尼尔森的作品《波根任的春天Ⅱ》，卡的反面有英文和汉语说明：“凯瑟琳·尼尔森的首次中国个人展于二〇一一年十一月在巴黎—北京画廊开幕。这幅作品即是展品之一。”

此幅油画的整体构图，是花环形。花环里边的湖水，或黄或紫，长满水藻，星星点点漂浮着白色的垃圾。花环四周，为树木和森林。

澳大利亚大使馆二〇一二年贺年卡

澳大利亚大使馆二〇一二年贺年卡信封

森林断断续续，树木亦非繁茂，有的树梢枯死，有的挂满白色垃圾。圆湖有一入口，画家在湖口的天空，画了一行S字形的雁阵。大雁显然是向着湖水飞来的，但在湖口处却折返而去。因为这样的湖水，已经不适宜它们栖居。森林、湖水，最能彰显春天的美丽，谢灵运就以“池塘生春草，园柳变鸣禽”状写春色，被称为描写春天的神来之笔。我不知道凯瑟琳·尼尔森是否读过这句诗，受了诗的启发。但画面关联谢灵运的诗意，告诉我们，环境的污染败坏了春光、亵渎了春意。所以，这封贺年卡不仅在祝贺春天的来临，也在祝福春天，提醒人类保护好春天。

美籍华人张之宇女士贺年卡中的文字，介绍了她贺年卡的特点：“福瑞馆长：一向自制贺年卡，为亲朋节、年之祝。今年取陈衡恪先生篆刻‘恭贺新年’印章，以其布局古雅充满喜悦，配以缂丝龙腾锦为衬底，致送先生贺新春吉祥。来年馆长有无美国学术会议在美召开，之宇因身体关系，暂不能作远程旅行，如有机缘，盼能拜会馆长于海外。希望之宇等有幸获此机会。耑此敬祝平安并阖家康乐。张之宇、之丙、之申同拜。二〇一二元日。”

张之宇女士是《文心雕龙》研究宿老张立斋先生的女儿。她与妹妹张之丙跟随张学良多年，朝夕相处。上世纪九十年代，张学良接受了哥伦比亚大学口述历史研究中心的计划，口述历史，由张之宇、张之丙姐妹访问、记录，因此而著名。张之宇撰有《张学良探微（晚年纪事）》。我因介绍张立斋先生的《文心雕龙》研究著作在大陆出版，而与之宇女士有了联系。区区小事，她们却多年感念之，可见性情之诚笃。

旧时，逢年寄贺年卡，多是个人关系，所寄者不是亲戚、就是故交新友。八十年代以后的贺年卡，却不再局限于亲朋之间，有了单位行为，职务行为。就我所收到的贺年卡看，大致分三类。一类是亲朋和学生的贺年卡。某某大学、某某图书馆、某某文化厅寄来的，是单位拜年。某单位领导寄来的贺卡，是职务性的拜年。至于本单位或外单位的某个人，与你既不熟，又没有什么来往，逢年节也给你寄贺卡，情况稍微复杂，也可能为钦佩你而寄，也可能你制定的某个政策有惠于他而寄，或认为你将来可能对他有用而寄，那也是职务性的贺年卡，因为他寄的是詹福瑞副校长、馆长，而不是詹福瑞。这一点必须弄明白，它会关系到你后来情绪的涨落起伏，因为你一旦不再担任职务，单位的贺年卡和职务性的贺年卡也就自然消失，对此大可不必感慨世态炎凉。现在有了新规，不允许单位寄贺卡，个人的也顺势消失了。

我每年收到的贺年卡一般在三四百封，寄出的则在三五十封，以老师和学界前辈的居多。因为是前辈和老师，回复的也不多。想想自己，除非前辈和同辈的要回复，学生晚辈的贺卡，一般也是不回的。似我这样的鼠辈，逢年都要接到许多贺卡，前辈大家，就不知有多少贺卡可收了。如每封必回，也是不小的负担。

也有例外，那就是王运熙和罗宗强先生。

二位先生都是我十分尊敬的学者。古代文学界不乏优秀学者，但开山开派的不多。我以为二位就属于这样的学者。王运熙先生早年研究六朝乐府与民歌，研究李白，成绩卓然。后来主持编写中国文学批评史，成文学批评史的复旦派。罗宗强先生最早研究李白、杜甫，后来专攻文学批评史，创造出结合文学批评和文学创作倾向探究一个时代文学思想的路数，开辟了南开文学思想史的一派。

二人都是我博士论文评阅人，罗宗强先生还是我的博士论文答辩委员，按旧说，二人都是我的座师。加之我和他们的研究方向接近，多少年来，常在一起参加学术活动，求教机会不少，故觉亲近。每到过年，即寄贺年卡问候。而二位老师的习惯，是每信必回，为人淳厚，古风犹存。

河北大学中文学科与南开大学中文学科，由来关系密切。这与河北大学旧在天津有关。据说，南开大学中文系主任是李何林先生时，河北大学中文系主任是王振华先生，二人是夫妻。由此大家笑谈，两个学校的中文系是亲戚，李何林先生也当河北大学中文系的家，但也有反说之，南开大学中文系的家实则由王振华先生“垂帘听政”。两个学校的古代文学学科关系，更为密切。王达津老与詹锳先生互为两个学科研究生答辩主席，是老哥们。罗宗强先生是达津

王运熙先生

王元化先生与作者，二〇〇五年四月《文心雕龙》国际研讨会期间摄于扬州瘦西湖

老的大弟子，也经常参加河北大学的学术活动，因此，詹门弟子对罗先生亦师事之。我在河北大学古籍所工作时，有时也会去罗先生家中请教。后来做了行政管理工作，罗先生每见到时，就感慨我若坚持在研究岗位，一定会有更大作为，现在有点可惜。

对我寄去的书信，罗先生每封必回，宣纸，小楷，行书，言简意长。今年复信，因傅璇琮先生逝世不久，罗先生颇怀感伤："福瑞先生：谢谢您的新年贺卡。在新的一年里，祝愿您诸事顺利，事业有更大进展，学术上取得更大成就。前不久，傅璇琮先生辞世，让人感伤不已。一代学人，为中国学术做出如此巨大贡献，提携后进，有口皆碑。于弟而言，数十年交往，一旦永别，数日难以言说，感喟怀念不已。从中华书局有关信息中，知您亦赴傅先生告别仪式，故人义重，可敬可敬。手抖，书不成字，见谅。"读到此处，我眼圈红了。

王运熙先生一直患眼疾，视力不佳。他回信多是一页。礼节性的问讯，且告以近况。有时回信稍晚，一定说明原因。较早给王先生的贺年卡，多寄复旦大学中文系。一年元旦，寄去贺年卡，王先生过了月余才迟迟回信。信中说，自己已经退休，学生不带了，加上体衰，很少再去单位，所以贺年卡收到较晚，以后再寄信，可直接寄到家里。听说王先生退休，我颇感意外，心里很是不平。王先生是国内外著名的专家。国内与他同辈、且学术成就相当或不如他的学者，多留在教学岗位继续工作，复旦虽是“大户人家”，这样的学者恐怕也不会太多吧？二〇一一和二〇一二连续两年，我给王先生寄贺年卡，都不见回复，后来才知道，王先生遭遇车祸住院。

晨起坐在窗前，整理来信和新年贺卡，突然感到，前辈学者日渐凋零，仅上海，近几年仙逝的就有王元化、章培恒、王运熙等先生，即使不是世风转变，仍以贺年卡拜年，也是日渐投不出去了。

吴公馆

五月，回学校参加博士论文答辩，其间，到古籍所资料室小憩。见古籍所的图书由天津搬回保定，周转于数处、尘封于库房的书，终于得见天日，可供师生使用，感到一丝欣慰。但旋即又得到消息，马场道74号卖了。终于如愿以偿，天津把河北大学的最后落脚点也收回了，但是它收回的仅仅是一片不足数亩的土地，人去，楼也去了，留下的只是遗憾。

人对旧宅的留恋，大概都因个人与宅子有这样那样的关系，宅子承载了个人逝去的一段岁月。我对马场道74号的感情，极为复杂。既有近八年求学于此的经历，同时也有不能保护下这个宅子的愧疚与遗憾。所以，不能不写下一笔文字。

河北大学前身是天津师范大学，有马场道、八里台和西湖村三个校区。一九六九年战备疏散，搬到保定。老校产转让给天津师范大学、天津外语学院和天津中医学院，只留下马场道 74 号，作为留守处，八十年代，又在此建立了古籍所。

一八六〇年，五大道一带划为英租界。英商在佟楼建赛马场，于马场东修马场道。辛亥革命后的清朝遗老遗少，北洋政府的要人以及社会名流，多在五大道建公馆、别墅，因此马场道留下各种风格的欧式建筑，号称建筑博物馆，被列为天津文化遗产重点

马场道 74 号，河北大学古籍所旧貌

保护区域。

马场道 74 号，位于河北道与马场道交接的丁字路口。南邻天津中药五厂，就是生产速效救心丸的厂子，院中时时可闻到救心丸的气味。北邻天津卫戍区司令的宿舍。大门西向，粉色铁门，中间为汽车出入的两扇大门，一侧各一角门。门右侧悬挂河北大学留守处铜牌和河北大学古籍整理研究所大理石牌。进门，右手住一家四口人的老住户，左手耳房是门卫和登记室。南面临墙为锅炉房和厕所，再往里是两棵合抱粗的杨树。北面一溜平房，依次为古籍所、会计室、卫生室和食堂。院子东西稍长，南北偏短，基本方正。紧靠东面是建于六十年代的两层平板楼。

此院的主建筑，是迎门的三层小洋楼。地下一层，地上二层。坐东朝西，整体呈方形，但在面西的一层，又伸出一半弧形大厅，由罗马柱支撑，花砖铺地，上面是露台。楼的正门，就在半弧形大厅的弧形顶端，门口有百年海棠，花开五色，是海棠中的珍贵品种，树高直上露台。但留守处以大厅为办公室，堵住通往中厅的门，却开北门为进出小楼的正门。

楼门铺青色大理石台阶，上三层台阶，进一楼，有四米左右的走廊，左侧 101 室，旧时是仆人或警卫住的房间，我们在时，用为古籍所研究生的宿舍。进中厅是直通二楼的天井。中厅右面的西墙有二门，靠北面大门通半弧形大厅，应该是原来进入此楼的主通道，但被封死。靠南面门的里面是一长方形的大房间，用为外国教育史阅览室。从房子的格局看，这里旧是会客厅。有门通半弧形大厅，两扇门上还保留两幅油画，一幅画的是白桦林，一幅是秋天的枫林，色调一冷一暖，形成鲜明的对比。中厅靠左墙、即东墙为螺旋楼梯，达二楼。二楼的南、西、北三面全是客房。房内红色地板，应是旧物，而白灰墙显然是后来重装过的。当年此楼应为两个进出通道，一个是北门，当是内眷出入之路；一个是西门，进半弧形大厅，再进会客厅，多半是主人接待客人的所在。中厅的一面西墙，自然把此楼分为内外两宅。

这个宅子，原为河北大学幼儿园。河北大学的老人们一直说，此院是袁世凯孙子媳妇的住宅，据说八十年代，袁家还有人回来看过房子。河北大学似乎很少有人说得清此宅子的来历。

实际上，此宅的旧主乃北洋皖系军阀将领吴新田。吴为安徽合肥人，先后就读于保定北洋参谋学堂和保定陆军行营军官学堂。直皖战争后，曾被吴佩孚任命为陕南边防军总司令兼陕南镇守使，亦曾任陕南护军使。北伐战争，其部被冯玉祥改编为国民联军第十六路军，吴为总司令，后又改称国民革命军第二集团军第十六军军长。一九二九年初下野。吴家原住山东济南，一九二六年举家迁天津，购得英国人在马场道 360 号和 366 号的两座洋房，共占地八亩。360 号，就是后来的 74 号。

小楼始建于二十世纪二十年代。北洋政府总理颜惠庆曾居此处。居住时间，最有可能是一九二六年，颜氏辞去总理，来天津隐居之初。此时，吴家刚从济南迁来天津，暂住于三井洋行楼上，尚未购得马场道房产。一九三五年，时任天津市长的萧振瀛也在此暂居过，那应该是借住或租住。而一九四六至一九四八年，比利时领事馆在此办公，当为后话。

吴新田下野后，一直居住此地，深居简出，直到一九四五年去世。但是，房产在此期间，却有变化。一九四二年，吴家将 360 号售给银行。一九四六年，又将 366 号的前院主楼出售给韩姓人家，一九五〇年又将后楼出售给军队。这就是河北大学古籍所北与天津卫戍区宿舍比邻而居的源头。

南边所邻天津中药厂，原为北洋政府总理张绍曾故居，其旧宅是一幢巴洛克风格的二层小楼，亦建于二十世纪二十年代。此宅名头亦大，而且多有故事。张绍曾是河北大城人，天津武备学堂学生，保送日本陆军士官学校第一期炮科。北洋政府时期，曾任长江宣抚使、绥远将军兼垦务督办。一九一四年调回北京，加封“树威将军”称号。袁世凯死后，一度出任陆军总监，但不久就随黎元洪一起离职。一九二二年黎元洪复职，张绍曾也随之复出。一九二三年一月四日出任北洋政府第二十三届总理。他主张迎孙中山入京协商南北统一，直系倒黎后，被迫辞职，从此成了天津寓公。

张绍曾虽回津寓居，但仍关心国事。他了解到冯玉祥与孙中山等国民党人士有联系，和冯玉祥的来往就更加密切，与冯结为儿女亲家。在家中自设电台与冯玉祥频繁联系。张作霖对此十分不满，一九二八年三月，张作霖派亲信将领王琦到津，与直隶督办褚玉璞、警察局长厉大森和办公署总参议赵景云密谋，暗杀张绍曾。

一九二八年三月二十一日晚，赵景云请张绍曾到天津市南市天和玉饭庄吃饭。张绍曾临赴宴，小汽车前车轮突然爆胎。张绍曾颇感此兆不祥，假言身体不适，欲辞掉宴会。然被赵景云买通的手下人百般劝说，只好换上新轮胎赴宴。宴罢，赵景云又邀请张绍曾等到南市彩凤班饮茶。八点多，有仆役样的人手持信件，说有函件面交张绍曾。张绍曾闻讯，从内走出，一边问是“哪里的信”，一边伸手去接。此时，送信人掏出手枪，迎面连射三枪，张绍曾应声倒地，血流如注，被急送回张府。可叹张氏满宅女眷，竟无一人主事送医院者。次日晨，张绍曾死于寓所，终年四十九岁。此案当年轰动朝野，却不了了之。张绍曾被刺杀后，此宅归达仁堂乐家所有，公私合营后，建为天津中药五厂。

我对马场道 74 号历史的了解，很遗憾，还是在离开河北大学之后。一段时期，因为民国文献保护工作，我对民国文献略有涉及。一个偶然机会，才得知 74 号的前世今生。想不到，在此十余亩的三座宅子里，竟然先后有多位民国时期的重要人物寓居。如果时间真的可以穿越的话，我们会与这些人每一天、每一刻都有密切的交集。但是当年我们对此却懵然无知。

九十年代后期，我已经进入学校领导班子工作，多次研究马场道74号改造问题。按照天津城市建设方面的意见，此楼已被列为危楼，不能再使用。维修似乎也不可能，只有推倒重建的命运。即使推倒重建也很困难，因为河北大学没有土地证。这倒是其次，更主要的是，学校和河北省也都有倾向性意见，在办学经费极为紧张的情况下，不再投钱给天津。所以最后决定授权天津一家银行投资改造，给古籍所和留守处留出一部分房间，其余由投资的银行使用

古籍所研究人员留影。左起：马国良、詹锳、刘崇德、詹福瑞

四十年。结果就是推倒留守处内的所有建筑，建成了两栋新楼。

拆还是不拆？最纠结的是我。毕竟在那个院子、那栋小楼里学习工作了近八年。而且，就是袁世凯孙子的宅子，也有保留的价值。所以，我关心最多的是能否保住小楼，但是，我也有顾虑，坚持保留不动，会被人说感情用事，而且一旦被旧主收取，岂不钱财两空。最终，还是一己之私超越了良知，金钱压倒了文化。

如今马场道所在的三座吴氏别墅，都已荡然无存了。在其上面，交通银行的招牌赫然在目，如果不是故人，没有几人会知道河北大学，更不会有几人晓得吴公馆，浓厚的商业气息似乎遮盖了百年的沧桑。

一日，读鸭长明《方丈记》，写宅邸与居者的无常情形，颇有感触。鸭长明说："繁华京都，铺金砌玉，豪宅鳞次栉比，甍宇齐平。无论贵贱，所居宅邸看似能世代相传，然细加寻访，可知往昔古屋留存者甚罕。或去岁遭焚，今年重建；或豪门没落，变为小户。居者亦相同……居者及宅邸无常之情形，便如牵牛花上之露。或露坠花存，花虽存，但一遇朝阳，立时枯萎；或花谢而露未消，虽然未消，然挨不过日暮。"读之，颇感千秋萧瑟，万物寂然，以时空观之，古宅和住户，皆不过过客。但是，只要宅子在，哪怕是人去楼空，必有故事流传。这当然是最好的结局。但如果人去楼夷，并记忆亦扫平了，人类终有一天会丢了文化。而那是他的根。马场道 74 号卖了，但愿我们的记忆不会一起出售。

与影子为邻

某年，去承德开会，安排夜游避暑山庄。虽是傍晚，游人仍然如织。我们避开宫殿区，沿着西北山边，进古木参天的森林、过绿草如茵的平原，逶迤到了水光潋滟的湖区，已经是夜色朦胧。岸边的路崎岖不平，灯影依稀，大家就放慢了脚步。办公室的女孩子们就说，讲个故事吧。好啊，路灯昏黄，人影幢幢，湖水泛着神秘，所谓“林暗草惊风”，正是讲故事之时。我就说，林子老了有兽，宅子老了有鬼。避暑山庄的林子和房子可都有三百年的历史，虽没有猛兽，但是不乏狐狸、刺猬这样的小动物，至于鬼吗，我们还没撞见。我就给你们讲个老宅子故事吧。

我一九八六年在校本部上外语、政治等硕士生基础课，一九八七年到古籍所，与同年考到古籍所的三位博士生住进小楼101室，据说是仆人居室。但在我看来，也许并非如此。此室面积约四十平方米，方方正正。北面和东面窗子分内外两层，里面玻璃窗，外面百叶窗，南面墙上是壁炉，室内外的设计和装修都极为考究。也有人说是乳母与孩子所居，庶几近之。

留守处本来是个清闲的地方，平时接待学校来津出差或看病的人，因为有许多教师的户口留在天津，所以每月定时来车拉拉粮食。但是到了八十年代中期，古籍所成立，詹锳先生开始招博士生，滕大春先生的外国教育史博士点也在此招生，人一下子多起来，开了食堂，工作陡增，留守处也增加了工作人员，本来寂静的所在，突然热闹起来。

我们的研究生生活，真是少有的简单。出楼门，对面左手不到十米就是阅览室，右手不到三米就是食堂。每天三个单元的读书时间，上午八点至十二点，下午两点至六点，晚上八点到十点，周而复始。立群师兄还有晚饭后一定散步的习惯，周六或周日约人下下围棋。我和新民、瑞君二兄，几乎没有什么嗜好，不散步，也不会下棋，一天到晚只有读书一件事。唯一的消遣是在周六晚上，四个人打扑克，脸上的纸条揭了又贴，贴了又揭；底下的桌子，钻了再钻，常常到凌晨，才算把一个星期的寂寞遣尽。后来，留守处的老师看我们实在没有什么可以消遣，就在中厅放了一台电视机，但我们也只是看看新闻和体育节目而已。

詹先生对学生的要求极其严格。每天上午九点到古籍所，为学生解答问题，下午四点，再来拿报，一天与学生要见两次面。一旦有哪个人不在，一定要问清楚，到哪里去了，是否与业务有关。瑞君兄新婚燕尔，准假一周。他回来晚了两天，就遭到先生严厉批评。一天，家里打来电话，说儿子高烧不退，希望我请假回去。正好先生在收发室取报，我就把电话交给先生，说："我家里电话，要我请假回去一下。"先生接了电话，听了没几句，就说："我们这里整理李白集正紧，他要回去，工作就撂了。孩子发烧，你还是给中文系说说吧。"先生声音好大，把家里人吓得不敢再出声。当然，后来我把稿子整理出来，交到他的手上，他还是叫我回去了。那两年，正推广石家庄造纸厂的满负荷工作法。先生很感兴趣，一再讲："我看这个办法就很好。"显然他是把这一工作法实施到了我们身上。

先生学业上是严师，生活中却很慈祥。总是笑眯眯的，平时说话不启唇，声音不大，却极清晰。我和老陶是脱产研究生，助学金很低。先生知道我们生活比较艰苦，就从自己的工资中拿出钱来，每月补助我们十元。知道我睡眠有时不好，嘱咐我不要熬夜，注意阴阳平衡，把主要的精力放在白天。一次说话，先生突然问到我的母亲，知道我母亲的年龄，连连说，高寿，高寿，应该多回去看看。

作者博士生毕业答辩留影。前排左一罗宗强先生，左二王双启先生，左三王达津先生，右一熊任望先生，右二詹锳先生

一九九一年摄于古籍所

古籍所的生活，简单，踏实，但是也枯燥。充实有时难掩寂寞。尤其到了一九九〇年，三个师兄毕业离校，古籍所只剩下我一个学生。除了老师，无人可以交流。偌大的101室，由我一个人住，显然已不合适，于是调到二楼的201室。面积虽十余平方米，一个人读书起居足矣。只是到了二楼，人一下子悬了起来，更觉得楼中空空荡荡，虚得令人心悸。学校教师来天津出差的并不多，客人甚少，常常是一座小楼只有我一个人。到了周末，院子里只有一个值班的大爷，路灯似明似灭，楼中死寂死寂，可以听得见心跳。偶有病人来住，也多是重症。其中有两位就死在了我对面的房间。一位是我的老师，患肺癌，身子蜷曲成一团，眼睛茫然，不多日即去世。空洞洞的眼神直直地钻进人的心里，久久挥之不去。

一年暑假，古代文学教研室的保生老师去天津玩，要去我的宿舍钥匙，想借住几天。回来见到我，我问："怎样？"保生大叫："我的妈呀，这些年在天津，你是怎么活的？"我说："咋了？"保生说："我在你的屋子住了一个晚上，就再也不敢住了。一座楼，只一个人，恐怖死了。"我就笑了，心里说，我还没给你讲郑大爷遇鬼的故事呢。

郑大爷是河北大学在津时的花工，早年学武，到了八十仍可要九节鞭，虽然已经退休，但还时常来留守处看看。一个周六，他又来溜达，见我一人在院内，就和我聊起来。问我住二楼怎样。我说还好吧，挺安静的。郑大爷神秘地笑了笑说：“晚上，有没有见过一个穿白衣服的女子？”我说：“穿白衣服的人多了，你说的是哪位呀？”“哦，不是哪一位，”郑大爷说，“有这么一件事”。

当年，郑大爷还年轻，有一天值夜班。天刚刚擦黑，就见一个穿着白衣服的女人走进大门，也不打招呼，径直朝小楼走去。郑大爷看了看背影，像个生人，就出了收发室，一边追，一边喊：“喂，喂，同志，你找谁？”白衣女子不回头，也不搭声。郑大爷就急了，大步流星往前赶。他一米八以上的个子，一步小一米，可就是没赶上白衣女子，眼睁睁看着她进了楼。郑大爷再赶两步，进了中厅，楼内光线比较暗，朦朦胧胧地看到白衣女子上到二楼。郑大爷就说：“同志，同志，楼上没人住，快下来。”可就在他回头找电灯开关的时候，白衣女子不见了，不知进了哪个房间。怪呀，今天没客人，二楼的几个房间都锁了，是不是哪一间忘了锁？郑大爷就上楼，一个房间一个房间地推，都锁着。他有点不放心，下楼，回到收发室，拿到钥匙，上楼，一个房间一个房间地打开，连个人影儿也没有。郑大爷立时白汗就出来了，跌跌撞撞地跑出小楼。

故事讲完了，也快走到了避暑山庄的大门，路灯多了，周围一下子亮了起来。几个女孩子一句话也没说，就回了宾馆。次日一见面，她们也给我讲了一个故事。听了郑大爷的故事，她们心里很紧张。回到屋里，正议论这个故事，突然，门咣当一下响起来，几个人几乎是同时惊恐地叫起来，吓得谁也不敢去开门。直到听清楚是办公室的另一位工作人员时，才敢开了门。

听说吓坏了孩子们，我感到很不安，就说：“人们都讲，陌生之地怕水，熟悉之地怕鬼，说明那鬼都是心中生出来的。”当时，我心里又想：这个世上，其实最怕的应该是人，而不是鬼。鬼都是人鼓捣出来的。只要人心中不黑暗，朗朗乾坤，鬼也不敢近前的。漆侠先生讲过这样一句话：鬼都怕恶人。我想还应该改一改，鬼都怕正人。

我本来是胆子极大的人，从来走夜路也不害怕的。而且也想到，这故事很可能是郑大爷编的，试试我的胆量。但郑大爷的故事，还是听得人毛骨悚然。到了夜晚，楼里似乎多了许多声动，不是楼板响一下，就是房顶咕咚一声。不远不近，叫春的猫嚎出或低沉或凄厉的叫声，似乎把人扔在了四处坟茔的荒野中。于是死命读书，读到倒头便睡。后来，索性从资料室拿回《聊斋志异》，到深更半夜细读，记下许多凄美的鬼魂故事。想了想，若真有鬼的世界，与人间也没有两样，性分善恶，状呈美丑。想到此处，心一下子释然。就睡觉，想那白衣女子若在楼内，也只能进入梦中。可惜，竟然无梦，待睁开眼时，已是日上东窗。

八十年代，经济大潮席卷天下，造原子弹的不如卖茶叶蛋的，读书无用思潮泛滥。但是，“独有扬执戟，闭关草太玄”，就是在古籍所的这几年，是我最好的读书时期。除了毕业论文，先生不允许

一九九〇年摄于河北大学古籍整理研究所。前排左起：马国良（左二）、詹锳（左三）、刘崇德（左四）；后排左起：陶新民、张瑞君、丁立群、詹福瑞

我们写论文。书没有读到，怎么能写出好文章呢？这就是他的观点。所以我可以一门心思读书。那几年，我按着书架顺序，一部一部读四部丛刊和四部备要里的魏晋南北朝隋唐总集和别集，也算是真正读了一点书。

如今，那座曾经记录下我们许多读书故事的小楼已经不在，古籍所的老师们，也都各奔东西了。詹锳先生一九九八年逝世，副所长马国良老师也得病故去，资料室的苗老师和张老师都已退休，只有刘崇德老师还被学校返聘。没有郑大爷的消息，如果还健在的话，早就是百岁开外的寿星了。留守处改造后，我曾经回去过一次。站在面目全非的院子里，觉得往事如烟，令人伤感与惆怅。此后，有两次去天津，路过74号门口，同行者总会问我：“老师，进去看看吗？”我都说：“不去！”简单而又决绝，因为今天的马场道74号，已非我心中的马场道74号。

二〇一二年五月

旺角书店

北京的书店日渐稀少，小书店就更加难找了。原来，北京大学周边还开了几家，最知名的风入松，店名有诗意，选书亦好，颇合读书人的口味。可惜火了几日，赵公元帅不光顾，也就关张大吉。京城人干什么都讲阔气，尤其是用纳税人的钱，更不吝啬，书店也要气派，动辄就建个城，所以现在剩下的也就只有西单的图书大厦和中关村的图书城了。大归大，但用起来却着实的不便。找本书，如同进了北京胡同，七拐八拐，甚是晕菜。待你拿到书时，已经半日，浪费了多少时间？因此索性不去。

京城累积的郁闷，有时要到外地寻找补偿。出差在外，最大的兴头就是找书店，但结果却是连连的失望。号称文化中心的北京，都已黜退了书店，非中心城市设店的情况，可想而知。慢慢地，即使到了外地，时间亦有，也少了逛书店的兴致。

二〇〇九年，到日本国会图书馆访问。来前就知道，东京旧书店最多，只神保町就有二百余家。中国学者在日本收了许多汉籍，甚至不乏善本，日本成了近些年中国学者淘书的好去处。恰好有半天空闲，与国际合作部的负责人商量，到东京的书店看看。

负责人陪我到了东京大学附近，竟有多家专售中国书的书肆，经营中国古籍和当代的出版物。但以日本人的精明，知道中国人来日本淘书的渴望，古籍售价都抬得不低。到琳琅阁，看了几个本子，都比较普通，唯一清代稿本的数页残卷，算是可以。询以售价，却要人民币七万，只能咋舌作罢。心中悻悻，不肯甘休，循着书墙一一看去，却发现了一个新大陆。在临门书架的下三层，竟然排列着二十到五十年代出版的诸多中国学术著作，而且多是初版，其中就有林庚先生四十年代在厦门大学出版的《中国文学史》。不仅如此，每本书，无论厚薄，无论作者，无论出版年代，一律二百日元，极其便宜，真是大喜过望。于是毫不犹豫地挑了二十余本。一下子售出二十多本，老板自然也高兴，又送了三本，随你自己选。回到国内，说起日本淘书，我都要显摆这一段经历，洋洋得意之态，溢于言表。

有了日本的甜头，再出境，就想试试运气。二〇一〇年，率图书馆学会代表团访问台湾，台北有两日停留。诚品书店不必说，自然要去的。其环境之优雅、书的品种之丰富，北京竟无一家可比。但我更想去的还是重庆南路。一九九七年，台北开《文心雕龙》研讨会，暨南出版社的老板带我走过三民书店、商务印书馆、世界书局、金石堂书店，不下十余家。此次由熟悉台北书店的陈先生导路，跑了四五家旧书店。虽不如日本的斩获之多，却也有意外惊喜。五六十年代，台湾教育沿袭传统，科目中多旧学，四书五经自在研习的范围。书店所收的旧书中，不乏此类用过的教材，《论语集注》《诗经集注》《大学》《中庸》，亦有《楚辞集注》《陶渊明集注》等集部书。书中常见听课（教课）、读书所做的笔记，或红，或蓝，或黑，墨色斑驳；或工楷，或草书，笔迹陆离；或清晰，或漫漶，显历史之痕迹。

其中一九八六年艺文印书馆出版的《楚辞补注》，应是台湾大学中文系三年级学生潘瑞琦的用书，而且是听彭毅教授讲楚辞的教材。因为前面扉页有“彭毅老师”四字，后面扉页属“台大中文三潘瑞琦”字样。彭毅教授一九三三年生人，著有《楚辞诠微集》，被评为“是掷地可作金石声的佳作，是研究楚辞不可不参考的论著”。有了此《楚辞补注》学生用书，可以近距离了解彭毅教授的讲课内容和风格。从学生书上所做笔记看，彭毅教授共讲了《离骚》《天问》

《九歌》《九章》《远游》《九辩》《招魂》《大招》等篇，几乎涵盖了屈原所有作品，这在大陆是少见的。讲课似乎采用的是作品串讲的方式，重在字词的释义和诗句的诠释，然亦多有对作品的评论。《天问》题目前，有潘瑞琦同学笔记："以内容观，为天地开辟前—天地开辟后—洪水—大地灵物—历史。但并非在写历史，而是以其事件为主来说历史，并且以夏商周为骨干。""不是文学作品，没有艺术性，所以从头到尾都在反诘。在中国文坛上，可称为怪杰。以反诘语气词，从头问到底，约有170余，汉人模拟楚辞者众，未有模拟《天问》者。""读者所了解的是作者主观之宇宙，可了解作者内在感情并观念，故又有艺术性。"只此一段，就可了解彭毅教授对《天问》的独特理解。书中还夹有马哥孛罗面包店的名片，店址在台北重庆南路，经营范围是西点面包、葡萄美酒、香醇咖啡、西式冷食自助餐，当是潘瑞琦同学经常或偶尔光顾的地方，亦可见学生生活之一斑。所以此时选书，不仅义在书中，又在书外，多了一份考察书之传播及台北人文化生活的用心。

在学人的眼中，香港乃文化的不毛之地，但也并非如此。二〇一五年三月二十二日，应张宏生兄之邀，到浸会大学讲学，逗留一个礼拜，多闲暇之时。向宏生兄询以书店之址。宏生说，学校没有，可到旺角看看。大学没有书店，就如同说文化部没文化，我听了愕然。确切说，浸会大学有书店。晚饭后散步，走在教学楼与生活楼结合部楼群间的小广场上，见孙中山塑像的后面，分明是“大学书店”四字，绿底黑字，十分显眼，怀疑自己听错了宏生的话。但走到里面扫了一眼，才知道说得没问题。寥寥的几排架，没有几种书，倒是文具、纪念品，品种不少。我还顺便买了纪念邮票。这些“文创”归到书店里，的确名不副实。

说到旺角的书店，倒还有印象。媒体人梁文道的文章，讲过他与朋友陈智德逐家拜访旺角楼上书店的故事。几年前来港，曾经转过那里的商务印书馆书店。好在从浸会去旺角极便利，转日中午，即去急匆匆寻访。在吴多泰国际中心楼下坐25路小巴，到九龙塘，乘地铁一号线，三站就到了旺角。出口有A、B、C、D、E数处，不知去书店应在哪里出，索性就近上地面，是西洋菜南街。谁知这运气碰得不错。出地铁口，过街左转，漫无目的前行，猛抬头间，琳琅满目的招牌下，“尚书房”三字赫然在目。且就在不到一百米的路段，依次为田园书屋、春藤书坊、乐文书店、华英书局、序言书坊、文津书店，不下七八家。而数年前访过的商务印书馆，蓦然回首，也就在拐角的一楼临街处。真是踏破铁鞋无觅处，得来全不费工夫。旺角书店的招牌，不如台北重庆南路的气派，横七竖八，有的就是铜版纸刷印出来的，折了一角，在风中摆动。但是，到了西洋菜南路，我马上想到了台北的重庆南路。方寸之地，集中了数家书店，台北有，号称文化沙漠的香港有，北京呢？

浸会大学书店

旺角西洋菜街书店招牌

书店的位置，多在三楼。只有乐文、华英，一在五楼，一在七楼。所有的店，都临西洋菜南街，只华英局在楼的那一面，要穿过长长的巷子。楼梯皆逼仄，台阶下打着广告，直指书店所在的楼层。格局也都不大，占一层，或左或右的小门，铺面约六七十平方米。书架摆成E字形，靠墙皆书，中间伸出的舌头，再背靠背排上书架。书架与书架之间，刚可容两个人侧身而过。商务印书馆要大些，占了两层，也不过一百五六平米的样子。

格局小，经营的品种自然受限，但是每家却有特点。

文津书店专卖大陆旧书。推开门，一股熟悉的气味，就是那近乎烟熏的旧书味道，扑面而来。拥挤的书，排满四壁，占满房子的中间，连着柜台。店主就坐在书的后面，被书重重埋起，来人也不理会，似乎他是图书馆员，而非售货的店主。

店内出售五十年代到八十年代大陆出版物，亦有台湾书。以文史哲为主，触目可见中华书局、上海古籍出版社、人民文学等老牌出版社熟悉的身影。范文澜的《文心雕龙注》，杨明照的《文心雕龙新书》，詹锳的《刘勰与文心雕龙》《文心雕龙的风格学》，王更生的《文心雕龙研究》，在此都能找到。中华书局编辑的古典文学普及丛书、上海古籍出版社的古代文学知识丛书，如舍得工夫，用心查找，也可配齐全套，可见店家搜罗之勤，用心之专。孤陋寡闻的我，甚至认为，这小小的文津书店，可能是目前经营中国文史哲旧书最多的地方。而尚书房的招牌虽然是营销大陆旧书，进去看，却没有几本，难免挂羊头卖狗肉之嫌，数家中，应该是最少特点的。

若论新书之多，当属田园书屋。与所有的书店一样，应门摆开的书摊上，是专揭大陆政治内幕的书，出售的对象亦是大陆人，但文字粗糙，虚实难辨，不会有学者光顾。进门左手的第一个书架，也是此类书。但从第二架书起，我的眼睛就突然发亮，台湾和香港最新出版的北岛、杨炼、董桥等作品集，委蛇展开，令人目不暇接。

走一圈下来，书店的大致格局基本清楚。左面相对的两排是文学，多为大陆、台湾、香港以及翻译的日本和欧美文学作品；右面相对的两排则是历史、哲学以及其他社会科学著作。其中两排为中国现当代史的著作，多是严肃的研究之作。可惜，我对这样的书，感兴趣，却又提不起兴致。中国的问题，是历史问题，但更是现实问题。

第一次离开田园书店，我手中空空，竟然没有一本。但是，走在挤成疙瘩的街上，快要把人压扁的楼宇间，我心中念念不忘的竟是北岛的《蓝房子》、董桥《没有童谣的年代》。兀自想，董桥一定是在香港的某个格子间，写了这本书，或者书中的一篇文章。仅有一扇小窗，窗外却是死死封住的墙。屋内灯光昏昏，一个老掉牙的电唱机，播放着《外婆的澎湖湾》。他想要的也许就是北岛的蓝房子。但那又是什么样的所在呢？在海边？一望绿色，心绪俱远；涛声不绝，使你思想永远涌动。在山间？草长莺飞，感受生命的律动；看花开花落，参禅悟道。或者，它只在北欧的童话中，皑皑白雪掩盖下的蓝房子。守在火光抖动的壁炉边，跟随安徒生擦亮一枚火柴。已经走到了地铁站口，我掉转身，回到田园，毫不犹豫地从书架上取下这两本书。

书店的经营如何，不得而知。以我半日的观察，田园书店顾客盈门，属于例外；其他书店，多半读者寥寥。我在文津书店盘桓了一个多小时，除了我和店主，再无第三人。春藤书房也是如此。状况之惨淡，可见一斑。但其可贵之处，也在于此。在此文化匮乏的大都市，珠光宝气充盈于所有空间的旺角，数家书店，坚守着一个蓝房子。虽然蓝得惨淡，却仍不乏生命的本色。比起北京的书城来，旺角的书店，亦觉小得寒碜，但它无疑更显出了贵族气。

二〇一五年三月二十六日于香港浸会大学

会稽山之夜

一

睡在龙华寺别院，舒展开心境，想，这就是数十年葱茏于我心中的会稽山了。

也许是湛如法师的一杯清茶，又或是窗上的婆娑月光，虽舟车劳顿，却无一毫睡意。心与眼耳全都竖起了神经，谛听着这座名山。记得进山时，车是沿山盘旋而上的，从山下望去，路灯点点，如天际星星。临近山顶，一片金光，就是寺庙所在了。不仅远离城市，亦远离尘寰，龙华寺的夜，一片寂然。

似乎一切都突然静止，上苍的声息，大地的声息，还有我四十余年城市的烟火气。在这清凉的山上，沉下去，沉下去，直至止息。我突然感到不自在起来，甚至开始怀疑这一切的虚假。这没有车声，没有人声，甚至连风声、虫声都不见的夜晚，真否？

打开台灯，依倚床头，很自然地想到两个故事。长住西藏的人，下了高原，会醉氧昏睡。喝惯了假茅台的酒徒，喝到真茅台，会大呼其假。我现在的情形不就是如此吗？习惯于喧嚣的尘世，竟把浮华当作真淳了。

二

轻轻地拉开窗纱，月色无声地漫进来。我终于听到了声音，月光流淌的天籁之音。一波生于一波之后，缓缓地来自天际，山便浸在浅浅的月色中。在这会稽山上，月也有了超度，贲象穷白，终归澄明本色。

澄明中，历史才会显影。“江天一色无纤尘，皎皎空中孤月轮。江畔何人初见月？江月何年初照人？人生代代无穷已，江月年年只相似。不知江月待何人，但见长江送流水。”虽不在江边，却与张若虚同此月华如水，悠悠的历史感，油然而至。目随月光而去，超越千年，我听到了空谷足音。

会稽山之为名山，自然在其风景绝佳之胜。东晋王献之说：“从山阴道上行，山川自相映发，使人应接不暇。若秋冬之际，尤难为怀。”山为水峙，水为山映，迎面皆新奇，不知如何是好。王献之生在会稽，也许有偏爱之嫌，但顾恺之却是外乡人，自会稽还，人问山川之美，顾亦云：“千岩竞秀，万壑争流，草木蒙笼其上，若云兴霞蔚。”他是以画家的慧眼，识出了会稽山使人难以忘怀之妙：它的充满生机的绿。

但会稽之盛名，亦得之于此土乃名士所寄之地。袁宏道《山阴道》诗云：“钱塘艳若花，山阴芊如草。六朝以上人，不闻西湖好。平生王献之，酷爱山阴道。彼此俱清奇，输他得名早。”会稽成名之早，在于名士的嘉遁与激赏。江左风流宰相谢安，早年屡辞辟命，隐居会稽山阴之东山，与王羲之、孙绰等游弋山水。会稽内史王羲之有兰亭之会，士人云集，成一时之盛。东晋高僧支道林亦曾住会稽灵嘉寺，与王羲之等游，谈玄论道，才藻新奇，花烂映发。此次能有会稽之行，就是因了“支遁与会稽山”研讨会因缘的。

但一切皆归平寂。山还在，秀丽如旧；月还在，明净如初；文还在，余香在口。江左名士呢？一代风华，身归何处？空寂而已矣。“固知一死生为虚诞，齐彭殇为妄作。后之视今，亦犹今之视昔，悲夫！”死是必须面对的，既不能无视，也不会有长生，空即是真，这就是宿命？

三

如此想来，人生岂不悲苦？但中国古代士人，很少因此而遁入空门、晨钟暮鼓、一袭黄衫的。“我欲乘风归去，又恐琼楼玉宇，高处不胜寒”，中国人有中国人的解脱之道。色即是空，看破红尘者，大有人在。但却不离红尘，也不粘滞于红尘，物物而不物于物，不论行迹的超远，讲心灵的无待，这就是支遁的逍遥义。因此中国士人多亦禅亦庄，亦禅亦儒，不问身之所寄，乐得心灵的自在逍遥。

江左名士，多为此类。王羲之、谢安在会稽，或半官半隐，或时隐时官。支道林虽是出家人，却出入侯门，行迹更似名士。隐初在心，草庐山林的是小隐，高居庙堂的却成了大隐。把玩《法华经》，成了名士风流。但他们把宗教变成了人生的智慧，而非信仰。

月临东墙，感到了屋内的微凉，心亦如无风之水，平复若镜。人世的喧哗，不由外界来，乃生自欲念心，会稽山就成了澡雪精神的净瓶。我今既得清凉境，亦悟得清净心，复又回到床上，安生地睡去。

吉古阿机

一

吉古阿机是西昌市接待处的工作人员。不用问，听姓名就知道是彝族姑娘。

一早，面包车停在住处门口，接国家教育咨询委员会的专家去昭觉考察。阿机就站在车门前，招呼着大家。专家资历深，年岁也大，几位年过八十，最少的也是花甲之年。阿机很细心，专家上车，都要扶一把。车要开时，阿机背对车门，自我介绍："我叫吉古阿机，今天由我陪伴各位专家。"专家就问："哪四个字？""吉祥的吉，古代的古，阿机的阿，机会的机。"大家就笑："阿机的阿，是哪个阿？”但也就记住了阿机姑娘。

阿机介绍完自己，忙着给大家发水。抱着瓶子，晃晃悠悠，走到每一个座位前，一瓶一瓶地交到专家手上。专家说，从前面往后面传吧。阿机笑了，因为她已经发到了最后一个人。然后坐到倒数第二排靠边的座子上。这是车内最不舒服的座，车座在车轮上面，座前鼓出一块儿，腿伸不开，阿机只能侧身坐。阿机侧身坐，显出好身材，白衬衣，蓝裙子，单纯得像个大学生。后来知道，阿机参加过彝族一年一度的选美。

二

车，行在林中。刚刚下过雨，有薄薄的雾，山间空气极清新。专家打开窗子，空气似清凌凌的水流进来。阿机站起来介绍，这一带是机播林，这里的负氧离子比西昌的高出百分之三十，至于成都，就更没办法比了。阿机在成都上的大学，那是她走出最远的地方。大家就做深呼吸，似乎要把北京带来的空气都替换掉。阿机见此状，略显得意，看得出她很爱自己的家乡。

车行一个小时多一点，转过山弯，停在半山腰的一个学校前，这是专家今天考察的第一所学校，四呷村小学。进门，南北各两间教室，不过四十平米的院子。桌椅已经搬空，墙角的房间里，扔着两个脏乎乎的搪瓷盆。旗杆上挂着国旗，风吹日晒，也已经褪去红色，有些近白了。昭觉县教育局长介绍，因是危房，这所小学已经搬走。但是，就在这小小的院子里，曾经装过八十多个学生。

阿机跟着人群，一间一间地看，神情有些落寞。上车后说：“这小学不错。”“啊？还不错？”专家说。专家昨天刚刚考察过西昌市的小学，气派的教学大楼，花园式的校园，塑胶跑道的操场。黑板分三块，中间拉开，是视屏，可以网络化教学。北京的专家说，这样的设备，北京的一些小学也不会有。可是，出西昌不过一小时，竟然成两个世界。市里是欧洲，第一世界；这里则是非洲，第三世界。专家多是教育界宿老，也算见过世面，见此状，还是惊讶得直咂舌。阿机不再吭声，默默地坐在座位上，望着窗外，陷入了沉思。“阿机，你想什么呢？”省教育厅民族处长问。阿机笑了笑，好像有点儿勉强。

三

汽车在盘山公路上爬行。山越来越陡，树也越来越稀疏，孤零零地像秃子头上的几根头发，也很少看到庄稼。偶尔会见一两片荞麦地，似撕碎的布衫挂在半山腰，这一切告诉车上人，我们来到了穷乡僻壤。

快到山顶时，车离开了沥青公路，车头向下，扎进了一条乡村马路。道路狭窄，坑洼泥滑，路边即是悬崖。车歪歪扭扭，似乎在拧着走。大家静下来，没有人说话。这样的险路，不用说，每个人都提着心，屏住了呼吸。好在这样的路不是很长，不到半小时，过了一条小溪，司机加足了马力，拐上了右面的一个山坳，停下来。路边，三间孤零零的瓦房，就是我们要考察的第二个学校：碗厂乡大石头村小学。

教室的门开着，校长等在房檐下，给考察的专家介绍情况。一切都在眼底，还需介绍什么？有的人站下来，听校长讲，有的直接钻进了教室。前窗还存玻璃，后窗只有几根棍子支着。还未进门，霉味扑鼻而来。说是教室，里边空空荡荡，除了黑板，一无所有。天花板被漏下的雨水画成一幅斑斓的黄色地图，地上也浸着水迹。这是否亦为废弃的教室？

屋外，校长已经介绍完，正与教育局长说话。财政不给钱，就这个状况。也许是如此想，在专家的面前，局长没有因为此校的窘境而难为情，但校长却看到了机会：“局长，你看我这的孩子，连个厕所都没有！”局长看了看县领导，看了看省教育厅的领导，再看了看专家难看的脸色，慷慨地说：“好吧，今年就给你修厕所。”校长傻傻地笑了：“谢谢局长，谢谢局长，那院墙呢？大敞着，不安全呢！”局长就有些无奈：“嘿嘿，你还没完了，院墙，等以后再说吧。”

山间空气虽好，但我觉得这里令人窒息，就走开了。对面三五

石头村妇女

碗厂乡大石头村小

步，有三个男人，两个穿棉袄的蹲在地上，一个穿夹克的站着，默默地看着这伙陌生人，发呆。一个妇女，领着小孩，从学校走过去，站在高处，也一声不吭地看着这伙人。我走过去说话。想不到，她会说很标准的普通话。一问，也是彝族，嫁到这里。看上去四十许，有些沧桑，实际年岁刚过二十，换到城里，略施粉黛，也是漂亮的女子。她没有上过学，普通话是在外打工时学的。孩子三岁，怯怯的，怎么逗也不说不笑。妇女说："他怕人。"我问："孩子大了，上学吗？""上！"妇女说着，眼睛望着远远的山下。山下就是昭觉县。

四

阿机一直跟在队伍的后面，不说话。依旧扶每个人上车，安安静静地坐在位子上，只是看着多了心思，若有所思的样子。

车摇晃了半小时，回到了沥青路上，轻快地往山下滑，但专家的心情却未从大厂学校走出来，个个心情沉重。有人在前面议论："想不到还有这样破的学校。"说到"破"时，我注意到加重了语音。没有说"落后"，因为"落后"不足以说明这个学校的现实情况，也不足以表达说话人的感受。然后就是沉默。阿机在后面说："我就在这样的学校读过书。"声音不高，但清晰，似乎沉浸梦中，却是清醒过来的话。这是大家要说的话题，却来了亲历的人。专家都回过头看着阿机。阿机知道大家等着她说，眼睛看着前面，也是面对全车的人，讲了她的经历。

阿机出生在美姑县。美姑出美女，西昌选美，冠军多出此地。阿机小时候就好看，但并不幸福。阿机爷爷很早去世，弟兄们欺负孤儿寡母，奶奶只好带着阿机爹、大爹、小爹和姑姑搬走他乡。阿机爹生了三个孩子，阿机、阿机妹妹和弟弟。但是阿机几岁时，妈妈就离家出走，是爹把他们拉扯大。爹发誓培养孩子成人。开始在村里上学，就是大厂学校的样子。爹说，这样的学校教不出孩子，搬家到县城。还是觉得不行，就搬到西昌。阿机爹没文化，不知有孟子，却做了孟母三迁的事。阿机爹靠打工供三个孩子上学，打工钱不够，就去乞讨，看尽了白眼，吞尽了心酸。阿机爹一生的辛苦，加上一身病，改变了孩子们的命运。阿机考入四川师范大学传播学系，刚刚毕业分配到西昌市政府招待处。妹妹今年高中毕业，考入西南民族大学。弟弟正上高一。

阿机讲她自己的故事，很平静，像在讲他人的故事。专家却被深深感动，爱开玩笑的陈老红了眼圈。就问："你妈回来了吗？""没有。""知道她的消息吗？""没有。""想不想你妈？""不想。我们很小，她就走了，我们姐妹都不知道有她。""你爸呢？""还在西昌打工。但身体已经不行了，有好多病。"说到这里时，阿机眼圈红了，眼角有了泪花。低着头，走到车前，打开纸箱，给大家分水。直起腰时，眼睛微微地笑了：“现在好了，我有了工资，可以为爹分担一些。”又说：“我最大的愿望，就是给爹治好病，再买一件新衣服给他穿上，带他去北京、去世界旅游。”

此时大家才注意到，阿机的确是个美人儿。阿机的脸微黑，典型的彝族鼻子，挺拔，但含蓄，不似欧洲白人鼻子那么嚣张。阿机的眼睛最漂亮，圆圆的杏核眼，微挑。黑眼仁多，白眼仁少，自然笑。说到“好了”时，更显出甜甜的味道。听阿机讲着故事，我有时会走神，总是瞬间闪过山上见到的妇女。

阿机注意到了专家的沉重，站在座位前，说：“我给大家唱支歌吧，是火把节唱的。”彝语，听不懂歌词，声音却好听，学生腔改造了民歌的热烈与狂野，轻轻地飘着淡淡的忧伤，淡淡的渴望。

杭州女子

五月二十七日，取道巴黎访问古巴。北京时间一时许乘法航 381 飞巴黎。因是半夜，正是平常睡觉时分，不管灯光多么明亮，人声如何嘈杂，一沾上 11L 的座位，就睡着了。

睡梦中，听到有孩子和两个女人的说话声，从右身后细细传来，混杂着法语和中文。努力辨识着三个人的身份，模模糊糊知道，姥姥、妈妈和孩子。

似乎是循着声音醒来，已是三点。扭头看去，却见一个混血的男孩儿，约莫三四岁的样子，栗色头发，深陷的眼睛，细嫩的皮肤，色白如瓷，极为可爱。不觉眼睛一亮，完全回到了机舱，不时扭过头去。发现关注孩子的不仅是我。所有经过的人，中国的，欧洲的、非洲的，当然是从肤色辨认，几乎都要和孩子打个招呼。哈罗！你好！乘务长还特意来过两次，站在那孩子的前面，第一次逗逗孩子，第二次则站在孩子面前端详了几分钟，什么也没说，带着满足离去。那孩子也极有教养的样子，对别人的问候，他也就回以中文或法语的问候。无疑他是今晚这个航班上的明星，他感觉到了，他的妈妈和姥姥也自然神会，都是骄傲而有礼貌的样子，浅浅地笑着。

妈妈不过四十岁，据我的经验，应该在三十三四。穿着黑纱地儿缀以枣红花饰的裙子，裙摆稍稍过膝，看上去一米七的身材，在中国人中也算是个儿高的女子了。聊了几句，操南方的标准话，看长相，圆脸盘，稍方，分明是江浙人，而且十之八九是杭州女孩。眼亮，齿白，虽然说不上漂亮，却称得上是明眉皓齿的类型。

显然这是一个中国女孩和法国人的故事。但是哪一种类型的呢？

很奇怪，我最先想到的是乘务长。黑发，脸瘦削，刚刚刮过的胡子泛着青，眼睛凹陷，却不似德国人深，黑眼仁儿。法国人身材都不会太高，一米七八，却笔挺，一身黑制服，上衣下摆双开气儿。虽然五十开外，却分明透着帅气。

五年前，也许更早些，杭州女孩去法国巴黎第三或者第五第六大学留学。本来她在上了浙江大学或者复旦大学的硕士后，是可以接读博士学位的，导师信誓旦旦。但是她大学读多了雨果或者萨特，也许她厌倦了大学里铁板般凝固的课程、死水样沉闷的气息，或许很简单，就是因为讨厌导师那双大眼睛——一个男人为什么长了女人的东西呢——突然决定要去法国。于是才坐上了法航318的航班。凌晨三点，口渴，要水，却又不好打扰那些辛苦的空姐。她悄悄地走到前舱，恰遇乘务长，端着一杯咖啡。杭州女孩用生涩的法语打招呼："您好"。乘务长笑了，他知道这个女孩的法语是刚刚学的，而且那时间至多也不过半天。他很欣赏这个女孩的大胆和礼貌。就用标准的法语回敬说："早上好！"然后用英语问她："你是中国人吗？是要用水？"说话间给女孩端过了一杯。但是此时的女孩却忘了接水。她停留在乘务长的笑中。眼睛不大，微微地笑，眼角浅浅的鱼尾。"是的，我是杭州人。谢谢你的水。"她突然觉得自己有些失礼，用一口标准的美国英语回答说。"是去巴黎？""嗯，去上学。"近些年，中国人钱多了，留学的人便如暴涨的河水，汹涌而出，尤其是暴贵暴富的人家，乘务长想。但如果是有背景的家庭，一定有人前呼后拥地招呼着。这个妮子却只身一人，定然是个普通的学生。"哦，如果你需要帮忙的话"，乘务长在便笺上写下他的电话，杭州女孩也留下了手机号，当然也就有了故事。

飞机继续着行程，人们沉沉地睡着，偶有一两个灯光，一个中国人在看电视，一个欧洲人在读书。我抬起头来，回看了一眼杭州女子，母子三人似乎睡了，男孩儿的头偎在母亲的胳膊上，从微光中可以感受一丝甜甜的笑。我又眯起眼来，似睡非睡地想下去。

乘务长与杭州女孩的见面，一定不会时间隔得太久，当然也不会太近。大约是在一个月或两个月之间。杭州女孩已经办完入学手续，而且已经上了四周或五周的语言课。一日课间，杭州女孩突然接到一条短信："一切都顺利吗？"后面属了乘务长的名字，巴斯蒂安或者是布里斯。杭州女孩到了巴黎，已经换了巴黎的手机号，但是，还保留着原来的号码，以备和国内联系。巴斯蒂安？布里斯？在自己认识的法国人中没有这个名字啊，女孩一下子没有反应过来。但是也仅仅是一瞬而已，女孩马上想到了浅浅鱼尾的眼睛和胡茬泛着青的脸颊。于是他们有了第一次约会。

他们的约会应该在哪里呢？一定是巴黎塞纳河左岸。巴黎大学、法兰西学院都在左岸，而且那里的咖啡馆多是名人出入的所在。他们最有可能去的，是普罗科普咖啡馆，这家被誉为法国第一家的文学咖啡馆，过去常有伏尔泰、卢梭、巴尔扎克、雨果光顾，还有波蔻伯咖啡馆，也是伏尔泰、雨果和巴尔扎克经常去的地方。当然，他们的第一次约会，去花神咖啡馆和双偶咖啡馆最浪漫，最有情调，因为萨特和他的伴侣波伏娃经常到两个咖啡馆里相会，据说毕加索与他的女友是在双偶咖啡馆一见钟情的。一九三六年，在双偶咖啡馆的阳台上，朵拉·玛尔与毕加索相识，此后九年，朵拉成了毕加索的爱人，同时她也是影响画家一生的重要人物。法国人约会十分简单，一杯咖啡，或一杯啤酒，就可以待一个下午或一个晚上。至于音乐，声音一定是浅浅的，如同那灯光，柔和得让人有些伤感。不会放摇滚，摇滚只适合广场。放的是爵士？还是美国的乡村音乐？不，不，法国人从骨子里看不起美国人，没文化的美国佬，法国人经常这样说。那又放什么呢？十二、十三世纪吟唱诗人的田园歌？晨歌？世态风情？爱情？

我又睡了过去。

中间，似乎乘务长又来过，端来一杯橙汁，送来一块巧克力蛋糕。但我不能肯定是现实，还是梦中。

北京时间十一点，巴黎时间五点，飞机广播即将到达戴高乐机场。旅客开始忙起来，准备下飞机。杭州女孩也在收拾包裹，小男孩站在母亲的身前，帮着母亲。一辆车模，放进去又拿出来，和母亲争个不停。此时，乘务长又走过来，用法语和小男孩说了几句。小男孩很听话，拿着车模，重新坐回座位。杭州女孩冲着乘务长笑了笑，乘务长又回到了前舱。我想，在男孩子那里，还是爸爸有威力，妈妈怎么说，孩子都不听，爸爸来说了几句，就解决了问题。平时这个家，也一定是慈母严父的类型。

飞机平稳落地，在机坪上滑行。我想，杭州女孩一定是先出飞机，等在机场的某个地方，与乘务长一起回家。飞行了十几个小时，他们也应该回家睡个好觉了。明天就是个周末，他们一家四口，肯定回到巴黎郊外或某个公园，度过一个快乐的日子。小男孩在草地上飞跑，爸爸和妈妈在后面追，太阳和白云跟在他们的头顶，然后滚在一起。

飞机停靠在机场，人们依次走下飞机。乘务长站在机舱口，和每一个人打着招呼，用英语说着再见。杭州女孩一家三口也来到舱口，乘务长突然用汉语对走在前面的小男孩说："再见，小朋友。"又对着杭州女孩说："再见，你有一个很可爱的儿子。""谢谢您的夸奖，谢谢您的一路关照。"杭州女孩说。

此时，走在后面的我醒了过来，心想，自己做了一个美丽的梦。

《文学遗产》编辑们的印象

自进入现代以来，期刊就成为学术研究重要的传播基地。《文学遗产》自一九五四年创刊，六十年来，几乎与中国古代文学研究同步，其在中国学术史上的意义，不仅仅是如前所说的传播学术研究成果的价值，同时还发挥了组织学术研究、引导学术研究走向、培养学术人才的重要作用。六十年来，《文学遗产》正因为如此，逐渐确立了它在中国古代文学研究领域的权威地位，受到学人的热爱和崇敬。《文学遗产》已经成为中国古代文学学科发展的重要组成部分。

一部期刊是否具有权威性，固然以其所发表的学术研究文章是否有较高水平、所拥有的作者是否为学界有影响的学术群体为衡量标准。但是，因为中国社会浓厚的行政化色彩，以及从上到下的等级观念，期刊的权威性也受到了非学术因素的影响。所以并非所有的所谓级别较高的期刊，在学者的心目中都有其认可的声望。《文学遗产》在当代古代文学研究者心中的地位，并不在于它是中国社会科学院的刊物，而在于它积数十年推出有水平学术文章在学者中形成的口碑。这种清议比刊物的级别更真实地反映了《文学遗产》的水平和影响。

学术期刊的质量，决定于各种因素，如办刊宗旨、对待学术研究的态度、衡量稿件的标准、稿源的质量，等等，而编辑队伍在其中发挥的是极为重要的作用。《文学遗产》自创刊以来一直保持较高的学术水平与不可替代的学术声誉，其重要原因之一，即在于数十年来，它拥有几代人组成的好的编辑队伍。我二〇〇三和二〇〇四年间很荣幸担任《文学遗产》的通信编委，后来虽然参加了《文学评论》编委，而且由于庶务缠身，研究古代文学的文章也一年比一年少，很少给《文学遗产》投稿，但是承蒙《文学遗产》不弃，还是经常被邀请参加编委会扩大会议或其所主办的学术研讨会。与《文学遗产》的编辑们有了很多的交流机会，尤其是和三任主编徐公持、陶文鹏、刘跃进先生交往较多，是比较好的朋友，因此对于《文学遗产》的编辑有所了解，深感这个刊物保持较高的质量和水平，实在是与编辑队伍有着密切的关系。我对《文学遗产》编辑的印象是三真：

真学者。学者，其实很简单，就是向学者也。学术期刊的编辑与研究人员有别，不能要求编辑似研究人员那样倾注心力于学术研究，研究人员以成果说话，以优秀成果立世；而学术期刊编辑则是以其编辑的期刊说话，以期刊的质量立世。所以，衡量的标准有所不同。但是学术期刊的编辑与研究人员一样，必须是真学者。是真学者，才会对学术有真敬重，对真理充满神圣感，我一直以为这是学术期刊优秀编辑所应有的根本素质。是真学者，方能懂得治学的甘苦得失，不仅能够敏锐捕捉到文章的新意，珍惜作者的纤毫创造，而且还会以学者的眼光，从学理上审视其创新的合理性。当然，如果编辑又是某一方面的专门家，自己也是一个有着丰富研究经验的人，那当然更好。我与《文学遗产》的编辑们接触，在这一点上的感受还是比较深的。徐公持先生研究魏晋南北朝文学，在中国社会科学院文学研究所编撰的大文学史中，他撰写的《魏晋文学史》颇获好评。后来他患病在身，并且在前些年退了休，但仍治学不辍，成果颇丰。陶文鹏先生也是如此，不管在职或不在职，都勤勉笔耕，令人钦佩之至。二〇一三年，青年编辑张晖突然离世，在学术界引起很大震动，了解他的人都知道，这位学者是拼命三郎，他是累死的。以上这些例子都说明这些编辑是把学问作为终身事业来做的。

真学问。《文学遗产》的编辑们不仅治学态度认真，学问学识也多好。学术期刊的编辑可以不做具体的研究，但是必须要有学识。

了解学科发展的脉络，把握学术发展的走向，有眼光，有主见。不仅如此，编辑还要有学问，熟悉文献，有广博的知识积累。对于古代文学研究，几任主编都有自己的见解。陶文鹏先生一直主张文学研究要回归文学，不但重义理、考据，还要重视词章。他自己的文章多文采斐然。现任主编刘跃进是研究秦汉魏晋南北朝文学的专家，近些年来在秦汉文学编年及文学地理与文人分布研究方面，颇有成就。他是做文献的出身，文献功底厚实，所以对于古代文学研究，他是极为重视文献的。作为文学所的领导，他最近发表文章，强调古代文学研究的社会责任和人文关怀，我是赞同的。还有副主编竺青先生，给人的印象是极为尖锐，这种尖锐也是来自他的学识。二〇一三年在安徽开《文学遗产》编委会扩大会，张剑、孙少华、刘宁和石雷等几个年轻的编辑，分别总结分析先秦至明清各段文学的研究现状和应该注意的问题，令全体与会的专家眼睛一亮。他们对学科研究现状之熟悉，对问题分析之深入，其学养之好，给我们留下极为深刻的印象。

真朋友。编辑与作者之间的关系，在我看来永远是朋友的关系，优秀的编辑一定有一个优秀的作者群。他们了解这些研究者的为人、学科背景，掌握他们的研究动向，关注他们的研究成果。当然这种朋友关系，不是庸俗的人际交往，更非互相利用的利益关系。作为编辑，是作者的真朋友，一定既是作者的知音，又是作者的诤友。

在学术面前，不讲关系，不讲情面，只讲学理和学术水平。这些年来，我与《文学遗产》编辑们的交往基本都是学术交往，真正感受到这些朋友的可敬和可爱。二〇一一年，召开我的诗集《岁月深处》研讨会，陶文鹏老师赏光参加了这个活动。他认真读了我的诗集，做了充分准备，有的诗还能背诵下来。在会上，陶老师既肯定我的新诗创作，甚至把我的《燕子》许为新《慈母吟》；但是他也毫不客气地指出了书中的语句和文字问题。这些年，我培养博士生时，认为有的论文写得还好，我也鼓励他们抽出其中精华部分，投给《文学遗产》。编辑们都能认真处理稿件，包括主编。对于基础较好，但还有问题的文章，反复与作者切磋修改，直至可以发表。学生们和我谈起这些，都很激动。《文学遗产》编辑们这种不鄙薄新人、耐心扶植年轻学者、帮助他们提高文章质量的作风，令人十分感佩。

在中国，六十是一甲子，如果是人，应该是大寿辰。六十年来，《文学遗产》积累了很多好的传统，值得认真总结。其中组织好一支优秀的编辑队伍，也应该是其成功之道吧。

寻踪古代读书人（上）

一

我一直追寻他们的足迹，试图接近他们，以为“乘之愈往，识之愈真”的，却望之若至，临之已远，始终无法认清他们的真相，描写出他们的精神相貌。

在《二十四诗品》里，我似乎遥遥见到过他们的潇洒身影：“玉壶买春，赏雨茆屋。坐中佳士，左右修竹。白云初晴，幽鸟相逐。眠琴绿阴，上有飞瀑。落花无言，人淡如菊。书之岁华，其曰可读。”显然，这是一群文人雅士，过的是落花无言、人淡如菊的读书生活。“治生不求富，读书不求官。譬如饮不醉，陶然有余欢。”他们以书为酒，以书为乐，陶然书卷，如同羲皇上人。

我又在李白《嘲鲁儒》诗中，读出他们的痴愚：“鲁叟谈五经，白发死章句。问以经济策，茫如坠烟雾。足著远游履，首戴方山巾。缓步从直道，未行先起尘。秦家丞相府，不重褒衣人。君非叔孙通，与我本殊伦。时事且未达，归耕汶水滨。”方巾缓步，慢慢吞吞，只知道读死书，死读书，不懂世事，更无治世才能。

但一转眼，苏轼又呈现出他们的另一幅形象：“开济明豁，包含宏大。凌轹卿相，嘲哂豪杰。笼罩靡前，跆籍贵势。出不休显，贱不忧戚。戏万乘若僚友，视俦列如草芥。雄节迈伦，高气盖世。可谓拔乎其萃，游方之外者也。”他们胸怀济世之才，出类拔萃。在他们眼里，皇帝算什么？诸侯卿相更不在话下。

中国的读书人，究竟是一些什么样的人？

二

读书人，在中国古代，最早是一种身份。读书人有一个统称——士人。西周时期，贵族分为五个等级：天子、诸侯、卿、大夫和士，士是贵族里边最低的一个等级。

垫底的贵族也是贵族。在“学在官府”的制度下，士虽然属于贵族里边的底层，却同天子、诸侯一样有权利接受教育。《尚书·尧典》：“帝曰，夔，命汝典乐，教胄子。”胄子就是贵族子弟，士的子弟也属于这个被教育的范围。虽不能说凡贵族必为读书人，但读书人必为贵族却是事实。

春秋时期，礼坏乐崩，封建制解体，原来天子和诸侯控制的教育，改变为“学在四夷”，私人也可以办学了。士的阶层也发生了变化，诸侯、卿、大夫或下降为士，庶民或挤进了士，士的阶级队伍不再单纯，士的工作性质也专业化，从文武不分转变为文士，并且主要从事文化事务。

但很快，读书人的身份意义，让位给精神意义。

三

孟子说：“劳心者治人，劳力者治于人。治于人者食人，治人者食于人。天下之道义也。”因为这句话，孟子挨了无数口诛笔伐。但他说的是事实，要想管理人，而非被人管理，只有读书。“学而优则仕”，读书优秀者，才有机会做官。

汉代以经明行修取士，自然要读经。唐代建立科举制度，有明经科，要求通九经中的两经。而进士科也包括经书的考试。在中国古代，读经是读书的重头戏。

欧阳修甚至说：“经之所书，予所信也；经之所不言，予不知也。”经书之外，他一无所知，这当然不是实情。因为欧阳修是位博学之人，经书之外，史书、子书、集部也都精通，他本身就是一位文学家和史学家，是唐宋古文八大家之一，又与宋祁共同写了《新唐书》。他之所以这样说，无非是强调经书的重要。

杜甫《题柏学士茅屋》说："富贵必从勤苦得，男儿须读五车书。"宋真宗《劝学》也说："男儿欲遂平生志，六经勤向窗前读。"显然宋真宗是从老杜那儿学的，但说的都是一个道理，为了功名富贵读书。

韩愈《符读书城南》："人之能为人，由腹有诗书。诗书勤乃有，不勤腹空虚。"读书的结果是树人，仅看此二句，韩愈如同今人转世。但他很快又穿越回唐代："三十骨骼成，乃一龙一猪。飞黄腾踏去，不能顾蟾蜍。一为马前卒，鞭被生虫蛆。一为公与相，潭潭府中居。问之何因尔，学与不学欤。"陷入功名富贵的老套子。

这是古今读书人的命，摆脱不掉。

四

不过，读书人很神奇，他能把鞭子转化为如意，把砒霜变为饴糖。被动读书，一旦转化为读书的自觉，读书遂成为人生的第一需要，受苦亦蜕变为享受。

陶渊明《读山海经》："孟夏草木长，绕屋树扶疏。众鸟欣有托，吾亦爱吾庐。既耕亦已种，时还读我书……微雨从东来，好风与之俱。泛览周王传，流观山海图。俯仰终宇宙，不乐复何如？"读书如同夏日草木繁茂一样自然，如同鸟儿有巢、人有屋子一样找到归宿。当农事已过，好风送来微雨之时，读书草堂，俯仰之间，周游宇宙，不乐何如！

韩愈读书，“口不绝吟于六艺之文，手不停披于百家之编”，并且达到了“处若忘，行若遗，俨乎其若思，茫乎其若迷”的精神状态，实际上就是忘我的状态，我化为书了。

陆游《寒夜读书》：“韦编屡绝铁砚穿，口诵手抄那计年。不是爱书即欲死，任从人笑作书癫。”不读书，活着不如死，不是书疯子，又是什么？

朱熹说：“读书者当将此身葬在此书中，行住坐卧，念念在此，誓以必晓彻为期。看外面有甚事，我也不管，只恁一心在书上，方谓之善读书。”不读书要死，读书还是死，不过是葬身书中。读书就是生命的存在，存在的生命。

李贽一生嗜书如命，以至于痴：“龙湖卓吾，其乐何如？四时读书，不知其余。”“束书不观，吾何以欢？颐性养神，正在此间。”一年四季，只知道读书，不知他事，读书给了他快乐，读书使他怡神养性。这就是李贽的《读书乐》。

五

所谓读书人，意味着一种独特的生活方式。

欧阳修《归田录》中讲过吴越王钱俶的儿子钱惟演："平生惟好读书，坐则读经史，卧则读小说，上厕则阅小辞，盖未尝顷刻释卷也。"读书是他一生的嗜好，可他不痴呆，读书与生活起居气味相投。读"人道之大经，政事之根本"的经史，正襟危坐；读"出于稗官，街谈巷语，道听途说者之所造"的小说，则是倚在床上读；而那些辞人的作品，只能就着厕所的味道读了。

罗大经《鹤林玉露》："唐子西诗云：'山静似太古，日长如小年。'余家深山之中，每春夏之交，苍藓盈阶，落花满径，门无剥啄，松影参差，禽声上下。午睡初足，旋汲山泉，拾松枝，煮苦茗啜之，随意读《周易》《国风》《左氏传》《离骚》《太史公书》及陶杜诗，韩苏文数篇。从容步山径，抚松竹，与麝犊共偃息于长林丰草间。坐弄流泉，漱齿濯足。既归竹窗下，则山妻稚子，作笋蕨，供麦饭，欣然一饱。弄笔窗前，随大小作数十字，展所藏法帖、墨迹、画卷纵观之。兴到则吟小诗，或草《玉露》一两段，再烹苦茗一杯。出步溪边，邂逅园翁溪叟，问桑麻，说粳稻，量晴校雨，探节数时，相与剧谈一晌。归而依仗柴门之下，则夕阳在山，紫绿万状，变幻顷刻，恍可入目。牛背笛声，两两来归，而月印前溪矣。"

罗大经的山居生活，看松影参差，听禽声山下，偃息草地之上，弄泉山径之间，说话桑麻，喝茶读书，极散淡，极自然，极轻松，亦极欣然。这也许就是诗意的栖居吧？

六

读书人固然有“白发死章句”的腐儒，但也有很多会玩的艺术家，琴棋书画，无所不能。其实不是刻意要玩，那也是一种生活方式。

魏晋时期的竹林七贤，多是当时杰出的艺术家。在文学史上，嵇康是以玄学家和文学家的面孔出现的，“嵇志清峻”，评其诗也。实则他还是音乐家和书画家。“目送归鸿，手挥五弦”，弹琴的嵇康，神情高远，意态悠然。临刑，索焦尾琴，弹一曲《广陵散》，慨然长叹：“《广陵散》于今绝矣！”在琴学史上，绝无仅有。

竹林七贤中的阮咸不仅妙解音律，时人谓之“神解”，而且在“秦琵琶”基础上发明一种长颈、四弦琵琶，唐人称为“阮咸”。这也成为琵琶的别名。

陶渊明之于音乐，虽然未获“家”名，却常置无弦琴，兴发时挥之，深得老子大音无声的神理，他欣赏的是无声中的至音，空前绝后。

魏晋南北朝时期，是中国书法史上极重要时期。读书人中出现一批书法家。曹魏时期的钟繇、卫觊，西晋时期的陆机、卫瓘、索靖，东晋时期的王羲之、王献之，影响后世深远。

嵇康的草书也很著名，被唐代张彦远《书法会要》评为第二，而号称“书圣”的王羲之仅列第八。

其实，古代的读书人，随便都是书画家。唐代大诗人王维的山水画，苏东坡的诗书画三绝，以今人的标准，不知有多少读书人荣任书协主席、美术家协会主席，那位子岂不挤爆！

“闲敲棋子落灯花”，读书人弈棋亦是一趣。流传千古的就是谢安弈棋以败苻坚的故事：苻坚率众号百万，次于淮肥，志在灭晋，京师震恐。而谢安夷然无惧色，指授将帅，各当其任。“玄等既破坚，有驿书至，安方对客围棋，看书既竟，便摄放床上，了无喜色，棋如故。客问之，徐答云：‘小儿辈遂已破贼。’”黑白二子，读书人弈的是天下棋局。不过，读书人胸有万卷文章，博弈人生，亦是等闲的。

七

钱穆说，中国古代是“天下高于国，社会高于君，学术高于政治”，经书高于政治，道高居君王之上。读书，就是要明道，譬如孔孟之道。

孔子之道，可概括为二：礼与仁。

礼，是社会结构与社会组织。—“齐景公问政于孔子，孔子对曰：君君，臣臣，父父，子子。”君臣父子，再加入汉儒夫妇之道，就是董仲舒所说的三纲，即君为臣纲，父为子纲，夫为妻纲，这是君臣、父子、夫妇之间的伦理，等级分明。

君君，臣臣，父父，子子，也包含了对君臣父子自身的规定，即君行君事，臣尽臣道。父行父道，子行子道。君做明君，替天行道，施行仁政；臣为忠臣，鞠躬尽瘁，尽忠竭智；父为慈父，子为孝子。

仁，是人的内在规定，是对人的普遍要求，带有对人的普世关怀。“樊迟问仁，子曰：爱人。”这是孔子仁学思想的核心。成为一个有仁德的人，就应该具备爱人的仁慈情怀。怎样爱人？孔子讲忠恕之道，“己欲立而立人；己欲达而达人。”本着同情心，像对待自己一样对待他人。

孟子之道，是为仁政与民本思想。

“三代之得天下也以仁，其失天下也以不仁。国之所以废兴存亡者亦然。”天下得失成败，皆缘于是否施行了仁政。不施仁政，天子不能保四海，诸侯不能保社稷，卿大夫不能保宗庙，士庶不能保一己之命。

仁政就是以民为本。“桀纣之失天下也，失其民也；失其民者，失其心也。得天下有道：得其民，斯得天下矣；得其民有道：得其心，斯得其民矣；得其心有道：所欲与之聚之、所恶勿施尔也。”获得百姓的支持，方能得到天下；而真正获得百姓的支持则在得民心，天下之得与失，系之民心向背。由此孟子提出一个万世不泯的结论：“民为贵，社稷次之，君为轻。”

读书人未必都理政，但治国平天下的道理要懂。

八

读书既明理国大道，亦得修身之道。孔子说：“古之学人为己，今之学人为人。”为己，并非为的赚金钱，得官爵，住高屋，娶美女，钟鸣鼎食，荫泽百代，而是为了修身。

孔子说：“德之不修，学之不讲，闻义不能徙，不善不能改，是吾忧也。”他感到忧虑的是修身不到。

修身有其要义，孟子主张，就是找回人的本性：“恻隐之心，人皆有之；羞恶之心，人皆有之；恭敬之心，人皆有之；是非之心，人皆有之。恻隐之心，仁也；羞恶之心，义也；恭敬之心，礼也；是非之心，智也。仁义礼智，非由外铄我也，我固有之也，弗思耳矣。”找回同情心，羞耻心，恭敬心，是非心，即是追回本来属于人的仁、义、礼、智。孟子是性善论者。

孟子说：仁，是人之心；义，是人之路。放着正路不去走，丢了良心不去求，岂不哀哉！“人有鸡犬放，则知求之；有放心而不知求。学问之道无他，求其放心而已矣。”鸡犬丢了，知道去找；良心丢了就丢了，不知找回。岂不是本末倒置，轻重不分？读书，就是把丧失了的良心找回来。

读书人，就是找回良心的人。

寻踪古代读书人（下）

一

读书人得道，是为了弘道。自圣人起，汲汲于仕途，目的即在此。

孔子曰："如有用我者，吾其为东周乎。""道千乘之国，敬事而信，节用而爱人，使民以时。"这一直是孔子追求的目标。他又说："苟有用我者，期月而已可也，三年有成。"一年打好基础，三年实现目标，信心十足。

孔子周游列国，到处碰壁，惶惶若丧家之犬，"知其不可而为之"，三个月没有君主任用，就焦虑万分，每离开一个国家，必准备好与另一个国家君主见面的贽礼，就是为推行他理想的道。

孟子更是雄心勃勃，学成于子思弟子，即“游事齐宣王，宣王不能用，适梁”。孟子感慨道：“仕之失位也，犹诸侯之失国家也”，“士之仕也，犹农夫之耕也”。诸侯没有国家，农民不能种地，就失去根本。读书人的根子，是可以施展其抱负的官职。

他也有大言：“夫天未欲平治天下也，如欲平治天下，当今之世，舍我其谁欤。”“王如用予，则岂徒齐民安？天下之民举安。”并非吹牛，而是自信。

孟子所描写的圣人，都是他理想的化身。《孟子·万章上》说商时的大臣伊尹，当其未仕时，种地于有莘国，而乐尧舜之道。汤开始派使者聘请他，他仍以乐在田野中而拒绝。几次聘请后，幡然改变态度，说：“与我处畎亩之中，由是以乐尧舜之道，吾岂若使是君为尧舜之道哉？吾岂若使是民为尧舜之民哉？吾岂若于吾身亲见之君哉？”接受了汤之聘请。

孟子于是感慨伊尹：“思天下之民匹夫匹妇有不被尧舜之泽者，若己推而内之沟中，其自任以天下之重如此。”出仕是为了道行天下。

《孟子·离娄下》：“禹、稷当乎世，三过家门而不入。孔子贤之。颜子当乱世，居于陋巷，一箪食，一瓢饮，人不堪其忧，颜子不改其乐，孔子贤之。孟子曰：禹、稷、颜回同道。禹思天下有溺者，由己溺之也；稷思天下有饥者，由己饥之也，是以如是之急也。

禹、稷、颜子易地则皆然。”孟子宣讲禹、稷事迹，是在树立读书人的样板。禹、稷辅佐尧帝，平治水土，教民耕稼，完全是一种责任，一种使所有天下人得其所哉的责任，一种若天下不治而自己就有沉重负罪感的责任！这是读书人伟大的负罪感，是中国的基督精神。

“乐以天下，忧以天下”，此为孔孟以来读书人的人生观。

二

读书人这种以天下为己任的情怀，在汉代有至为突出的表现。

东汉时期与宦官势力斗争的名士陈蕃，当其未仕时，就有扫清天下的志向。《后汉书·陈蕃传》记载：“蕃年十五，尝闲处一室，而庭宇芜秽，父友同郡薛勤来候之，谓蕃曰：‘孺子何不洒扫以待宾客？’蕃曰‘大丈夫处世，当扫除天下，安事一室乎？’勤知其有清世志，甚奇之。”

党锢之祸时的名士清流，也都有强烈的济世意识。士人领袖李膺“高自标持，欲以天下风教是非为己任”。另一名士范滂被任为清诏使，“登车揽辔，慨然有澄清天下之志”。这些士人还在布衣之时，就有了以天下为己任的思想，所以在与宦官的斗争中，不惜舍生取义，其事迹惊天动地。

这种天下之志，演变为后代的“先天下之忧而忧，后天下之乐而乐”和“天下兴亡，匹夫有责”的社会责任情怀。

三

再说读书人的守道。读书人弘道不易，守道更难。

读书人的操守，首先就是守道。孔子说："笃信好学，守死善道。"孟子说："守，孰为大？守身为大……守身，守之本也。"守身，就是守道。

守道中的最高境界是安贫乐道，不以贫贱为耻、寂寞以守志。孔子说："饭疏食饮水，曲肱而枕之，乐亦在其中矣。不义而富且贵，于我如浮云。"孔子还说："君子固穷，小人斯滥矣。"他是把穷时能否固守其道，视为读书人和文盲的分野。

孔子的弟子曾参、颜回、子思，如他的老师一样"忧道不忧贫"，由此而有了颜回之乐。子曰："贤哉回也！一箪食，一瓢饮，在陋巷，人不堪其忧，回也不改其乐。"颜子之乐，乐在守道。

《庄子》记载了许多孔子弟子故事。

《让王》篇记子思："原宪居鲁，环堵之室，茨以生草，蓬户不完，桑以为枢，而瓮牖二室，褐以为塞，上漏下湿，匡坐而弦歌。子贡乘大马，中绀而表素，轩车不容巷，往见原宪。原宪华冠縰履，杖藜而应门。子贡曰：'嘻！先生何病？'原宪应之曰：'宪闻之，无财谓之贫，学而不能行谓之病。今宪贫也，非病也。'子贡逡巡而有愧色。原宪笑曰：'夫希世而行，比周而友，学以为人，教以为己，仁义之慝，舆马之饰，宪不忍为也。'"子思辩贫、病之义，实表明自己不以贫困为耻，而耻于学而不行，不愿趋世而行。

又曾参的故事："曾参居卫，缊袍无表，颜色肿哙，手足胼胝。三日不举火，十年不制衣，正冠而缨绝，捉衿而肘见，纳屦而踵决。曳履而歌《商颂》，声满天地，若出金石。天子不得臣，诸侯不得友。故养志者忘形，养形者忘利，致道者忘心矣。"曾参三天不开火，十年不置新衣，穷顿至极。尽管这样，天子却不能使他为臣，诸侯不能与他与友。

四

儒者如此，庄子之徒亦是如此。《史记·老子伯夷列传》记载庄子："楚威王闻庄周贤，使使厚币迎之，许以为相。庄周笑谓楚使者曰：'千金，重利；卿相，尊位也。子独不见郊祭之牺牛乎？养食之数岁，衣以文绣，以入太庙。当是之时，虽欲为孤豚，岂可得乎？子亟去，无污我。我宁游戏污渎之中自快，无为有国者所羁，终身不仕以快吾志焉。"

此故事当来自《庄子·列御寇》："或聘于庄子，庄子应其使曰：'子见夫牺牛乎？衣以文绣，食以刍菽，及其牵而于大庙，虽欲为孤犊，其可得乎？'"又《庄子·秋水》记载："庄子钓于濮水，楚王使大夫二人往先焉，曰：'愿以境内累矣。'庄子持竿不顾，曰：'吾闻楚有神龟，死已三千岁矣，王以巾笥而藏之庙堂之上。此龟者，宁其死为留骨而贵乎？宁其生而曳尾于涂中乎？’二大夫曰：‘宁生而曳尾涂中。’庄子曰：‘往矣，吾将曳尾于涂中。’”

这里，庄子没有说要守道，直接表达的是对隐居生活的坚守。而此时的庄子生活情况又是如何呢？《庄子·列御寇》记载宋人曹商眼中的庄子当是实况：“夫处穷闾厄巷，困窘织屦，槁项黄馘者”，生活极为困窘。即使如此，重金厚禄，仍不能动摇其志。这里所反映的实则是庄子一生坚守的道，即宁受贫困之苦，亦不为外物所羁的自由精神。这同样也是读书人的守道精神。所不同的是：儒家固穷守道，是为了行仁义。《说苑》卷四引子路语：“不能勤苦，不能恬贫穷，不能轻生死，而曰我能行义，吾不信也。”而道家却是为了忘形、忘利、忘心，守住自然之性。守道，非是为了穷贱，但贫穷而不改其志，是读书人所推崇的安贫操守。

五

以道为旗帜，读书人不仅有了抵抗贫困的精神支柱，也有了傲视王侯的资本。有道不惧贫，有道不畏势。

“三军可夺帅也，匹夫不可夺志也。”先秦读书人，自孔子起，就推崇坚毅的个体人格，而且认为个人的人格非权力可以动摇或改变。在孔子那里，不但要臣“事君以忠”，还要“君使臣以礼”。

孔子的学生亦如是，他们入世为臣，不仅要看这个国家是否有道，还要看征聘的王侯能否待之以礼。《荀子·大略》:“古之贤人，贱为布衣，贫为匹夫，食则馇粥不足，衣则竖褐不完，然而非礼不进，非义不受，安取此。子夏贫，衣若悬鹑。人曰：‘子何不仕？’曰：‘诸侯之骄我者，我不为臣；大夫之骄我者，吾不复见。’”荀子所说的古之贤人，即指子夏。子夏虽然贫穷，却义不苟进，不肯为傲慢对待他的诸侯大臣，不肯再见傲慢对待他的大夫，个人的人格高于一切。

对于子夏这样的读书人而言，仕与不仕，不是一种物质上的需要，而是决定于个人的独立人格是否得到尊重，是否得到君主的礼遇。

六

孟子更是一个重视个人人格的读书人。《孟子》一书中，孟子有多次与他的弟子讨论仕与不仕的问题，其中一个很重要的条件就是君能否以礼待之。

《孟子·告子下》:“陈子曰：‘古之君子何如则仕？’孟子曰：‘所就三，所去三：迎之致敬以有礼；言，将行其言也，则就之。礼貌未衰，言弗行也，则去之。其次，虽未行其言也，迎之致敬以有礼，则就之。礼貌衰，则去之。’”就职和去职，有两个条件，其一就是能不能以礼相待。读书人之所以如此骄傲，就在于他们有道怀德，此为资本，应该得到君主的礼遇，如不能遇之以礼，就要以道抗势。

《孟子·尽心上》："古之贤王好善而忘势，古之贤士何独不然？乐其道而忘人之势，故王公不致敬尽礼，则不得亟见之。见且不得亟，而况得而臣之乎？"无论你有什么样的权势，对待那些贤士都要恭敬尽礼，否则就不得相见，更不能使其为臣子。由此可见贤士对待权势的傲慢态度。

在《尽心下》章中，孟子更直截了当说："说大人，则藐之，勿视其巍巍然。……在彼者，皆我所不为也；在我者，皆古之制也，吾何畏彼哉？"要轻视那些诸侯，不要把其放在眼里。

孟子讲了一段鲁缪公访子思的故事："缪公亟见于子思，曰：'古千乘之国以友士，何如？'子思不悦，曰：'古之人有言曰，事之云乎？岂曰友之云乎？'子思之不悦也，岂不曰：以位，则子君也，我臣也，何敢与君友也；以德，则子事我者也，奚可以与我友？千乘之君求与之友而不可得也，而况可召与？"鲁缪公拜访子思，问以古代千乘之君与士人交友之事，子思听了却很不高兴。这是因为在子思看来，论地位，你是君主，我是你的臣民，但我的人格并不比你低下。如果论道德修养，我可以做你的老师，你哪里配得上与我交友？可见子思的价值观念中，道义、个人道德和个人人格高于权贵，而这正是子思傲视千乘之君、不肯与之为友的原因所在。

七

士贵君轻，是观念。自重自持，是节操。

《战国策·齐策四》中记载了齐士颜斶见齐宣王故事：宣王召见颜斶，对颜斶说："斶，来前。"颜斶也说："王，来前！"宣王很不高兴，大臣责怪颜斶说，宣王是人君，你是人臣，你怎么可以叫宣王到你的面前？颜斶回答说：我到王前为慕势，王到我前是趋士，与其使我为趋势，不如使王为趋士。宣王忿然作色说："王者贵乎？士贵乎？"颜斶说："士贵耳，王者不贵。"这种士贵君轻思想就是读书人傲视王侯的思想传统。

东汉时期，樊英与汉顺帝的对话，也颇能反映读书人威武不能屈的气节。据《后汉书·樊英传》，樊英习五经，善术数，隐于壶山，州郡前后礼请皆不应，公卿举贤良方正、有道，亦不行。汉安帝初征为博士，不至。顺帝征之，樊英又称病重固辞，顺帝"乃诏切责郡县，驾载上道。英不得已，到京，称病不肯起。乃强舆入殿，犹不以礼屈"。顺帝怒："谓英曰：'朕能生君，能杀君；能贵君，能贱君；能富君，能贫君。君何以慢联命？'英曰：'臣受命于天。生尽其命，天也；死不得其命，亦天也。陛下焉能生臣，焉能杀臣！臣见暴君如见仇雠，立其朝犹不肯，可得而贵乎？虽在布衣之列，环堵之中，晏然自得，不易万乘之尊，又可得而贱乎？陛下焉能贵臣，焉能贱臣！臣非礼之禄，虽万钟不受，若申其志，虽箪食不厌也。陛下焉能富臣，焉能贫臣！'” 樊英宁甘居布衣之贫，晏然自得，亦不肯立暴君之朝而求贵；宁布衣疏食以合志，亦不肯受非礼之禄，表现出了贫贱生杀不能屈其志的气节。

东汉高士严光的故事也是强权不能屈志的事例。

据《后汉书·严光传》，严光本是光武帝刘秀的同学，刘秀即位后，严光隐居齐国牧羊，刘秀派人寻找到他，多次请他，才到京城。光武帝刘秀到他的住所："光卧不起，帝即其卧所，抚光腹曰：'咄咄子陵，不可相助为理邪？' 光又眠不应，良久，乃张目熟视，曰：'昔唐尧著德，巢父洗耳，士故有志，何至相迫邪？' 帝曰：'子陵，我竟不能下汝邪？' 于是升舆叹息而去。……除为谏议大夫，不屈，乃耕于富春山。"

严光的故事在后代被广为流传，士人所欣赏者，就是严光不为刘彻所屈的骨气和品格。当然，光武帝待严光以故人的态度，也是读书人感兴趣的。尤其是李白，在其诗中多次写到严光故事，"昭昭严子陵，垂钓沧波间。身将客星隐，心与浮云闲。长揖万乘君，还归富春山。清风洒六合，邈然不可攀"，所歌唱的正是读书人的狂狷。

第四辑

人：大学永恒的主题

一

现在的大学，变得越来越像饭碗，金饭碗，银饭碗，磁饭碗，总之是吃饭的家伙，变得越来越功利，越来越职业化。无论什么专业，都有一种明显的倾向，就是更多强调职业技能的培养。老北京大学校长蔡元培先生在就职演讲中说："今人肄业专门学校，学成任事，此固势所必然。而在大学则不然，大学者，研究高深学问者也。"也就是说，大学不该仅仅培养人的技能，而应研究高深的学问。什么学问最高深？在我看来，是人。如黑格尔所说："认识自己本身，这对于精神来说是何等伟大的工作。"但现在大学最盛行的，是技术教育，最缺乏的，是“人”的教育。

其实无论小学、中学或大学，“人”的培养都是其宗旨。要教会一个个体的人懂得情感，这是人区别于其他动物的重要所在。爱恨情仇，缺一不可。先要学会爱自己的家人，再知道如何去爱亲戚朋友，以及更广泛的社会人。这就是孟子说的“老吾老以及人之老，幼吾幼以及人之幼”。一个人连自己的家人都不爱，怎么可能去爱他人。当代教育的最大问题，在我看来，是缺少情感教育。从小不懂感情，不知道什么是爱，什么是恨；怎样爱，怎样恨，无情无义。有一个化学教授，曾经十分认真地问我：“你们中文系讲《红楼梦》做什么用？”我说：“做人。”“造人？”他开玩笑。我的回答毫不含糊，而且没有一丝玩笑之意：“不错，正是造人！”《红楼梦》中的每一个形象，都有自己的情感，我们才称他是活生生的人物，否则只能称作符号，而不是人物。正是有了这些带有复杂情感的人物，才构成了《红楼梦》的人间世，即家庭和社会。我是初中就读了《红楼梦》的。有人问我，你读《红楼梦》最大的收获是什么？当然是恋爱。贾宝玉和林黛玉的爱情，使我懂得天下第一情感是男女之爱。它是如此之复杂，却又如此之幸福，如此之心酸，甚至如此之生生死死，却又那么值得珍惜，值得留恋，是人间之至美。懂得爱，才是一个成熟的男人和女人，否则就是生瓜蛋子。

学校还要教人有信仰，有理性。具体说，就是崇真，这是理性教育的结果；向善，这是信仰教育的目标；爱美，此与情感教育最为接近。西方人有宗教情怀，不仅敢恨敢爱，还会知道怕，知道有所禁忌。当代中国人唯物，缺少宗教情怀，但不能没有信仰。信仰属于形而上的知识体系，需要后天教育才能形成。当然，西方的十九世纪启蒙运动，又告诉人们，不能盲目崇拜，一切皆放在理性的天平上衡量。而理性的力量亦来自知识体系。

你要活成一个个体的“人”，既要弄清楚人如何之为人，还要明白个人之为何人，即作为一个社会人应该怎样，知道自己的责任与担当。大学生不关心社会，对社会现象漠然，这事非常可怕。西方国家的学生，为了环境保护游行示威，为了动物保护走上街头，正是对社会的关心和责任感。我们的大学，这种社会关怀少了，人文精神也在丧失。现在教育缺失的正是这方面的建设。

学校，在情感教育、信仰教育和理性教育之外，才是技能教育。如果说前面的教育，属于形而上的道，技能教育则属于形而下的器。大学最需要的是思想，大学培养的人，无论文科理科工科，都应该是对人和自然有所思考的人，而不仅仅是一个工具劳动者。大学不仅需要产生技术，也需要生产思想，所以无论人文精神还是科学精神，最终都要回归到“人”，回到人文关怀。

现代社会强调发展，这没错。但是，不仅人文学者，就是科学家都应该明白，发展的目的是为了人，为了人能生活得更幸福。以人的幸福作为衡量的标准，就需要对发展加以反思。并不是所有的发展，都会使人幸福。科技发展了，人类却把最先进的技术，拿来制造杀人武器。技术越先进，杀人越便利，杀人越多；一个枪子只能打倒一个人，一颗炮弹就可以炸飞一片，一颗原子弹，几十万人命归黄泉。你能说科技发展就完全是好事吗？经济发展了，却破坏了环境伦理，造成天人不和谐。人们揣着几个臭钱，却喝着毒水，吃着毒米，吸着毒气，岂不是花钱买短命？问题出在哪儿？出在发展的伦理。不是科学，不是技术，科学管不来，矧谈技术？找伦理才有效。所以，单纯地教科学和技术，解决不了这些问题。对这些问题，大学生不能盲从，要学会独立思考。大学要培养善于思考的人。

二

过去，大学发展最早、影响最大的是人文学科。但是现在的人文学科，已经是明日黄花，不再惹人喜爱，招人眷顾。今天的人文学科，被挤压到大学毫不起眼的角落，做垂死之思，亦做垂死挣扎。如果把大学学科比作一桌酒宴，人文学科就是陪酒的小兄弟；如果把大学学科比作一个主家的寿辰，人文学科就是唱堂会的；如果把大学学科比作一台戏，人文学科就是跑龙套的。此比喻自然伤人，伤了人文学科同仁的心，尤其是自尊心，但这不是事实吗？因为这是一个重物质、轻精神的社会。研究林黛玉，能管饭吃吗？这就是社会的常识，也许是大学领导者的常识吧！

还有更不招人听的话：人文学科也开始自甘沉沦，背离了祖宗的传统，祖宗的遗训，往往专注于形而下之事，不太愿做形而上之思。研究文史，自然先从材料始，搜集文献，整理文献，是研究的应有之义；但是再问一句，搜集、整理文献为了什么？答案轻而易举：还原历史。继续问：还原历史为了什么？此即目的。回答理直气壮。但真的理直气壮吗？人文学科都只管技术活，不管精神，不管人心，没有思想了，谁来关心人的精神？谁来思考人的问题？化学家？生物学家？数学家？物理学家？自然，在人类精神发展史上，有许多著名的科学家，同时也是思想家，爱因斯坦、罗素就是典型。但是，毕竟研究精神现象是人文学科的主业。人文学科拱手出让了寻求、探索思想的权力，我们还指望谁？

形而上之思，常常是玄思，玄思的结果就是思想。如今，大学研究成果不可谓不多，创造的思想却少得可怜。学者多如牛毛，教授遍地走，却少思想家。没办法，今天的大学，或者讲老祖宗的思想，或者拾洋人的牙慧。读古代经典，讲孔孟、老庄，讲文化的传承，这是我们的自豪。但是没有自己的思想，而以社会因袭的思想为其思想，我们不自羞吗？我们以古人的文章为经典，然而百年之下，后人能以我们的文章为经典吗？按照希尔斯《论传统》的说法，三百年方可成为传统，再过三百年，当代有没有经典能成为我们的传统？会不会有当代的老子、孔子、墨子、庄子、韩非子？我表示怀疑，因为我们不愿意做形而上之思。

理工科又当如何呢？理工科就不讲形而上之思吗？非也，科学同样要做形而上之思。爱因斯坦是科学家，同时也是哲学家。大学要讲科学技术，但今天的大学，技术可见，然而科学在哪里？科学精神呢？诸多大学，都提出优越工程师计划，这一口号透显出大学领导者重技术、轻科学的倾向。然而实际情况是，大学教育给学生的不仅仅是技术，还有科学精神、科学思想与科学哲学。

九十年代，我曾说过，现在的大学制度，适合培养思想上的侏儒。那时说此话，我心中不免忐忑。十余年过去了，我再说此话，不免坦然。

三

大学要想摆脱现状，解决现有问题，必须强调其独立性。独立之精神，是大学灵魂所在。

大学教师，若能富贵不能淫，威武不能屈，唯真理马首是瞻，自是学者中的圣者；即使不能如此，也应努力做一个独立思考的人，不一味让功利牵着鼻子走。有的学者讲，必须有经济条件作保障。有足够的生存尊严，学者才可能独立。从制度层面考虑，此话有道理。即大学要给学者提供必要的生活条件，有饭吃，有衣穿，有屋住，使其无衣食之虞，他方能不因金钱而丧失尊严与独立。斯文扫地，造原子弹的赶不上卖茶叶蛋的，自然会诱使一些人下海去卖鸡蛋。就制度来说，还有比物质条件更重要的保障，是为学者提供自由研究、独立思考的环境。不因言获罪，百花齐放，百家争鸣。这不是某位领导、某个大学校长的胸襟气度问题，而是大学依法治校的体现。

但就学者个人而言，独立思考，应该是他作为知识分子的基本素质，也应该成为他人生的追求。教师可以分为贫富，思想者也能分为贵贱吗？也就是富贵则思，贫贱就不思吗？我看到的并非如此。庄子只做过漆园小吏，生活极为困窘，靠编鞋为生，面黄肌瘦。楚威王曾厚币要聘他为相，却遭到庄子断然拒绝，终身不仕。但这没有影响他对人、人世的思考。比起庄子，孔子的境遇要好一些。他虽然年轻时贫且贱，到了五十岁以后，终于在鲁国做了官，而且官至大司寇。但好景不长，紧接着是漫长的流浪生活。但这也没有影响他的思想。他是为了他的思想而惶惶然似丧家之犬的。所以真正的思想者，是超然于一切之外的。当代知识分子，没必要再去追求贫困之思，所谓的穷而后思；当然不应鼓励他们一定有了优厚条件，才去做思想者，如古人所说，肉食者谋的。

学生也是如此。进入大学，不能斤斤计较于就业问题。就业压力大，是最现实的问题，就业成了大学里最热门的话题，我们无法抱怨与逃避。但是，作为一个大学生，也要考虑就业以后，作为一个人，怎样生活得更幸福，活得更有价值。更幸福，是对个人而言，即经过大学教育，个人成熟了，知书达理，成为一个有品质的人。他不仅有知识，有文化，而且有思想、懂情感、有理性。更有价值，则是个人对社会而言。遵纪守法，窃以为不是大学教育应有之义，而是知识分子的社会责任与担当。需要我们多些关怀，对自己，对社会。在大学，学生只关心分数高低，这样的教育是无力的；只关心个人而不关心社会，这样的教育就不仅是少效无效的问题，而是教育的失败。

大学的改变，是身在大学的每一个人的事情。教师、学生乃至制度都像大学的一个细胞，这些细胞构成大学的整体。大学的改变要从每一个细胞开始。学生个人的发展，一定有所不同：你可以选择成为一个技术人员，我则立志成为科学家；你可以选择成为一个管理者，我却心仪有思想的人文学者，大学拥有设计自身发展的可能性与空间。而大学的学科设置，大学的教学与管理，也无不是为了学生的个人发展提供服务。但是无论是个人的人生设计，还是大学制度与管理，都是为了一个目的：塑造成型一个人，这是大学乃至所有类型的学校永恒的主题。

二〇一三年七月

接轨乎？错位乎？

当下，中国整个社会都沉陷于国际化、与国际接轨的焦虑中。山雨欲来风满楼，这已是几十年前的事了。如今风在劲吹，雨从天降，已是满地国际新绿，但焦虑似乎比以往更甚。刚刚看过几所著名高校的综合改革方案，热门话题之一就是与国际接轨，而今夏复旦会议的论题无出其外，仍旧是国际化语境下的人文学科发展问题。

细思之，国际化与国际接轨相关，却不是一个话题。国际化讲的是中国人文学科面对的学术视野和环境；而与国际接轨，则是发展的途径与方向，却是言之好听，做起来很难的问题。

所谓接轨，不是简单语言问题，加个英文提要，或径写英文文章，就是与国际接轨吗？接轨云云，是一个比喻。很容易使人想到秦始皇统一六国后的书同文，车同轨。与国际接轨，实际上有一个统一的标准规范问题。形式上的规范是应有之义，行文规范、注释规范、学术审查规范等，都是应该而且可以接轨的。但是更为重要的是如下两个方面：学术研究的目的和态度，学术成果的判断标准。二者恰恰是当今学术敏感的话题。

学术研究的目的是为了追求真知与真理。因此一目的，要求研究者必抱献身真理的精神，奉独立思考之态度。然而在利益的诱惑和权力的压迫下，今天的学者，有几人能够坚守探求真理的独立研究精神呢？言及此，我不禁想起近些年来各种各样的项目，各种各样的评奖，有多少人能跳出五界之外？包括我自己，我只能报之以惭愧。

至于说到评价标准，更是一个好讲却又难讲的问题。与国际接轨，一条主要的轨道就是评价标准，即价值判断的同一标准。可此问题不是一本难念的经吗？

人文学科本身就包含着伦理价值的判断，而伦理价值的判断是含有极强主观性的，所谓仁者见仁，智者见智，仁者乐山，智者乐水。此还为学术上的差异。可一旦涉及意识形态，所谓接轨云云，就更成了难言之隐痛。反映到思想界，并影响学术界，就是弥漫于社会的民族主义思潮。这是一块可以抵御八面来风的坚硬铠甲。特殊性、民族性既可能切断延伸过来的铁轨，也会阻断延伸出去的轨道。所以对于我们来说，暂时还谈不上与国际接轨。

因此，与其讨论怎样与世界接轨，不如退一步谈错位。在错位中寻找共同关注，寻找认同。当然也确定那些不能划定的同一标准。首先应该厘清，中国人文学科研究，哪些方面与欧美存在差异。不是立足于意识形态的文化差异，而是作为研究对象所存在的历史传统、民族文化的差异；以及研究者受民族思维习惯影响所形成的研究路数、方法的差异。要在文化多样性的前提下，承认这些差异，并努力寻求差异下的沟通和认可。文化多样性的差异，要的是理解、承认与交流，无须同一标准，实现接轨。确切地说，应该是对接，即不同文化的对话，在对话中寻求理解。其次，是寻找差距。接轨与错位，多理解为差异引起的不对接，其实还有很重要的因素：思想文化与学术水平的差距。人家车速三百公里，而你的只有一百公里，自然也是不能接轨的。

说起老祖宗，似五四时期那样全盘否定，自然应该反思；但是五体投地，似乎什么都好，也值得警惕。我们习惯于讲优秀，其实确切地说，应该讲进步与落后。传统文化也好，当代文化也好，近则能够促进民族进步，远则为人类发展做出贡献，就是进步文化。反之，阻碍民族与人类的进步，就是落伍的文化，自然开慢车，或者就是开倒车。可惜，我们已经不太愿意比较，不太情愿检讨。只能比差异，不比差距。仅就思想文化而言，有值得我们坚持的，骄傲自豪的；也有我们应该割舍，应该学习的。自信当然可嘉，谦卑也是美德。承认差距，看到错位，才会扳正道岔，实现接轨。不是吗？

二〇一四年八月

养士的气度

《史记·孟尝君列传》已读过多次，近日又读，还是颇多感慨，时时拍案叫绝。

战国时期，兴养士之风，齐之孟尝君，赵之平原君，魏之信陵君，楚之春申君，都有数千食客。养士，养文可安邦、武可敌军的贤才良将，自然是在情理之中，而诸公子养士，却也养了不少鸡鸣狗盗之徒。而且皆能不分贵贱，以礼相待，这就令人拍案称奇。

不分贵贱，能以礼相待，已经可喜。更有可称道者，孟尝君在薛邑，“招致诸侯宾客及亡人有罪者”，“食客数千人，无贵贱一与文等”。食客的待遇与孟尝君同，这就更是出乎意表。一次，孟尝君夜里招待客人，有一客人背灯吃饭，引起另一位客人的误解，以为待客分等，食有好坏，一怒之下，辍食辞去。孟尝君于是拿着自己吃的饭给客人看，所食与客人并无异样。客惭，自刭。毕竟是食客，主人开个小灶，如今日的领导一样，有小食堂，不和职工同餐，也自无不可，职工都不说什么，食客更不会有何怨言。但孟尝君偏偏就要与食客同餐，“人人各自以为孟尝君亲己”，“士以此多归孟尝君”，此可叫人拍案称绝者二。

至于冯谖客孟尝君，更已成为家喻户晓的故事。冯谖知道孟尝君养士而来投靠之，孟尝君问他何所能，冯直言并无特别本事，只是因为家贫才来做食客。孟尝君收了他，也就罢了。冯留下后，却又三次弹铗，要求提高待遇，先是食无鱼，再是出无车，三是不能养家，一次比一次过分，孟尝君却都能给予满足，这气量，使人拍案称绝者三。

由孟尝君的故事，想到高校的人才培养。

从表面看，没有任何一个时期能够似今天这样重视人才，政府特贴、突出贡献专家、千百万工程、长江学者，可谓种种措施，齐头并举。效果如何？老实说，每见于此，我就感到小时候学的揠苗助长，终于得到验证。近日又见国内一所高校的改革方案，年轻学者数年在本岗位得不到晋升，就要离岗，另谋他就。此项规定，已见高校管理者急功近利到了不讲人才培养的规律、图穷则匕首见的程度。

十年树木，百年树人，是小学生都懂的常识。培养一个学者，一个专家，岂是一朝一夕之事？尤其是人文学科，学术成就的大小，在一定程度上决定于积累的厚薄。文献要积累，学识和社会阅历也要积累，因此必须假以时日。总结前辈学者的治学之路，诸多大家的经典之作，是完成于花甲之年以后的。

但是，现在却要年轻学者立地成才了，否则就走人。年轻的学者要在很短的时间内出成果，获得承认。逼使这些人忙于上项目，发文章，出著作。被这三条狗追得气喘吁吁，惶惶不可终日，又有何人肯于坐十年的冷板凳？所以，六年走人的政策，岂不是在推动浮躁？

还有，年轻教师的岗位不固定，人如浮萍无根，没准什么时候就要走人。北漂之外，又露出了校漂一族。此种生存状态，难免不使人心浮动，更谈何责任感和荣誉感？

大学之大，不在高楼大厦，而在有大师，这句话耳熟能详。但是大师又是怎么来的？却少有人谈论。其实就人才培养来说，大学之大，在于气度，此方是大师产生的环境土壤。

气度是什么？是一种养士的心胸。对待人才，领导要有胸怀，能够容纳各式各样的人。人才不论出身，不管你是出身 985 院校的也好，211 院校的也好，甚至没学历的也好，只要学问在身，就是值得尊敬、应该礼聘的人才。当年北京大学所聘的学者中，既有胡适那样的洋博士，也有梁漱溟、熊十力、沈从文那样没有任何学历的学者。梁漱溟只读过中学，北京大学校长蔡元培读了他的文章《究元决疑论》，聘他到北大教书。熊十力是当兵出身，做过中学老师，蔡元培也把他聘到北大。心胸还是一种包容，能够允许各种人才自由发展，甚至是奇才怪才。可见心胸，就是不拘一格，唯才是举。

气度是什么？是一种养士的涵养。懂得人才的培养不在一朝一夕，因此不急于求成，而是用政策、用情感创造宽松的人才成长环境，既非揠苗助长，更非剑拔弩张，爪牙必现。当代高校的领导者，虽然不一定似孟尝君那样，养一批三教九流的闲杂人等，以备一时之需，但是，总得要给人才成长的时间和空间。而且既鼓励成才，也应抚慰虽经努力仍未成才的失败者。

气度是什么？更是一种养士的境界。最根本的是把人才看作人，而不是工具。所以有气度的领导，一般都是学者的好朋友，关心他们的学问，关心他们的生活。不但关心正在工作岗位的学者，对于那些曾经有过贡献的学者，也不能卸磨杀驴，而应给予优待，真正养起来。这既是一种人性的关怀，从功利的角度说，也会起到买千里马骨以给士人看的作用。

可惜，可叹，今日大学已经不见了养士的气度。

不能自持

不能自持，是古今文人的通病。

古代圣贤如孔子，见权力，尚不能如许由，到颍川洗耳，周游列国，汲汲于被人所用。见美色，尚不能如柳下惠，坐怀不乱，听说南子漂亮，想去审美，惹得弟子不高兴。圣人如此，矧谈其他。

唐代诗人李白，自视甚高，史称粪土王侯，敝履富贵。但是受了皇帝征召，也是高兴得不知所以，写了《南陵别儿童入京》：“仰天大笑出门去，我辈岂是蓬蒿人。”到了朝中，侍奉酒宴，陪妃子唱歌，留下《清平调词》三首：“云想衣裳花想容，春风拂槛露华浓。若非群玉山头见，会向瑶台月下逢。”“一枝红艳露凝香，云雨巫山枉断肠。借问汉宫谁得似？可怜飞燕倚新妆。”“名花倾国两相欢，长得君王带笑看。解释春风无限恨，沉香亭北倚阑干。”贵妃人漂亮，却不及李白诗漂亮。但李白不自知，他已经沦落为李延年一类的人物，还有几斤分量？当然，他好在有自尊，有自知，又加悟性好，很快知道自己倡优蓄之的处境，和唐玄宗说拜拜了。

但是，历数古代名士，似白也有几人？阮籍处魏晋易代之际，既想保持操守，却又不想得罪司马家族，只好佯狂，佯狂就是装疯卖傻。一醉累月，希求自持。但最终还是写了劝进的文章，以致郁闷致死。佯狂救了一时，却救不了他的一世，真是可哀呀。

当然，也有例外。古代另一圣贤庄子，家中贫穷，以编鞋为生，营养不良，面目黄槁，楚王派人来聘他为相，庄子却拒绝了。还说了一句令古今人汗颜的话：宁作一只乌龟，曳尾于泥中，也不去作被喂得很肥、披上华丽衣服、送上祭坛的牺牲，真有泰山不移的定力。与阮籍同为竹林七贤的嵇康，也是这一类的人物。虽然因为亲戚关系，派了个中散大夫的闲职，可嵇康并不以之为意，仍旧打铁、种菜，过自己散淡的日子。好友山涛，推荐他到吏部做官，吏部是管干部的衙门。嵇康并没有因此欣喜若狂，反而以山涛非是知己，写了《与山巨源绝交书》，列举做官的七不堪：“卧喜晚起，而当关呼之不置，一不堪也。抱琴行吟，弋钓草野，而吏卒守之，不得妄动，二不堪也。危坐一时，痹不得摇，性复多虱，把搔无已，而当裹以章服，揖拜上官，三不堪也。素不便书，又不喜作书，而人间多事，堆案盈机，不相酬答，则犯教伤义，欲自勉强，则不能久，四不堪也。不喜吊丧，而人道以此为重，已为未见恕者所怨，至欲见中伤者，虽瞿然自责，然性不可化，欲降心顺俗，则诡故不情，亦终不能获无咎无誉如此，五不堪也。不喜俗人，而当与之共事，或宾客盈坐，鸣声聒耳，嚣尘臭处，千变百伎，在人目前，六不堪也。心不耐烦，而官事鞅掌，机务缠其心，世故繁其虑，七不堪也。”列举了当官的七宗折磨，与好友分道扬镳。不过，这些都是例外，例外就是不多见的罕见。

今日文人之不能自持，更出古人之上。请问，今日文人，给官谁不做？给头衔谁不要？不掉身价去争，不降人格去跑，也就算能够自重了；做了官，不阿谀奉承，欺下瞒上，也就算能够守正自固了。有了头衔，不牺牲原则，去跟风捧臭脚，甚至热脸去贴凉屁股，也就算能够自尊了。

不能自持的外在原因，不是威逼胁迫，而是利诱，日常所见甚多。见美女酥胸半露，妖冶异常，遂身子麻了半边，想入非非，是不能自持；有人夸了几句，尤其是出自领导之口，遂趾高气扬，不知天高地厚，亦是不能自持；与某名人一起吃顿饭，就三月不知肉味，是不能自持；到某领导家里唱了个堂会或聊了会儿诗词，就津津乐道于口，是不能自持；某个会议，荣幸被邀请，于是知音知己地唱和起来，是不能自持；收了某人好处，把赝品愣说成真货，把鬼画符说成书法，把涂鸦说成后现代艺术，都是不能自持。

今日文人面对的诱惑，五花八门：虚则空头支票，画饼充饥；实到名衔待遇，金钱美女，无不有之。而文人不能自持之态，亦百变千伎，无奇不有。概而言之，是头衔面前不自持，权力面前不自持，金钱面前不自持。失态之状，也可略举一二：说你是智囊，你就以为是国师了；说你是某某学者，你就以为是大师了；许你个院长，你就以为是领导了。某位洋人说到你，或某个洋报纸，登了条你的消息，你就以为是世界名人了，凡此类，皆为膨胀型的不自持。还有一类：在职务面前，变得抓耳挠腮；名誉面前，变得张皇失措；金钱面前，变得六神无主；美色面前，变得百爪挠心。凡此类，皆是无骨型的不自持。

不能自持的原因，是文人缺少定力。根子在文人没有思想，缺少信念，因此才没有骨气。文人之称，盖因为舞文弄墨。而文墨之魂，即在思想。没有思想的文人，皆为优孟衣冠，是演戏的艺人。艺人吃的就是拿钱演戏的饭。拿了人家的钱，你叫我演关公战吕布，可；你让我演吕布战秦琼，亦可。

有思想的文人则非是。他是思想者，有自己的信仰，有自己的立场，也有自己的原则。而这些就是文人的定海神针，轻易撼动不得。维特根斯坦说："贪图功名是思想的死亡。"换句话说，思想死亡，才贪图功名。维特根斯坦之所以过一种类似隐居的生活，就在于他是一个思想者。庄子宁可挨饿受穷，也不肯出为楚王之相，是因为他认为人生的第一要义，就是自由，尤其是心灵的逍遥。而孔子汲汲于仕途，既有热衷于权力的一面，也有推销他的以礼治天下的理想。所以不能完全算作没信仰，没骨气。李白一生要的是功名，功名之后要什么，老实说，他也不甚了了。但是有一点他清楚，那就是与功名富贵相比，自己的人格最重要，所以才能抽身。阮籍是正始时期的玄学家，他自然是有思想的人物，主张越名教而任自然，但是这种思想遇到现实，不是打碎现实，就是被现实打碎。嵇康就是被现实打碎的人。在思想和现实之间，阮籍选择了逃离。当无可逃离之时，他选择了屈服。所以论能否自持，阮籍不及嵇康。

今日文人，有思想的少，有思想而能坚持的更不多见。熙熙攘攘于道路者，多利禄之徒。哀哉！宜乎，所见文人皆风中之柳。

魂儿的丢失

文艺创作与文艺批评如鸟之双翼，车之两轮。文艺创作需要批评，如同刀需要磨刀石，庄稼需要农夫的锄头。诚如鲁迅在《看书琐记（三）》中所说："文艺必须有批评。批评不对了，就得用批评来抗争，这才使文艺和批评一同前进。"在文艺界，会有根本不理会批评的作家和艺术家，就像有的作家所声明的那样，他从来不看批评文章，也不理会批评文章。这自然是他个人从艺的态度与权利，但是塞耳杜闻，至少我认为不是一个聪明的艺术家。其实，批评家也是如此，他也完全可以不顾作家和艺术家对于批评的反应，但这样的批评很难说睿智。不过这是就常理而言。而事实上，有的艺术家之所以回避甚至反感文艺批评，问题不仅仅是在作家、艺术家对批评的无视、忽视乃至仇视，而是有的文艺批评变了味，不再发挥使刀子更为锋利的磨刀石功能，不再起到修枝剪杈使树木更为茁壮成长的作用。

如今的文艺界自不乏促进文艺发展与进步的优秀的批评作品，但也无须讳言，批评界指鹿为马者有之，以臭为香者有之，捧杀者有之，追杀者亦有之，把评论写在顶戴花翎下的有之，写在红包上的亦有之。可谓乱花迷眼，怪相横生。

批评不能行走在正常的轨道，自有其复杂的原因，而从批评家主体方面考察，问题会出在诸多方面：一般而言，认识能力的庸常，会影响到对于是非曲直的判断；鉴赏能力的低下，会导致批评的美丑不分，甚至以丑为美；审美趣尚的低俗，会造成对不雅作品的追捧；不同的批评立场与批评方法，会影响到对批评对象的判断，等等。但是这些因素只能关系到批评取向和批评的水平，却不会影响到批评家能不能讲真话。批评是否诚实，能否讲真话，主要不是受制于批评家的能力和水平，而是批评家开展批评的态度和目的是否端正。

批评之所以在艺术界有着重要的位置，发挥重要的作用，就在于它对于真理的坚守与审美理想的追求，以及建立在这一原则之上的对于是非的激扬，对于优劣的评判。杜勃罗留波夫于《黑暗王国的一线光明》中说：“真理不在于辩论的细节，不在于个别推理是否正确，而在于所论的事物是否具有活跃的真实。你应该使我了解现象的本质，这现象在一连串其他现象中的位置，它在生活的共同趋势中的意义和作用，而且您得相信，您用的这个方法就能使我对问题下正确的判断。”真理之于批评既是抽象的，又是具体的。所谓抽象，是指真理乃是批评家所应遵循的求真问道的原则和理念；而所谓具体，则是批评家在开展批评中所要把握的科学态度和方法。所以，正常的文艺批评，应该是是非分明、观点明确、高下立见的；而这也正是批评存在于文坛的价值。优秀的文艺批评，是衡量文艺作品艺术水平高低的最好的参照。然而这一切都是建立在批评家人生理想以及人格品质基础之上的。坚守真理、追求审美理想的批评家，才能不媚权，不屈势，更不会惑于金钱的诱使，实事求是地面对批评的对象，无论亲疏，无论贵贱，好就是好，坏就是坏，美就是美，丑就是丑，坦诚地开展批评。李长之在《产生批评文学的条件》一文中尖锐地指出：“批评是反奴性的。凡是屈从于权威，屈从于欲望（如虚荣和金钱），屈服于舆论，屈服于传说，屈服于多数，屈服于偏见成见（不论是得自他人，或自己创作），这都是反批评的。千篇一律的文章，应景的文章，其中绝不能有批评精神。批评是从理性来的，理性高于一切。所以真正的批评家，大都无所畏惧，理性之是者是之，理性之非者非之。”在我理解，他所说的唯理性是之，就是坚守真理和审美理想，这是批评家必须具备的品德。

所以，文艺批评不讲真话，多半是在坚持真理和追求审美理想这个文艺批评的魂儿上出了问题。狄德罗在《论戏剧艺术》中说过：“如果道德败坏了，趣味也必然会堕落。真理和美德是艺术的两个密友。你要当作家、批评家吗？请首先做一个有德行的人。如果一个人没有深刻的感情，别人对他还有什么期望？而我们除了被自然中的两项最有力的东西——真理和美德深深地感动以外，还能被什么感动？”在批评家那里，真理与理想这个批评的灵魂出了窍，他自然就没了主意，没了主心骨，批评自然如行尸走肉，何止是不敢讲真话，甚至是不肯讲真话。而对于文艺批评而言，最大的敌人就是不讲真话。它是搞乱文艺批评的罪魁，是败坏批评声誉的祸首。因此，要想重树文艺批评的威信，要如鲁迅八十年前说的那样：“必须更有真切的批评，这才有真的新文艺和新批评的产生的希望。”（《〈文艺与批评〉译者附记》）

我们正忘掉自然

一

漫长的人类进化过程，将人与自然融为一体。

自然为人类提供了土地、河流、阳光和空气，使其赖以生存；而且也为人类提供了丰富多彩的生活，尤其是人的精神生活。

有了自然，人类有了春夏秋冬，晨夕朝晚；有了自然，人类有了雨露星辰，风花雪月；有了自然，人类有了高山流水，海阔天空；有了自然，人类有了青橙黄绿，五彩斑斓。自然馈予我们身体，还馈予我们心灵。

二

因此，中国哲人，教导我们要热爱自然、敬畏自然，而且不断提醒我们不要跳开自然，而是回归自然。

孔子理想中的人，首先是修养高尚、善于治理国家、使天下能够达到礼乐太平盛世的圣人。“郁郁乎文哉，吾从周。”他所向往的社会是尧舜禹汤和周文王、周武王之治。但是，在他的私心里，也为回归自然留下天地。“子路、曾皙、冉有、公西华侍坐，子曰：‘以吾一日长乎尔，毋吾以也。居则曰：不吾知也。如或知尔，则何以哉？’子路率尔对曰：‘千乘之国，摄乎大国之间，加之以师旅，因之以饥馑，由也为之，比及三年，可使有勇，且知方也。’夫子哂之：‘求，尔何如？’对曰：‘方六七十，如五六十，求也为之，比及三年，可使足民。如其礼乐，以俟君子。’‘赤，尔何如？’对曰：‘非曰能之，愿学焉。宗庙之事，如会同，端章甫，愿为小相焉。’‘点，尔何如？’鼓瑟希，铿尔，舍瑟而作，对曰：‘异乎三子者之撰。’子曰：‘何伤乎？亦各言其志也。’曰：‘暮春者，春服既成，冠者五六人，童子六七人，浴乎沂，风乎舞雩，咏而归。’夫子喟然叹曰：‘吾与点也。’”子路、冉有、公西华的理想是如何治理好国家，只有曾皙表达了回归自然的意愿，而孔子竟欣然与曾皙同道。可见孔子内心中所向往的，还是在大自然中自由自在地生活。所以我们看到孔子说“智者乐水，仁者乐山”，也就不足为奇了。

至于道家对待自然的态度，更不必说。“山林兮，皋壤兮，使我欣欣然而乐与！”庄子理想中的神人、真人和天人，不是独立于自然的人，而是自然人，“天地与我并生，而万物与我为一”，人亦是万物之一，与树木，与草莱，与鸟兽，与虫鱼并无二致。所以如果有人跳出来说：我是人，我是人，在庄子看来，此人就有些不正常了。

中国古代文人，无论在朝，还是在野；不管信儒，还是向道，都有自己心灵的绿地：自然。文士风流，也体现在纵游山水，与鱼鸟为亲。魏晋名士，多以山水之游为乐。羊祜“乐山水，每风景，必造岘山，置酒言咏，终日不倦”。孔淳之“性好山水，每有所游，必穷其幽峻，或旬日忘归”。晋简文帝司马昱虽为帝王，却也是清谈名士，一日，他游华林园，对左右说：“会心处不必在远，翳然林水，便自有濠濮间想也。觉鸟兽禽鱼，自来亲人。”作为帝王，虽然不能如一般士人那样，可以放身山林，但是，即使是身边的园林，只要有山有水，就会有远离庙堂的快乐，感到鸟兽虫鱼，自然与人相亲。自然，甚至关乎到能否对得起文士的雅号。《世说新语·赏誉》记载了这样一个故事：“孙公兴为庾公参军，共游白石山。卫君长在坐。孙曰：‘此子神情都不关山水，而能作文？’”孙绰质疑卫君长作为文士的可能性，你卫承竟然连观赏山水的兴致都没有，怎么可能写出文章？自然是文章的母体，舍此岂能谈文？

三

中国如此，欧美也不例外。由于工业化的过程更早，程度更高，欧美作家愈加急切地渴望寻找自然，甚至逃归自然。

《寻找荒野》曾历数欧美作家倾心自然的现象：爱默生的《论自然》认为“自然是精神之象征”，“在丛林中我们重新找回了理智与信仰”。《瓦尔登湖》的作者梭罗则声称：“只有在荒野中才能保护这个世界。”

在欧美不乏隐居山林的隐士作家。被称为“鸟之王国”的约翰·巴勒斯，三十六岁时在山间筑“河畔小屋”和“山间石屋”，在此度过人生的后四十八年，创作了《醒来的森林》等大量表现自然的文学作品。还有被称为“山之王国”的约翰·缪尔，他一生绝大部分时间在美国西部的山野中度过，创作了《夏日走过山间》《优山美地》等优美的文学作品。女作家西莉亚·撒克斯特终生生活在荒凉的“多鱼群岛”上，《海岛之恋》《海岛花园》鲜活地记录了她在岛上的生活。女隐士安妮·拉巴斯蒂，于一九五四年离婚后，就隐居于阿迪朗达克山脉的黑熊湖畔，其林中生活凝聚成《林中女居民》一书。

如奥尔森《低吟的荒野》一书所言：“我发现自己并非独自在倾听，几乎每个人都在听，而且大家都在各处寻找能够听到这种荒野吟唱的地方。这种吟唱仿佛是往昔当我们与江河湖泊、高山草原及森林心心相印时众心所向的某种内心的渴望，而现在却渐渐离我们而去。”

四

的确，我们正远离自然。工业化迅速催生城市，瓦解农村，人们成群结队涌向都市，剥离了人与自然的血脉关系，自然由与人共生的主角，退化为远在天边的历史背景。

我们忘掉了自然，不再留意四季。漠然面对桃花，不见灼灼其华。不知闲愁，没有春情涌动。高楼大厦遮蔽了我们的双眼，发酸发臭的空气罩住了花香，雾霾中没有燕子。初入城市时，我们还敏锐地感受到城市里的春天太短，冬季刚过，就到了夏天。住久了，没有人再抱怨春天之短。“池塘生春草，园柳变鸣禽。”“就是在那里，我真切地感受到了春天的第一阵气息：待抽枝发芽的树木的气味，南山山坡上的松树、香脂冷杉及其树脂松香柔和的香气。我站在那里，像一只放出的猎犬用鼻子吸闻，用我那贪婪的鼻孔从扑面而来的、多种组合的风景中筛选索取。”谁还能似谢灵运和奥尔森那样观察、感受到春天微妙的变化？“春眠不觉晓，处处闻啼鸟。夜来风雨声，花落知多少？”每天从家乘车到办公室，再从办公室乘车回到家，我们在三个四方的盒子中循环，已经麻木春天，没有人再能体会到孟浩然春天的慵懒与惬意，失落与感激。没有夏天的雨，没有秋天的风，没有冬天的雪，不是没有，是这些与我们已经毫不相干。

我们忘掉了自然，不再拥有山川峡谷，湖泊河流。看惯了高楼林立，我们不知有峭壁千仞，幽谷林深；习惯了车水马龙，不知有深潭镜影，白浪滔天。我们还有跋涉于山间、披襟散怀的逸兴吗？我们还有劈开激流、浪遏飞舟的豪情吗？我们还有“行到水穷处，坐看云起时”那种行云流水般的闲适吗？还有“众鸟高飞尽，孤云独去闲。相看两不厌，唯有敬亭山”的孤独与高傲吗？当然，我们也知道去旅游的。近则香山，远则泰山、黄山、华山。但你所扮演的是什么角色呢？是游客、看客和过客。你不再是山中的我，山也不再是我中的山。你已经无法进入江山的魂魄，江山也不能进入你的心田。因为我们与自然不再互相拥有。

我们忘掉了自然，不再与鸟兽虫鱼为邻。拥有自然时，人类何曾孤独？“一群鲈鱼在岩石中游来游去，它们的颜色是绿黄黑的组合。它们的美丽令我着迷。海鸥在我的上方盘旋啼叫。湖浪拍击着码头，我独处于一片荒僻可爱的地方，终于使自己融于风和水，融于我刚穿越的黑森林，融于我所寻找到的那片荒野的声音、色彩和情感。”这是现代人奥尔森进入荒野后的所见所闻所感，他是特意从城市来到山中寻找原始的。而在古代，人与动物何曾有片刻分离。“两个黄鹂鸣翠柳，一行白鹭上青天。”那是旧时开门习见的风景。“留连戏蝶时时舞，自在娇莺恰恰啼。”也是诗人园中常景。但是今天，众鸟离人高飞天际，野兽独去远人的僻壤，要想看动物，只有去动物园，去看被限制了自由与野性、徘徊于笼中的鸟兽。我们把朋友俘获为俘虏，人类已经没有邻居。

五

人类因自然而进化为人，但是现在我们正忘掉自然。离开了自然，我们的感觉变得迟钝，我们的感情变得粗糙，我们的性情变得乖张。离开了自然，我们正逐渐由人退化回动物。

清雅与现代城市品格

进入本世纪，中国城市化进程步伐加快。城市建设日新月异，成绩显著，问题也突出，城市品格问题因此浮上台面。一个城市，有没有品格，需要什么样的品格，应该是城市建设和管理者不能不思考的问题。尤其是北京、上海这样的大都市，更应重视品格的问题。

在我国的城市建设中，无论像北京、上海这样的大城市，还是地县中小城市，都有一个共性的问题，就是贪大求阔，城市里的传统元素越来越少，特征越来越不明显，而现代的、更确切地说，东京、纽约、香港的元素越来越多。谈到城市的元素，人们更多的是想到城市的建筑风格，而在这里，我们主要讲的是城市的品格。品格是一个城市的品位和格调，是一个城市的精神气质。它关乎一个城市是否成熟、是否具有较高水平、是否具有独特性。具体来说，城市品格包括这样几个方面：城市的格局及建筑风格，城市市民的文化修养、精神风貌，市民的生活格调等。现在，人们多错误地认为，所谓现代化的城市，就是建筑越来越高，越来越豪华气派；市民的生活越来越奢华，越来越阔气。其实这完全是对现代城市理念的误解，并且与城市高雅的格调毫不相干。城市不是建筑越豪华、越气派，市民的生活越排场奢侈，就越有品格。正是基于以上的认识，本文提出传统文化中“清雅”这一概念，并试图阐发“清雅”对于现代城市品格的启示意义。

清雅本来是中国古代士人的一种审美情趣。

清雅首先是指士人的修养。清，主要是指人高洁脱俗的品德，更多的是来自士人受道家思想影响而形成的精神气质。《世说新语·赏誉》：“庾公为护军，属桓廷尉觅一佳吏，乃经年。桓后遇见徐宁而知之，遂致于庾公，曰：‘人所应有，其不必有；人所应无，己不必无，真海岱清士’。”《徐江州本事》即说徐宁“通朗有德素”，又说他“清惠博涉”。这里的“清”，就是指徐宁道德高洁，是东海郡和泰山一带道德修养很好的人士。又《世说新语·品藻》：“孙承公云：‘谢公清于无奕，润于林道’。”也是讲谢安比谢奕清高，比陈逵更仁厚。《晋书·谢安传》即说他“虽受朝寄，然东山之志始末不渝”。可见，所谓“清”，在此是指机心不重，有超逸的心态。前面说“清”，多指受道家思想影响而形成的人格修养，即指此。雅，是指雅正的品德。一般而言是指人浸习儒家思想日久而达到的一种精神境界。《世说新语·赏誉》：“王大将军与元皇表曰：‘舒风概简正，允作雅人，自多于邃。’”这里的“雅”，是指雅正。清雅，整体上看，是浸染于儒道二家、思想互补的产物，讲的是士人清高雅正的人格。《世说新语·赏誉》：“林下诸贤，各有俊才子：籍子浑，气量弘旷；康子绍，清远雅正；涛子简，疏通高素。”清远雅正，就是对清雅的具体解释。《三国志·裴俊传》：“为人谦逊清雅，被蜀中士人所推重。”又《徐宣传》：“尚书徐宣，体忠厚之质，秉直亮之性，清雅特立，不拘世俗。”都是讲的士人清高拔俗、端方正派的品格，亦可见清雅受到士人的追捧。

但是后来，清雅不仅是指士人的修养，也成为士人的一种风神格调。唐李复言《续玄怪录·李卫公靖》写龙母“年五十余，青裙素襦，神气清雅，宛若士大夫家。”说的就是人的清新脱俗的风神气质。

总体来看，清雅，不管是讲士人的品德，还是讲士人风神格调，都有这样一些特点：一、淹贯经史，修养深厚；二、超尘脱俗，品格高洁；三、为人正派端方，风神儒雅。

清雅的品格由于受到士人的欣赏和追捧，发展到后来，由人的品德、风神，变成了士人的一种审美情趣。这种审美情趣的主要特征就是清雅脱俗。具体表现为两点：居不必求豪华，以清雅为美。唐代刘禹锡的《陋室铭》："苔痕上阶绿，草色入帘青。谈笑有鸿儒，往来无白丁。可以调素琴、阅金经。无丝竹之乱耳，无案牍之劳形。"颇有代表性。亲近自然，亲近书卷，亲近读书的贤士，居处悠闲自得，是谓雅居。身不必求尊贵，以适性为宜。所以，古代士人，多以琴棋书画作为一种修养，作为一种爱好，一种雅趣。如果说诗书剑酒，反映的是士人追求功名心态的话；那么琴棋书画，则反映了士人人生追求的另外一面。琴棋书画不仅仅是士人的艺术情趣和修养，更是士人远离官场利害、远离人事喧嚣、远离都市浮华、远离个人粗鄙的最好的途径。书画之道，人们谈论甚多，此不赘言。即以琴棋而言：明代徐上瀛《溪山琴况》讲琴，有和、静、清、远、古、淡、恬、逸、雅等二十四种美音。如云："琴之元音本自淡也"，"清风入弦，绝去炎嚣"。"清者，大雅之原本，而为声音之主宰"，"试一听之，澄然秋潭，皎然寒月"，"真令人心骨俱冷，体气欲仙"。所以或对明月，或临清流，或对高山，抚琴一曲，士人追求的是人与自然融为一体的静谧与和谐。"琴令人寂，棋令人闲"，对灯敲子，观黑白棋局变化，悟人生之理，围棋亦是士人"对坐忘言""恬性忘虑"之道。

在现代的城市建设中，引进中国古代“清雅”的审美概念，至少可以对确立与提升我们城市的品格，具有以下意义：

提倡清雅，可以坚持和弘扬中国传统元素，纠正城市建设过于贪大求洋、片面追求豪华的弊端。豪华不等于品位，素朴不等于没有格调。一个城市有无品位，关键在于城市建设是否确立了以人为本的理念，处理好了人与自然的关系。在布置城市的格局和建筑中，所谓的中国传统元素，不在于恢复大屋顶或青砖白墙或红墙绿瓦的建筑风格；而是强调城市建设要似刘禹锡《陋室铭》所描绘的“陋室”那样，以人为本，注意人与自然的和谐关系，注意居处的人文气息。在城市建设中，不考虑建筑与自然的关系，以摩天为现代，以豪奢为美，恰好似暴发户戴了一手黄灿灿的金戒指，珠光宝气，十足表现出他穷措大的寒酸相。所谓清雅的环境，清雅的居处，不在草皮树木的多少，不在居室的华美，而是要考虑到天人，即人与自然的关系。虽方寸之地，植一棵松柏，置几方顽石，就有了山水，就有了在闹市中可寄情于其中的清雅的化境。在这方面，日本的城市就做得颇好。

提倡清雅，更有意义的是可以提升市民的文化修养和精神境界，改变其生活方式。清雅既然源自人的道德修养，来自人的审美情趣，就与市民的精神气质密切相关。在现代城市重物质、轻精神的情势下，清雅无疑是一剂醒脑宁心的清凉剂。我国现在的城市文化生活走了两个极端。一类人追求奢华文化生活，进大剧场，开大舞会，极尽奢靡。有的城市建设也有意无意地迎合了这样一些人的需要，集中地段盖一些超豪华的地标性建筑，大剧场、大影院、大博物馆、大图书馆集于一地；节目也是大制作、大投入，声光电全方位，动辄投入千万。以为这样才是品位，才是享乐。其实这在一定程度上暴露出城市人缺少文化品位，甚至就是没格调的粗俗。人的精神享受，不在感官，在心灵。不在刺激，在适性。心灵得以安顿，华美的歌舞，自无不可；而一卷书，一声长吟，一幅画，也能兴致盎然，提升境界，心满意足。一方面是极端的文化享受，另一方面，则是有许多人缺少，甚至没有文化生活，无法接受到优良的文化教育、享受到高雅的文化生活。山城一片月，户户麻将声，打麻将成为市民主要的也是可怜的文化消遣。所以，在现代城市提倡“清雅”的审美文化，不断提高市民的文化修养和文化品位，就是要使人们知道，追求适性，人心灵的满足，境界的提升，才是文化生活的最终目的。提倡清雅，就是要人们学会在繁忙的社会生活中，寄心于一卷书，一只曲，一篇文章，一帖字，超越世俗的浮华喧嚣，营造出灵魂可以寄托、可以升华的境地。

如果说我们的城市，不以奢华为美、盲目地贪大求洋，而是以清雅为美，在营造时考虑到人的精神的空间需要，在发展时考虑到人的文化的提升，那么，这个城市是否可以说有了现代城市的品位？

传统文化的回归

进入二十一世纪以来的中国传统文化热，是中国文化界突然面对的现实，也是应该引起学术界关注的文化现象。

对于传统文化热，要有所分析。在研究传统文化的学术界，本无所谓热与不热的问题。儒学的复兴，是上个世纪以来的事情，而且这一话题更多的是来自海外的汉学界。而国学的讨论，诸如国学的内涵、是否立为一级学科等，也属于学术界内部正常的学术讨论。即使是高校近些年所成立的国学院、研究所等，也只是少数院校的事情，并非一哄而上。而在学术界之外，人们援以为例的海外大量设立的孔子学院，其教学内容主要是汉语，其实与传统文化没有多大关系。还有，在国内各地打着传统文化招牌开展的花样繁多的活动，大到一些政府举办的各种大典、盛典，小到城市某一个角落的《易经》文化研究所，多是打着传统文化的招牌唱经济戏，与传统文化的传播是两张皮，严格说来，也与传统文化关系不大。这些理所当然不在讨论的范围。近些年来，真正可成为“热”的是：主流媒体对传播传统文化的高调介入，如以中央电视台“百家讲坛”为代表的讲述传统文化的风潮；文化界兴起的诸如读经、祭孔以及儒学大会等振兴传统文化的活动；社会一般民众对传统文化话题的关注。

传统文化本来是冷门，治传统文化者经常接受的教导也是坐冷板凳。所谓冷门，所谓冷板凳，都在告诉人们，按常理说，传统文化应该很少有人关注。从很少有人关注到突然暴热，似乎有点反常。经过“文化大革命”的人，很容易会想到“评法批儒”，热是热了一阵子，却与真正的传统文化没有实质关系。当然，近些年的传统文化热，与“文化大革命”时传统文化热，完全不是一回事，究其所以，应该是事出有因。

经过三十年的改革开放，中国已经建成一个经济总量占世界第二位的经济大国，并雄心勃勃向着经济强国迈进。按照经济基础决定上层建筑的逻辑，随之而来，建设一个文化大国、进而挺进文化强国的问题，急迫而又严肃地摆在国人的面前。而在中国所有的文化资源中，传统文化所占的比重最大。和百年的现当代文化相比，数千年的古代文化毕竟时间长，积累厚重，是建设文化强国的重要资源。此外，在现代文化建设中，还存在着如何处理中西文化关系的重要问题。改革开放之后，西方文化汹涌涌进，引起政界的警惕，同时也引起一些学者的忧虑。因此，他们试图以振兴传统文化来扭转西方文化大量进入的情势，甚至想以传统文化来对抗西方文化。

传统文化热，还有另外的现实考虑。近些年，随着社会的快速转型，由计划经济转为市场经济，社会出现并积累了诸多值得忧虑的问题。其中就有比较突出的社会道德问题。如经营者的损人利己问题，企业家的为富不仁问题，社会上的见死不救问题，家庭中弃老遗小问题，等等。总之社会道德堪忧。在市场经济条件下，计划经济时期所提倡的旧道德既缺少清理，而且时过境迁也失去了其号召力。如上个世纪五六十年代所提倡的大公无私、公而忘私，现在就很少有人谈了；毫不利己、专门利人也失去了时效。于是有人想到了传统文化。本来救老扶幼，济困扶贫，非义不取等，就是中华民族的优秀传统，因此有人试图用振兴传统文化来解决现代社会所面临的道德滑坡问题，也是在情理之中的。《甲申文化宣言》即云："我们确信，中华文化注重人格、注重伦理、注重利他、注重和谐的东方品格和释放着和平信息的人文精神，对于思考和消解当今世界个人至上、物欲至上、恶性竞争、掠夺性开发以及种种令人忧虑的现象，对于追求人类的安宁与幸福，必将提供重要的思想启示。"

而在学者中，也有两种认识促进了传统文化的兴起。有的学者认为：风水轮流转，文化也有三十年河东、三十年河西，东方不亮西方亮，二十一世纪该轮着中国文化了。季羡林《东方文化与西方文化》即乐观地认为："从人类几千年的历史上来看，东西方文化的相互关系是'三十年河西，三十年河东'……从二十一世纪开始，河东将取代河西，东方文化将逐渐主宰世界。"而在中国文化中，马克思主义是西方文化，该亮的自然只有中国的传统文化了。第二种学者本来是激进的革命文化拥护者，但是近年来反思"五四"以来的中国文化，突然转了向，由文化的革命者变为文化的改良者，认为五四运动全面否定传统文化走过了头，是文化的激进主义者，应该重新研究传统文化并确认它在中国的地位和价值。

传统文化的回归，如果不是暴炒暴热的话（此为另外一个话题），它的回归中国人的生活，是再自然不过的事情。因为文化本来就如一条源远流长的河流，其滔滔河水中，既有来自源头的水，也有流经各阶段的水，文化不是断裂的，而是有其连续性的。一个民族文化发展的过程，就是在继承其民族的传统文化的基础之上再发展新的文化。但是，这里边就有一个如何继承和发展的老话题。虽然是老生常谈的旧话题，今天讨论起来仍不轻松。因为我们同前人一样，必然要涉及对传统文化的评价，以及如何对待传统文化的问题。

文化既有其连续性，亦有其阶段性。作为阶段性的文化，必然决定于其所在的社会制度和与其相适应的主流文化。中国的传统文化至少经历过上古、中古、近古和现代等几个阶段。就社会制度而言，也经历过奴隶制社会和封建社会。其文化内涵自然带有那个时代的文化特征。而在我国，封建社会长达数千年，因此封建文化占有传统文化的主要内容。封建文化就其组成而言，当然包括了帝王文化、士大夫文化和平民文化等几个部分，但是其文化的主体则是帝王和士文化。这样的文化，不乏精华。如儒家的大济天下功业情怀，重视高尚人格的内修精神，道家反对人性异化，追求自然人性、精神自由的思想，等等，都是中华民族智慧的结晶。不过，应该对其文化实质有一个总体的观照，那就是从本质上看，这一时期的主流文化是为封建专制制度服务的。

如果作认真而细致的分析，我们今天一些人所提倡的四书五经，实则是充分代表了封建专制思想的权力话语。今天我们常常谈到的一些传统文化的话题，也往往蕴含着很深刻的封建专制内涵。如今人论及的“天人合一”思想，其本义并非要人类尊重自然，与自然和谐相处。而是论证君权的合法性和合理性。董仲舒《春秋繁露·基义》:“君臣父子夫妇之义，皆取诸阴阳之道。”“王道之纲，可求于天。”人世的一切皆是仿天而来，社会伦理亦然。君权神授，皇帝号称“天子”，因此皇帝的统治是神圣的合理的，一般的平民不能挑战他的权威。当然，“天人合一”思想中也有约制皇权的内容，皇帝和大臣要循道而行，循道则治，不循道则乱。故帝王之道是立教化而正万民，正万民方能正四方，正四方才能风调雨顺。西汉时董仲舒向汉武帝献天人三策，集中讲的就是这个问题。但是总体上还是为了维护皇帝的统治。儒家所提倡的中庸之道，亦承接了“天人合一”思想而来，朱熹《四书章句集注》引程颐语：“不偏之谓中，不易之谓庸。”朱熹《四书章句集注》：“中庸者不偏不倚，无过不及。”强调的是臣子的修养，本质上是引导臣子不偏激，不越位，做一个温良恭俭让的顺民，做一个谁也不得罪的和事佬。对于君王来说这自然是再好不过的性格，再好不过的粹中品德，然而也正是这种臣子的性格，使封建专制有了万代铁筑的基业，再怎么腐朽，再怎么衰败，也能维系其统治。这就是徐炳旭所批评的“惰性”，鲁迅所批评的“卑怯”。所以鲁迅《华盖集·通讯》中说：“这些现象，实在可以使中国人败亡。”其言虽出于民族危亡的特殊年代，但仍可以说明此说对于中国人健全人格形成的负面影响。其实古代所讲的忠孝节义、仁义礼智信，也都是建立在封建伦理基础之上、并且服务于其等级统治的。认识不到这一点，就盲目地倡导它，往往是祭起封建专制思想的还魂幡，很容易带人进入歧路。如古人所讲的“忠”，并非普适天下的诚信，《论语·学而》：“为人谋而不忠乎？”孔子讲的那个“人”，不是所有的人，而是专指臣子所侍奉的主人。至于孝，当然对当今促进家庭邻里和睦方面有着积极的意义。但是古人说的孝也并非只是孝敬父母那么简单，包含了“君教臣死，臣不敢不死；父教子亡，子不得不亡”的纲常规定。所以今人教儿童读《弟子规》，读《孝经》，究竟要培养什么样的后代？能培养什么样的后代？岂不可疑。“节”自然可以反映古代士人重气节的好传统，但是，其中死于君、死于亲的愚忠愚孝，就不值得提倡。而“义”者，宜也，也是指按照封建的礼节行事，如管子所说，无违君臣父子夫妇之道。所以，离开三纲五常去讲仁义礼智信，去讲忠孝节义，不仅于其义不得要领，而且很容易把封建的糟粕当作精华兜售出去。

“五四”时期的打倒孔家店运动，全盘否定传统文化，自有其偏激之处。鲁迅一九二五年一月四日给《京报副刊》的信里就明确表态，要青年人少看甚或不看中国书。然而我们不能不看到，正是如胡适、陈独秀、鲁迅这些来自封建社会内部的知识分子，看到它对中国发展的阻碍，才奋起批判，清除它的不良影响的。鲁迅写了《狂人日记》，狂人翻遍了中国书，从字缝里看到的只是两个字：“吃人”。其实这是对封建文化的强烈控诉，控诉它对人性的泯灭。这就点到了封建文化的死穴。传统文化，从总体上看，是强调集权，而缺少民主思想；重视社会群体意识，忽视人的个性；惯于服从，很少异端，这些都是学习传统文化时不能不察的。

基于以上所说的原因，我们今天继承传统文化，就应有鉴别，有选择，有承传，有批判，不能囫囵吞枣、有用无用整个吞咽下去。这才是可取的态度和策略。

对待传统文化，首先要做的工作是清理。所谓清理包含二义。传承传统文化，其主要工作之一即是整理这些传世的文献，对其进行辑佚、标点、校注，以供研究、传播之用。古籍整理的首要目的是为了使这些文献得以保存并流传下去，因此，无论什么样的文献，都在整理的范围之内。当然，整理的另外目的是为了使用，或供研究者的进一步研究，或供读者阅读。因此，也会因社会所需而分出整理的先后，那些传世的经典自然应该优先整理。清理的第二义是对传统文化的思想内容和审美价值做出甄别，要确切解释其原始含义，并且做出价值判断。即分析这些作品，哪些属于中华文明的成果，凝聚了中华民族的智慧，具有超越时代、族群和意识形态的思想和审美价值；哪些则带有明显的封建专制属性，在中华民族的发展历程中发挥的不是促进而是阻滞作用。尤其是对《论语》《庄子》《孟子》等影响深远的经典，更应该做深入细致的分析。既要看到它们对中华民族文化的奠基作用，看到这些经典在建立社会秩序、人的自我完善等方面所做的贡献；同时还要指出这些经典所具有的局限，它们的落后性，特别是它与现代社会的法制建设、民主化进程的不相适应之处。

进入新时期以来，学术界研究传统文化，摒弃了过去功利化的研究倾向，使研究摆脱政治的影响，趋于独立，这无疑是一大进步。但是一种倾向又掩盖了另一种倾向，那就是产生了严重脱离现实、脱离人生的纯技术化操作倾向。对研究的对象不做任何价值评判，看似公允，实则丢掉了人文社会科学工作者的社会责任。现在的学术研究，其目的越来越多元，不含任何思想价值判断的研究也有其存在的空间，而且也不必非要所有的研究都关乎社会人生，正所谓研究本身即是目的。但是这样的研究是否值得提倡，就费人三思。假如这样的研究逐渐占据人文社会科学研究的主流，那么就令人忧虑。再假设在我们的研究中，把假恶丑当成了美德，把专制当成了民主，把戕灭人性视为济世良药，那就与整理传播传统文化的目的更是南辕北辙了。

传统文化一般都是精华和糟粕杂糅的，这就要求研究和整理者要做好剥离和阐释工作。要把有价值的思想内涵从作品中剥离出来，并进一步加以阐释。传统文化的内容要比我们想象的复杂得多。即使是经典，当然是有价值的成分多，但是也包含许多无价值或不再适应当今社会的内容。有的作品，从总体上看，多是缺少价值的，但也会有少许的有价值的内容。所以我们既不能毫无分析地全盘接受之，也不能泼脏水，把孩子也泼了出去。要善于做精华与糟粕的剥离工作。在传统文化的整理和研究中，内容阐释颇为重要。阐释不是照搬原义，而是在尊重文本内容的基础之上，再做解释与阐发，甚至改造。中国古代注释经典，就有这样的传统，即根据自己的理解与现实的需要来重新阐释经典。比如，魏晋时期郭象根据当时士人生存的需要，整合儒道两家思想，重新阐释《庄子》，创造了“自性”“独化”说。其后代许多士人所理解的《庄子》，就是郭象改造过的《庄子》。历代经师对儒家经典的注释，也是如此，故古代有“六经注我”之说。其实，当代学术界对“天人合一”等理念的研究，就做了大量的重新阐释，剥离掉其论证君权天授的内核，来论证人与自然的关系，这就赋予了古典以新义。当然必须讲清楚，哪些是传统文化中固有之义，哪些是传统文化给予我们的启示。更不能为了新义而有意掩饰其原义中所含有的维护封建政权统治的内容。

作为中华民族的子孙，我们应当庆幸中华民族文化的一脉永传。中华文化是中华民族赖以存在于世界民族之林的血脉根基。然而，这份遗产，既有可能成为我们的瑰宝，也有可能成为我们的包袱，关键在于我们如何对待和处理它。对于我们民族的文化遗产，我们的持正态度应该是既要敬重，珍视，同时也要慎重分析消化。如此，才有可能使其既代代相传，又成为我们建设新文化的宝贵遗产，成为培养国民健全人格的有益营养。

活性的文化

所谓传统，即意味着曾经存在于过去而又延续到现在的事物。传统文化亦当作如是解。传统文化是生成于过去，但是又流传到今天的文化。我们习惯于称其为文化遗产。然而这种文化遗产，又是如何存在于当代的呢？应该是两种形态，一种是活性的存在，一种则是标本的形态。所谓标本，即意味着它已经是死去的文化，对于当代人来说，只起到展陈的作用，告诉观众，某某时代曾经存在过这样的文化样态，如此而已。但活性的文化则不然，它仍有生命，甚至有极为旺盛的生命力，融入人们的社会生活，影响着人们的精神与行为。

传统文化在当代的两种存在形态，决定于它与当代的价值关联。凡与当代的关注发生关联的传统文化，即有可能成为活性的文化，而与当代关注未能发生关联的就有可能成为博物馆里的标本文化。譬如在中国古代最为重要的两个文体——诏和奏，就因为它们是我国封建制度特定的产物，今天已经远离了我们的生活，因此而成为两种文体标本，即死的文化。又如在中国历代影响甚大的汉大赋，以描写帝王的宫苑、游猎生活为主，是属于歌功颂德的文学。二十世纪三十年代的文学史就对其价值提出质疑，一九四九年后，有相当长的一个时期，已经成为标本文化。但是近些年，汉大赋地位又有回升，赋体又复活为一种今体，这恐怕是因为汉大赋与当今社会润色鸿业的需要发生了价值关联的结果。同理，中国的传统文化能否产生世界性影响，也决定于中国传统文化与世界其他国家与民族的价值关联。只有那些在其他国家和民族看来有意义的中国文化，才有可能被接受。

但是这种关联并非自然形成，而是需要人们的发现。而且标本文化与活性文化也并非一成不变，时常要有转换，转换的原因即在于价值关联。因此，如何通过研究，发现传统文化与当代的价值关联，激活对于今天有意义的部分，就成为学者阐释传统文化的前提性工作。

从这个意义上来看传统文化的当代阐释，研究者对传统文化的把握能力，如坚实的文献学基础，对于传统文化的深入理解，对此项工作固然十分重要；但是，研究者对当代社会的认识，尤其是对当代社会关注问题的具体了解和深入研究，对当代人生存困境和精神困境的同情之关怀，也很重要。甚至在某种意义上决定了研究者能否发现问题，能否既准确而又深刻地发掘、阐释传统文化。中国传统文化的世界传播也是如此，只了解自己的文化，不了解传播所在国家和民族的文化，闭门造车，盲目推出，无论如何都是一厢情愿而已，甫一出口，也可能就成为他国文化博物馆里的标本了。而这，当然不是传播者的初衷。

国学就是经典之学

国学的提出，在十九世纪末二十世纪初西学东渐之际。一九〇二年秋，流亡海外的梁启超写信给黄遵宪，提议在日本创办《国学报》，“以保国粹为主义”，使用了“国学”一名。由于黄遵宪主张先作国学史，梁启超办《国学报》设想未能实行。但几个月后，梁启超撰《论中国学术思想变迁之大势》，数次提及“国学”。一九〇四年，邓实在上海的《政艺通报》发表《国学保存论》，讨论保存“国学”的重要意义。次年，邓实、黄节等人在上海成立了“国学保存会”，其宗旨是“研究国学，保存国粹”，发行《政艺通报》《国粹学报》。章太炎则于一九〇六年九月在东京发起“国学讲习会”，随后又成立了“国学振起社”。一九二一年北京大学研究所设国学门，一九二五年清华大学成立国学研究院，梁启超、陈寅恪、王国维和赵元任为四大导师。此外，中央大学也有国学研究机构。进入二十一世纪以来，兴起国学热，诸多大学相继成立了国学教学、研究机构，如清华大学国学院、北京大学国学院、中国人民大学国学院、南京大学国学研究所等。国家级的国学院也由国务院参事室牵头开始规划兴建。

国学已经很热，但是国学这个概念，至今仍众说纷纭，莫衷一是。陈独秀甚至认为“就是再审订一百年，也未必能得到明确的观念”。钱穆亦云：“‘国学’一名，前既无承，将来亦恐不立。特为一时代的名词，何者应列国学，何者则否，实难判别。”最有影响的意见有两种，其一，国学就是中国固有之学。邓实在一九〇六年《国学讲习记》说：“国学者何？一国所有之学也。”章太炎国学振起社发行的讲义，其内容共分六种：（一）诸子学；（二）文史学；（三）制度学；（四）内典学；（五）宋明理学；（六）中国历史。吴宓《清华大学开办研究院之旨趣与经过》认为：“兹所谓国学者，乃指中国学术文化之全体而言。”胡适《国学季刊发刊宣言》则认为：“中国的一切过去的文化历史，都是我们的‘国故’；研究这一切过去的历史文化的学问，就是‘国故学’，省称为国学。”现代一般人对“国学”的理解，大多由此而来。第二种意见认为，国学就是儒学，或曰四书五经之学。

我认为这两种意见都有问题。依据第一种定义，国学就是国故，今称传统文化，是以先秦经典为元典，涵盖了两汉以降经学、老庄之学、佛学、历史、文学的完整的文化体系，即经、史、子、集四部。这样的国学定义，失之于过泛，而且与提倡国学的宗旨不吻合。依据第二种意见，又失之于过于狭窄，因为四书五经虽然是中华文化中最为重要的组成部分，却不能涵盖中华文化中的其他重要部分，如诸子之学。我认为国学，就是中国固有之学中的经典之学。

我这样概括国学的定义，既是出自对两次国学之兴的背景的考虑，同时也考虑到了倡导国学的初衷。十九世纪末提出国学之时，正是八国联军进入北京迫使清政府签订《辛丑条约》之际。西方列强的坚船利炮轰开了封建帝国的大门，民族危机加深，也迫使知识分子面向发达的西方寻找治国之策，此时西学大规模涌进。面对这样的局势，一批坚持国粹的文化改良主义者，形成了“中学为体、西学为用”的观念，强调传统文化的重要性，视为立国之本。所以，章太炎在《民报》第七号所载的《国学讲习会序》中说：“夫国学者，国家所成立之源泉也。吾闻处竞争之世，徒恃国学固不足以立国矣，而吾未闻国学不兴而能立者也。”邓实亦言：“有地而人生其上，因以成国焉，有其国者有其学。学也者，学其一国之学以为国用，而自治其一国也。”这些文化改良主义者，虽然坚持文化的自强自立，但是章太炎看到，“徒恃国学固不足以立国”，已经承认国学有其不足。但是放弃固有的文化，也会失去一个民族立国的基本东西。所以，当时国粹的概念颇为流行。国粹就是传统文化的精华，并非所有的传统文化。国粹派提倡保存国粹，认为国粹是立国之本，保存了国粹就能保国家，救民族。故此，他们从民族、历史、语言、文字和地域的有机联系出发，界定“国粹”，发掘中国文化之独特价值。国粹派虽然提倡国粹，维护传统，但并未因此失去对传统文化的反省意识。他们区分中国文化为“国学”和“君学”，认为“国学”中蕴含有丰富的爱国主义传统和民族主义、民主自由的内容；“君学”是统治者用来宣传封建迷信、功名利禄和纲常名教，实行专制统治的工具。所以他们对“君学”持激烈的批评态度。他们还通过提高自汉代以来就一直受压抑排斥的先秦诸子百家的地位，以破除人们对儒学的尊崇和对孔子的迷信。

二十一世纪国学复兴的背景，与二十世纪初国学提出时的背景相比，情况更复杂。从学术的角度考察，欧美文化的全面进入，引起一些人的担心，在学界就有失语的争论，有的学者甚至惊呼，中国正逐渐失去民族的学术话语，因此提倡国学是为了对抗西学。与此相反，一些学者提倡国学是出于文化的自信。在经济高速发展的环境中，国人有了文化的民族自信。最有代表性的是季羡林先生的观点，认为文化的发展是三十年河东，三十年河西，二十一世纪必然是东方文化占主导地位的世纪。因此中国作为文化大国，不仅经济要走出去，文化也要走出去。当然也有学者是从现实的需要来倡导国学。改革开放以来，随着社会经济的发展，也出现了一些令人忧虑的社会问题，如道德的沦丧、社会的失衡、自然的破坏，等等，迫使人们从传统文化中寻找解救之道。

从二十世纪初国学的提出，到二十一世纪初的国学热，尽管国势有了很大不同，但是要解决的问题比较接近。这两个时期，都处于社会的转型时期，为了促使中国加快现代化的步伐，大量引进西学进入中国。但是带来的问题，就是如何对待固有文化的问题。两个不同时期欧美文化的进入，都是中国发展的需要。但同时也说明，完全用中国传统文化，不能很好解决中国的现代化问题。就连对文化持比较保守态度的章太炎都看到，“徒恃国学固不足以立国”，所以，引进欧美文化，救助中国固有文化的不足，也就势在必行。

因此，从国学兴起的背景来看，提倡国学，并非要继承或恢复传统文化的全部，因为历史已经证明，这样做行不通，因此也是不可取的。所以，对待传统文化的态度就是有所取舍。还是那句老话，黜退糟粕，取其精华。因此，我们所提倡的国学，不应是中华固有的全部文化，而是传统文化的精华，即经典。正如此，我说国学就是中华文化的经典之学。

当代的国学机构主要设在大学，国学的任务有二：国学研究和国学教育。

国学研究，是当代国学的重要任务。就研究而言，国学的内容不限于经典，必须是所有的传统文化，四部典籍都在研究的范围之内。但是，国学研究中，最重要的研究，是国学经典的形成及其价值体系的研究。因为经典就是传世的具有普适性价值的文化遗产，那么，哪些属于传统文化中具有普适性价值的内容？它又是如何积淀起来的？是国学研究中最具价值的研究。

国学经典价值体系的研究，直接关系到中华民族基本价值观的梳理与建构。中华民族在其发展过程中，积淀了深厚的历史文化，并通过传世的经典，构筑了极其丰富，并有其世界意义的价值观。整理、发掘、阐释传统的价值观，一直是历朝历代研究者的重点。当然，由于不同时期的价值关联不同，关注角度也有所不同，但是一些最基本价值的内涵，会得到历代的确认。如儒道两家以道为解释万物根本的思想；儒家以礼为节、以仁为本的伦理价值观；道家尚自然无为的社会治理观及其人性论；士人文章所表现出的独善与兼济情怀，等等。而以儒家思想为主导、道家及诸子思想为补充的价值体系结构，也已经基本得到认可。

国学经典形成的研究，则是对中华民族基本价值观形成的文化土壤的分析与评价。研究经典形成的条件，既要考察初始文献产生的政治、经济、文化土壤，还要考察经典在传播过程中，不同时期的变化以及变化的原因，这些都是题中应有之义。不仅如此，还应进一步研究西学经典中所有，国学经典中所无的思想，并且分析其原因。对经典形成而展开的研究，不仅有助于经典的研究，也助益今天的文化发展政策和环境的构建。

而国学教育的基本内容，就是国学经典的教育，这一点是没有疑义的。要通过国学教育，使受教育者了解和掌握国学的基本典籍，基本知识，尤其是要把握经典解决人与社会、人与自然、人与自我的关系中有价值的思想和方法，传承中华优秀的传统文化，成为一个有中国气质的人。